文学名著名篇读后感精粹

中学版

庄之明 孙骏毅/主编

海峡出版发行集团 THE STRAITS PUBLISHING & DISTRIBUTING GROUP | 福建少年儿童出版社 FUJIAN CHILDREN' S PUBLISHING HOUSE

图书在版编目(CIP)数据

文学名著名篇读后感精粹：中学版 / 庄之明，孙骏毅主编. — 福州：福建少年儿童出版社，2016.11（2022.12 重印）

ISBN 978-7-5395-5711-3

Ⅰ. ①文… Ⅱ. ①庄… ②孙… Ⅲ. ①读后感—作品集—中国—当代 Ⅳ. ① I267

中国版本图书馆 CIP 数据核字（2016）第 114482 号

文学名著名篇读后感精粹 · 中学版

主　　编：庄之明　孙骏毅
出版发行：福建少年儿童出版社
http: //www. fjcp. com　e-mail: fcph@fjcp. com
社　　址：福州市东水路 76 号 17 层（邮编：350001）
经　　销：福建新华发行（集团）有限责任公司
印　　刷：福州印团网印刷有限公司
地　　址：福州市仓山区建新镇十字亭路 4 号
开　　本：720 毫米 ×1000 毫米　1/16
字　　数：257 千字
印　　张：16
插　　页：2
版　　次：2016 年 11 月第 1 版
印　　次：2022 年 12 月第 2 次印刷
ISBN 978-7-5395-5711-3
定　　价：25.00 元

如有印、装质量问题，影响阅读，请直接与承印者联系调换。
联系电话：0591-87881810

前　言

这是中学生阅读中外文学名著名篇心得体会的精彩选本。作者从某一个角度来理解所读名著名篇的内涵，谈出自己的阅读感受，不是面面俱到的介绍，而是窥一斑而知全豹，且有独特的见解和感悟，相信对你的阅读会起到帮助作用。书中文章感悟真切，思路明晰，分析中肯，语言优美，对你的写作也会起到借鉴作用。每一篇文章都有特级、高级教师和著名作家的“点评”“赏析”，还有“精彩读点”、“点读名家”具体指导你如何阅读名著。

阅读名著名篇，走近经典，对于提高素养、陶冶情操是十分有益的。而无目的、无选择的阅读，谓之“盲阅读”；图轻松、求省力，满足于“读图”，疏远了经典，谓之“浅阅读”；“大话”、“Q版”、“戏说”之类把调侃、低俗当成时尚阅读，谓之“伪阅读”。经典阅读，本质上就是智慧阅读，它是一个民族吸纳人类文明精华、亲近文明、传承文明的主要途径。看看本书选录的同龄人开卷有益的妙义，你会更深刻地认识到原来读书是一件多么美妙的事情；原来走近经典并非是高不可攀的；原来享受高雅、愉悦身心、追求诗意，也是人生意义的构成部分呢。

怎样阅读文学名著名篇

庄之明

中外文学名著是世界文学宝库中熠熠生辉的精品。它以深刻的社会意义、思想意义和强烈的艺术感染力，吸引着一代又一代的读者。

“阅读所有的优秀名著就像与过去时代那些最高尚的人物进行交谈，而且是一种经过精心准备的谈话。这些伟人在谈话中向我们展示的不是别的，那都是他们思想中的精华。”（笛卡尔《方法谈》）列宁曾赞扬列夫·托尔斯泰是“俄国革命的镜子”；恩格斯曾经称赞巴尔扎克的《人间喜剧》提供了一部法国社会的卓越的现实主义历史，并说他从那里学到的东西，要比从当时所有职业的历史学家、经济学家和统计学家那里学到的全部东西还要多。恩格斯在中学时代曾将歌德笔下的浮士德看作激励自己以不屈不挠的毅力去追求真理的光辉榜样。显示了生命价值的保尔·柯察金、海伦·凯勒等英雄形象，成了青少年生活道路上的路标和终生仿效的榜样。

那么，怎样阅读中外文学名著名篇呢?

首先，要精于选择。

有选择地读书，曾经被人作为一门学问来研究。俄国评论家别林斯基说：“阅读一本不适合自己阅读的书，比不阅读还要坏。”并不是所有的中外文学名著都适合十几岁的中学生阅读，分清什么是必读书，什么是可读可不读的书，什么是不必读的书，这是选择之一。我国南朝时有个叫陆澄的人，从小“手不释卷”，见什么读什么，而且背得滚瓜烂熟，可是一生在做学问上毫无成就，被人称为“书橱”。

读书应像歌德说的那样：“把精力集中在有价值的东西上面，把一切对你没有好处和不相宜的东西都抛开。”读书又如叔本华所说：“应把宝贵的时间专读伟人的已有定评的名著，只有这些书才是开卷有益的。”有定评的文学名著就是培根所说的少数好书的一部分。

当然，古今中外文学名著浩如烟海，我们的时间和精力有限，最好选择思想内容、语言文字都好的作品，同时也要注意自己的年龄特点和接受水平。俄罗斯十年制学校，要求毕业生从普希金作品读到高尔基作品。美国著名教授费迪曼写过《一生读书计划》一书，向18岁到80岁的人推荐了100多部世界名著。最近，美国人文科学促进委员会列了50部文学名著作为中学生的必读书。我国一些著名的学者和作家也曾向青少年读者推荐过一些必读的文学名著，这是他们的人生经验，值得青少年读者借鉴。

分清哪些书需要精读，哪些书只需要浏览，略知其大概，这是选择之二。正如培根说的："有的知识只要浅尝即可，有的知识只要粗知即可，只有少数专门知识需要深入钻研、仔细揣摩。所以，有的书只读其中一部分即可，有的书只知其中大概即可，而对于少数好书则要精读、细读、反复地读。"

其次，要善于思考。

外国文学作品中的思想内容与人物形象不容易理解，人物的名字也不易记住，这就给阅读带来了困难，怎么办呢？这就要读者简略地了解作品所处时代背景和作家的创作思想。比如，《简·爱》是英国女作家夏洛蒂于19世纪中叶创作的小说，当时英国资产阶级政府为了分裂工人运动，表面上采取了一些政策措施（通过女工实行10小时工作制的法案），但最终也没有使妇女获得平等权利，即使在三次宪章运动后，也没能解决男女平等问题。了解这一现实，就不会肤浅地认为《简·爱》仅仅是一部描写爱情生活的著作了，而能较深刻地理解女主人公的思想、品格，以及作家塑造简·爱这一人物的社会意义——反映生活在英国下层妇女的悲惨处境，以及作者强烈要求摆脱男子压迫的愿望。如果能进一步了解作家夏洛蒂短暂的一生，那么，对作品中所揭露的慈善机关——劳渥德学校这所人间地狱，就会有更深刻的认识，从而更能理解女主人公简·爱的反抗精神。

要想了解文学作品的时代背景及作品的思想，还要认真读一读书中的序（或译序）、跋。序、跋是一本书的重要组成部分。有的介绍书的内容，交代作者生平，有的指出写作目的或作品诞生的经过，有的还对作品进行了评述，指出其社会意义和局限性。序、跋是帮助我们阅读中外文学名著的向导。

在阅读中外文学名著的同时，读一读熔鉴赏性、工具性于一炉的文学类鉴赏辞典，对于提高读者的鉴赏能力也是有益的。如上海辞书出版社出版的《唐诗鉴赏辞典》、北京燕山出版社出版的《唐宋词鉴赏辞典》《古代散文辞典》

等。《唐诗鉴赏辞典》一书中的诗人年表，就是一份颇具特色的材料。这份综合性年表不仅列有诗人生卒时间及生平纪实，并且还附录了同时期的重要史实，使读者可以具体了解诗人所处的时代背景。这一类文学鉴赏辞典，为读者打开透视书山文海的一扇小窗，让读者看到艺术审美和哲思领悟的一片蔚蓝天空。

再次，要长于比较。

有比较才有鉴别。比较阅读是一种有效的读书方法。比较常用的方法有如下几种：

1. 把不同作家对同一事物的描写进行比较。

鲁迅先生说："要极俭省地画出一个人的特点，最好是画他的眼睛。"俗话说："眼睛是心灵的窗户。"我们在阅读文学作品的时候，不妨把名家笔下描绘眼睛的妙句抄下来对比一下。比如以描写少女的眼睛来说吧，沈从文的《边城》里翠翠的眼睛是"清明如水晶"，冰心的《我们太太的客厅》中的袁小姐的眼睛是"带着永远在梦中的迷茫的眼睛"，丁玲的《我在霞村的时候》中的"她"的眼睛"就像两扇在夏天的野外屋宇里洞天的窗子，是那么坦白，没有尘垢"，等等。世界上没有相同的两片树叶，也不可能有完全相同的一双眼睛，其眼光、眼色、眼神都不可能一模一样，都随人的气质、性格、经历、年龄而变化。不同的眼睛，反映着不同人物千差万别的情绪和极为丰富的内心世界。

由写眼睛推而广之，作家写人、叙事、抒情、状物的方法不同，我们在阅读文学名著时可以抓住某一方面进行比较，用心思考，仔细领会，从中领悟其精妙，就可以学到"应该怎样写"（鲁迅语）。比如我们阅读古代诗词，就可以发现一些简单的数字在诗人笔下产生了多么非凡的艺术魅力，闪耀出神奇的光彩。"三万里河东入海，五千仞岳上摩天"（陆游），把河山描绘得如此气势非凡；"新松恨不高千尺，恶竹应须斩万竿"（杜甫），把诗人嫉恶如仇的思想感情渲染到登峰造极的地步；"沉舟侧畔千帆过，病树前头万木春"（刘禹锡），从自然现象的变化，说明以新代旧这一不可抗拒的客观规律，寓意何等深刻；"欲穷千里目，更上一层楼"（王之涣），寄寓着只有不畏劳苦，勇敢攀登，才能领略无限风光的哲理。这样由此及彼地加以比较，就能学得活，学得深。

2. 将原稿和修改稿进行比较。

"文章不厌百回改。"古往今来，凡是有成就的作家，无不重视文章的修改。

如果把他们的原稿和修改稿拿来比较，仔细琢磨原稿和修改稿的不同，想一想作家们为什么要这样改、哪些地方改得好，那么经过这样的训练，阅读和写作能力就可以得到提高。比如，列夫·托尔斯泰为了塑造《复活》的主人公卡秋莎·玛丝洛娃这个饱经忧患、受尽折磨的妇女形象，他不厌其烦地修改了20次。在第一稿中，托尔斯泰是这样描写玛丝洛娃的：

她是一个瘦削而丑陋的黑发女人，她之所以丑陋，是因为她那个扁塌的鼻子。

随后，托尔斯泰认为，把玛丝洛娃写得太丑，故事中的男主角聂赫留朵夫开始对她有好感就失去了依据。后来，托尔斯泰经过了多次反复修改，直到第20次才定稿，他写道：

一个小小的年轻女人，外面套着一件灰色的大衣。她头上扎着头巾，明明故意地让一两绺头发从头巾里面溜出来，披在额头上。这女人的面色显出长久受着监禁的人那种苍白，叫人联想到地窖里储藏的番薯新发的芽。两只眼睛又黑又亮，虽然浮肿，却仍旧放光，其中有一只稍稍有点斜睨。

为了描写一个人物的外貌，文学大师托尔斯泰进行了20次修改，这使我想起了"呕心沥血"这个成语。正如托尔斯泰说的那样，在他每次蘸墨水时都在墨水瓶里留下了自己的血肉。

3. 将改编作品与原著进行比较。

现在，我们看到的许多电影、电视连续剧，有不少是根据中外名著改编的。比如，电视连续剧《诸葛亮》是根据《三国演义》改编的，电视连续剧《武松》是根据《水浒传》改编的。鲁迅的《祝福》、巴金的《家》、曹禺的《雷雨》、茅盾的《子夜》、老舍的《骆驼祥子》、托尔斯泰的《复活》、高尔基的《母亲》、伏尼契的《牛虻》、狄更斯的《大卫·科波菲尔》、雨果的《巴黎圣母院》、塞万提斯的《堂·吉诃德》、安徒生的《海的女儿》等等，都被改编成电影或电视连续剧。仅以法国作家雨果的《悲惨世界》为例，法国、德国、意大利、美国、俄罗斯、日本、墨西哥、埃及、印度等国家都曾经把这一名著搬上银幕，至今还有19种版本的影片在上映。每一部影片的编导都想独辟蹊径，另具新意，如果我们有机会比较，一定可以从中学到很多知识，受到某一方面的启迪。把改编后的作品与原著进行比较，看看作品的立意、结构和风格有什么不同，改编后保留了原著哪些精华，删去了哪些人物和情节，从而判断出原著和改编本的成败得失，对提高文学作品的鉴赏能力是很有帮助的。

最后，要勤于积累。

鲁迅先生说过：凡是已有定评的大作家的作品，全部就说明着“应该怎样写”。每个优秀作家，都在他们自己作品里体现了他们的不同的写作方法和独特风格，或以抒发感情见长，或以精辟议论著称；或细腻委婉，或雄浑豪放。在文学名著的海洋里遨游，你一定会获得无穷的乐趣。

目　录

第一部分　中国古典文学名著名篇读后感

第二部分 中国近现代文学名著名篇读后感

第三部分　外国文学名著名篇读后感

第一部分

中国古典文学名著名篇读后感

我心中的屈原

——读《涉江》有感

云南　王佳

从“长太息以掩涕兮，哀民生之多艰”中，我便开始认识了他——伟大的爱国诗人屈原。初中时，又常以“路漫漫其修远兮，吾将上下而求索”自勉。而现在，一曲高远昂扬的《涉江》，终于在我眼前渐次展开了整个的屈原：他在溆浦岸边默默回眸，远去的江水，远去的故国，远去的岁月；然而心是不死的，心志是永恒的。于是沅水边沉默而倔强的身影，切入落霞，切入黄昏，切入五千年中国文化沉重瑰丽、血脉昂扬的背景。

屈原是热烈而浪漫的。于是他敢于把自己比作“美人”，饰香草缀明珠，驾虬驭骖，上天入地，与重华呼朋唤友，与天地日月并存，其浪漫的想象与恢宏的情感开中国浪漫主义文学的先河。然而同是高举浪漫主义旗帜的伟大诗人，屈原却并不像1000多年后的李白那样，豪放自由，恣情欢娱，追求自我的个性解放和与自然完美的融合。屈原眼中的自然时时透露出心灵的影子——“乘鄂渚而反顾兮，欸秋冬之绪风”，“船容与而不进兮，淹回水而凝滞”，在屈原眼里，一景一物，一花一木，早已不再是本来的面目，而是带上了浓重的主观感情色彩。这种牵连，这样的不能释然，深刻地表露了作为伟大爱国诗人的屈原，对故国安危、人民冷暖的关注。于是景物由情所化，文字以血写成，人说“草木总关情”，大概就是这个意思吧。

屈原具有坚定的信念，高洁的情操。“亦余心之所善兮，虽九死其犹未悔”，正是诗人一生血泪铸就的誓言。理想不容于世，他朗吟“吾不能变心以从俗兮，固将愁苦而终穷”；怀抱赤诚而不被人理解，他高歌“苟余心之端直兮，虽僻远其何伤”。然而同是志趣高洁，同是决不与世俗同流合污，屈原却终不能流连于陶潜“悠然见南山”的境界，也无法享受林逋“梅妻鹤子”的韵质。他无法超脱，他关心的永远是“世间事”——楚地的安危，人民的冷暖。于是他将自己置入了一个最痛苦的境界：遭贬谪却心忧朝政，处一隅而胸怀天下。他耳边萦绕的不是松涛飞泉，而是农人的哀号，小儿的啼叫；他眼前浮现的不是明月花径，而是强秦眈眈的觑视和朝廷不思安危的宴饮戏笑。他的心流血，然而他从没想过拯救自己——因为他心里的“他”，早已不是他个人。楚国才是他，黎民才是他，天下才是他。楚国亡了，他自沉汨罗江——这不是轻生，不是自戕，因为他，已失去了自己。这样一个屈原，吟不出脱俗超逸的诗句，写不出华丽精美的辞章，他只是用血书写，书写他自己——一个热烈高洁、“不合时宜”的灵魂。

尼采说：“一切文字，吾爱以血书者。”屈原便镌刻着这样的文字，携着那汨罗江畔的“万古悲风”，顺着两千多年历史的长河，走进每个爱他、敬他的中国人心中。

【精彩读点】

①屈原是热烈而浪漫的。于是他敢于把自己比作“美人”，饰香草缀明珠，驾虬驭骖，上天入地，与重华呼朋唤友，与天地日月并存，其浪费的想象与恢宏的情感开中国浪漫主义文学的先河。

②楚国才是他，黎民才是他，天下才是他，楚国亡了，他自沉汨罗江——这不是轻生，不是自戕，因为他，已失去了自己……

【佳作赏析】

能够读懂一首诗的内容，把握住它的主题和艺术手法，是一个层次；能够从诗中读出感受、读出感动，才能进入了一个更高的审美层次。本文作者不但读懂了《涉江》，而且读懂了屈原。她对屈原和李白、陶渊明、林逋进行比较分析，充分地展现了屈原人格的伟大。

文章的感情真挚，语言的运用准确、老练，有一种打动人心的力量。

【点读名家】

屈原（约前 340—前 277？），名平，楚国贵族，曾任左徒、三闾大夫等职。因反对没落腐朽的贵族势力，遭到仇视和迫害，长期过着流放的生活，最后自沉于汨罗江。

屈原的作品有《离骚》《九歌》《天问》《九章》。他的作品猛烈地抨击了楚国腐朽的贵族统治集团，表现了进步的政治理想，以及这一理想不能实现的悲愤心情，具有浓烈的积极浪漫主义特色。

爱别离

——读《孔雀东南飞》

湖北　吴凤静

佛曰：人生有七苦，生、老、病、死、求不得、怨憎会、爱别离。

——题记

兰芝·流年

窗外的石榴花，红得一片灿烂，宛如五年前那个艳丽的黄昏。或许，一切都没有变，庭中的树，天边的楼，那一抹残阳，尽如往昔。改变的只是镜中的容颜吧？还是朱颜未改心已老？

离开焦家整一个月了，厅里隐约传来媒人的絮叨。“县令的三郎”？笑话，任谁能担起一颗死绝的心？

五年了。五年前的那个黄昏，媒婆带着仲卿来提亲。他远远站在石榴树下，我则依在母亲背后，悄悄看着他。

仲卿的脸被晚霞映得绯红，嘴角挂着安静的微笑。我忍不住偷偷端详他的眼睛。我第一次看见这样的眸子，像一泓水，从容挥洒。

温和谦顺的夫啊！你可知，为了那一泓微笑，我爱上了宁静的生活。

仲卿·夜江

夜深了，我一个人站在江边。夏的江，吹着温暖潮湿的风。兰芝的面孔，一次次浮现眼前。五年前我第一次见她时，也是这样一个夏。

端午的那天，我在江边别过母亲，躲过热闹的人群，在河堤上，遇见一位穿杏黄衫子的姑娘。再多的热闹，在她的面前都失了颜色。她的一笑，远胜骄阳。

兰芝，见你的第一回，我便认定你这个快乐无忧的女子，将是我的妻。

月也落了，我有点儿冷。妻啊，我心中有愧！我找到你的快乐，却无力保护它。

兰芝·顾盼

县令家的媒人刚走，竟又有人来为太守的儿子提亲。焦郎啊！我刘兰芝何以难为君家妇！

初入焦家的时候，我就爱上了庭中那棵老树。我曾以为，我的家会像它一样，枝繁叶茂，悠悠百年。然而我错了，或许错在太爱我的丈夫。

仲卿常常不在身边，只有冷月青灯伴我入眠。然而这并不能让婆婆对我有一丝同情。我常常在夜深人静的时候，把自己淹没在机杼声中。

在少女时代，这一切都是无法想像的。我以为我可以忍受，事实上，我也忍受了五年。每当看见仲卿孩子般的微笑，我以为，一切都值得。

我从未怨恨过她——我的婆婆，我感激她赐给我这样一个丈夫。然而我疑惑，她为何对我如此刁难？难道她认为我抢走了她的儿子？难道她不明白我对仲卿的爱是依赖，是尊重，是呵护？

仲卿，你曾说过，你最爱我流苏的顾盼。然而，我们还能相见吗？

仲卿·若情

清晨，在驿站东面，我找到一株石榴，娇艳的花朵在露珠中晶莹闪动。

兰芝每年的这个时候，都会折一枝石榴花，插在雪白的花瓶里。她初嫁的第二天，天刚亮，清晨的风和今天一样，湿润而芬芳，我站在回廊上，看她捧着殷红的花儿。我至今仍记得，她穿着大红的长裙，那双美丽的眼睛满含笑意。我醉了，兰芝不知道，再美的花在她面前也黯然。然而我也记得，回廊的另一头，母亲那不可捉摸的目光，直到后来，我才懂得，这目光为我们太多的伤感和别离埋下了伏笔。

也许我早该发现，兰芝比以前消瘦了许多；也许我早该发现，她的眼里少了许多欢乐；也许我早该发现……然而我没有！我让我的妻承受了太多沉默的痛苦。

我始终不明白，母亲为何如此厌恶兰芝，是厌恶她的快乐还是厌恶她的美丽？

不管为了什么，兰芝，你永远都是我的妻，你一定要等我回来，弥补我的过错。

兰芝·落红

窗外的花谢了，满地落红，一片残忍的美丽。

我刚刚答应了哥哥，应下了太守家的婚事，太守的五郎？哥哥，你何时才会懂我的心？

否泰变化，物是人非！

五年前，我在这窗边，裁剪着初嫁的衣裳，今日今时，我又在窗边，裁剪的，却是自己的心。

一泪一笑，一喜一悲，仲卿，你看见了吗？你又懂吗？

仲卿·誓死

我把马停在路口，五年前，我就是从这里带走了我的新娘。已近黄昏，夕照残阳，过几日，兰芝还将从这里被迎进太守府吧？

我仍是磐石，而我的妻，你又去了哪里？

泪眼蒙眬中，我竟看见了兰芝。忍不住笑自己，焦仲卿啊，你难道还不明白，女人，她们的名字就叫势利。

"你回来了。"熟悉的语气，只是你我已永世相隔。

"你来作甚？"

"五年来，我日日盼你的马蹄声，我怎能不来？"泪水顺着兰芝苦笑的嘴角流下来，她瘦了。她说得对，五年来，是我错太多，让她等太久。她离开，理所当然。

"和太守之子比起来，我这个小小府吏自然算不得什么。"走吧，我们注定没有夫妻的缘分。

"你是被母所迫，我何尝不是？仲卿，今生只有你才是我的夫！"

"兰芝……"

同归

摘下头上的凤冠，褪下手上的宝石，镜中的容颜依旧，心已老了。

夏的夜，温柔寂静。明月皎洁，投在清地上。镜中明月水中花，我的岁月又何尝不是？我愿意把一切埋葬在冰凉的水底，只为了仲卿温柔的笑……

夏天已经到了尾声，风里有了些肃杀的味道。母亲，请原谅儿的不孝，如果让一切美丽归于尘土，那么让我也归于静默吧。

尾声

后兰芝、仲卿合葬于华山，左右植松柏梧桐，其间有鸟，双宿双飞，其名鸳鸯。

【精彩读点】

镜中明月水中花，我的岁月又何尝不是？我愿意把一切埋葬在冰凉的水底，只为了仲卿温柔的笑……

如果让一切美丽归于尘土，那么让我也归于静默吧。

【佳作赏析】

这是一篇运用抒情手法表述的读后感，一篇描写、刻画精致而优美的散文。

《孔雀东南飞》，汉乐府民歌中最长的叙事诗，爱情悲剧中最早的“梁山伯与祝英台”。千百年来，传诵不衰，曾令一代又一代读者唏嘘感慨。它的神韵，曾让亿万民众尤其少男少女，对自身、对人生、对社会的状态与命运，生发过各种各样的共鸣。最多的反响，在于控诉封建礼教对人性的扼杀。最大的回声，在于歌颂纯真神圣之爱情的坚贞。

吴凤静就是这样用心来阅读并有所领悟的。这篇经典在她那里唤起的共鸣，却是与众不同的另一样感受。她从佛家“人生七苦”角度体会，赞美刘兰芝与焦仲卿爱的真诚，重点在哭诉他们“爱别离”的苦痛。原诗叙述悲剧发生发展过程，未曾交代两人怎样相识，似乎其婚姻也仅只在“媒妁”撮合。吴凤静则发挥想象，培栽一树榴花，荡漾一泓微笑。《爱别离》谱写了人生七苦之最的哀歌。

作家的“爱别离”为题品味经典，把握住了这首诗最动人的核心。她以“别离”为基调，以回叙为韵味，以交错为旋律，一幅幅展示苦情人的心，回肠九转，哀婉深沉。

【点读名家】

《孔雀东南飞》，原名《古诗为焦仲卿妻作》，最早见于南朝徐陵所编的《玉台新咏》。全诗长达 353 句，1765 字，写了一个封建社会中常见的家庭悲剧，成功地塑造了刘兰芝、焦仲卿、焦母、兰芝兄等艺术形象。全诗语言活泼，剪裁简繁得当，结构完整紧凑，达到了汉乐府民歌的最高水平，是中国诗歌中罕见的长篇叙事诗。

我眼中的李白和杜甫

福建　崔琦

小时候，我就常听大人们说起李白和杜甫。那时，我总要仰起小脸向大人：“李白和杜甫是谁呀？他们是好人吗？”大人总是回答说：“你不懂，他们是诗写得最好的两个人。”幼小的心灵从此就留下了对他们的绝对信任和崇拜，我觉得李白和杜甫是那样的神秘，那样的伟大。

终于我也歪着小小的头，扬起那嫩嫩的嗓音，像一坡儿山草在飘动："日照香炉生紫烟，遥看瀑布挂前川"、"国破山河在，城春草木深"……整天和山花野草结伴的我，蓦然闯进这诗的国度，莫名地觉得眼前样样新奇，件件可爱——真比那山花倩影更烂漫，山鸟清啼更婉转！常常懵懵懂懂地啃着这些诗句，但慢慢地也逐渐有所领悟。于是我的小心眼里似乎更喜爱李白。他的每一句诗都像一片滚着露珠的青草儿——多明丽，多轻快！而杜甫则没那么多神奇，他是个苍老憔悴的"瘦老头"，伴着他的似乎只有"白头搔更短，浑欲不胜簪"的悲叹。

我长大了，上了高中，新的思想、新的观点悄然冒出绿芽，虽还嫩生生的，可我终于大胆步入成年人心灵的深处，敢于评论他们了。

人们都说，李自傲慢非凡，轻蔑权贵，对黑暗政治强烈愤慨。果真如此？在李白的《与韩荆州书》中，他不也对韩荆州歌功颂德吗，难道仅因一句"安能摧眉折腰事权贵，使吾不得开心颜"便给其贴上"轻蔑权贵"的标签？我的偶像似乎动摇了。但细细琢磨。我渐渐又有所开窍了。李白终于从我孩提时的"神"还原到现时的"人"——有着普通人历历可寻的心迹。他自小怀抱济世之志，虽有因自身超凡之才凝聚而成的狂放不羁的豪气，但为早酬壮志，也不得不周旋于权贵间。而一旦置身于又可施展抱负的环境——玄宗征召他赴京供奉翰林，他那股不愿匍匐于人的狂气便喷薄而出，以致惨遭谗毁离长安，一场狂风骤雨，仕途无望。李白愤慨而又豁达地喊出："安能低眉折腰事权贵"之言，其中虽有对权贵高力士之流的切齿之恨，而更多的则是对一生最大抱负横遭摧折后的无可奈何。应该说，李白对"权贵"的所谓蔑视只是出于恃才自傲、壮志难酬的组合，是一种对凌驾于自身的权贵的反感，而不是对整个权贵阶层经过理性分析，认清它丑恶鄙俗本质之后，居于更高一个精神层次对权贵的否定。这从李白诗中极少正面揭露权贵腐朽可得到证明。他整日只沉湎于怀才不遇的伤感里，"行路难，行路难，多岐路，今安在？""总为浮云能蔽日，长安不见使人愁"，而对安史之乱前后尖锐的阶级矛盾和处于水深火热中的下层人民却缺乏了解，以致反映二者的诗篇极少。应该说，李白是封建社会千千万万怀才不遇、沉浸于小我之中而抑郁不能忍的文人之一。他的可贵之处在于无论外界如何残酷，也不能打灭的"天生我才必有用"的强烈自信。更不能淡漠他对明丽生活的欢悦和激情。这正是他比同时代其他文人高明的地方。

然而，杜甫，这个一度被我蒙上灰色的诗人，却以他伟大光明的照射，强烈震撼了我的心灵。杜甫生活维艰，“三年奔走空皮骨，信有人间行路难”，甚至还遭受到小儿子饿死这样奇惨的变故。杜甫有怨愤，有不平，然而从不只陷在个人痛苦的荒园内彷徨企盼，低回叹息而淡漠了那个广漠的、多灾多难的社会。安史叛军的残酷屠杀，统治集团的腐朽荒淫，劳动人民的痛苦呻吟，吐蕃回纥的野蛮骚扰，总之有关军事、政治经济和社会生活的巨大变化，都在杜诗中得到了深刻反映。在杜甫后半生，无论在个人生活怎样困难的处境中，他都能严肃正视现实，始终热情地关注民族命运和民生疾苦，在他的后期诗歌创作中始终贯穿着“穷年忧黎元，叹息热中肠”精神。甚至于湘江舟中的绝笔中念念不忘的仍是“战血流依归，军声动至今”、“他乡阅迟暮，不敢废诗篇”，足见他的创作热情至死不衰。对杜甫而言，自我固定是一座郁郁大山，可现实世界永是映衬一切的青天。当他为命途多舛而倍感凄凉时，国家忧患，人民疾苦便随即以更悲凉的色彩横到心上。这种断然抛却“小我”而关心大众的人格升华，是同时代诗人所不可比拟的。更叫人俯首长叹的是，在那凄风苦雨人难寐之夜，杜甫非但没有顿生对天下人怨愤冷漠之心，反而以己及人，甘心牺牲自我而筑起“大庇天下寒士俱欢颜”的大厦，这是怎样一颗满溢着赤诚和慈爱的心灵！

对童年的我而言，李白和杜甫是梦，对现今的我而言，他们是真；或许仍是真中的梦，可这是我自己的眼看他们。我崇拜李白的江河才华，但我更敬慕杜甫那颗悲天悯人、包容一切的沉郁魂灵！

【精彩读点】

①他的可贵之处在于无论外界如何残酷，也不能打灭的“天生我才必有用”的强烈自信。更不能淡漠他对明丽生活的欢悦和激情。这正是他比同时代其他文人高明的地方。

②在杜甫后半生，无论在个人生活怎样困难的处境中，他都能严肃正视现实，始终热情地关注民族命运和民生疾苦，在他的后期诗歌创作中始终贯穿着“穷年忧黎元，叹息热中肠”精神。

③我崇拜李白的江河才华，但我更敬慕杜甫那颗悲天悯人、包容一切的沉郁魂灵！

【佳作赏析】

这是一篇评论唐代伟大诗人李白、杜甫的文章。作者构思独特，笔力雄健，把一个相当严肃的命题写得文采风流，活泼多姿，具有特别风韵，实属难能可贵。

作者在大量阅读李白、杜甫作品基础上，运用自己的眼光，通过比较，阐述了自己的观点，从切身的生活体验中，分阶段而有层次地写出自己不同时期的不同感受，叙议结合紧密，不是人云亦云，泛泛而谈。

通篇结构严谨，层次明晰，写得整齐有序，语言优美，有较好的思维、组织和表达能力。

【点读名家】

李白(701—762)字太白，号青莲居士。原籍陇西成纪(今甘肃秦安)，出生于中亚西域的碎叶城(今吉尔吉斯斯坦境内)，5岁时全家迁往四川江油。著有《李太白集》，存世诗歌1000多首。《望庐山瀑布》《赠汪伦》《早发白帝城》《黄鹤楼送孟浩然之广陵》《行路难》《夜宿山寺》等都是脍炙人口的名篇。李白的诗歌形象生动，感情热烈豪放，语言自然清新，是我国继屈原之后的又一位伟大的浪漫主义诗人，被后世誉之为“诗仙”。

杜甫(712—770)字子美，祖籍湖北襄阳，后迁居河南巩县。杜甫7岁能吟诗，20岁开始漫游吴越齐鲁，35岁去长安求仕。安史之乱时，过了一段颠沛流离的生活，处境十分窘困。后来做过左拾遗，48岁回到四川，在成都建草堂，一度任检校工部员外郎。57岁在川、湘等地漂泊，59岁病死在客船上。杜甫一生作诗1400余首，有《杜工部集》，代表作为“三吏”“三别”，真实而深刻地反映了唐王朝由盛而衰的转变，寄托了对劳苦大众的同情，被后人誉为“诗史”。

我喜欢《琵琶行》

北京　李织

在唐诗中，我喜欢的是白居易的《琵琶行》。

《琵琶行》讲述了诗人结识、了解琵琶女的经过，并由此联想到自己的遭遇，是有感而作的名诗。其中“同是天涯沦落人，相逢何必曾相识”的名句更为世人所称道。而《琵琶行》中我最欣赏的是对“月”的描绘。

诗中对月的描写共有4处。在与友人举杯送别后，“醉不成欢惨将别，别时茫茫江浸月。”此时的作者远离京城，怀念家乡，朋友即将离去，“江浸月”衬托了分别时痛苦凄惨的心情。虽然有明月、江水、美酒、朋友，但心情像江水长流不断，把月影弄得支离破碎，“江中的月”正如作者的心，这是用环境衬托心情的妙句。

在与琵琶女相见，并聆听了她高超的演奏后，用“东船西舫悄无言，唯见江心秋月白”形容人们都为琵琶女的琴声所倾倒，用月影的清冷完整反映整个江面，所有船只都停留在能“说尽心中无限事”的琴声中，烘托了环境的凄清，进一步表现出听者陶醉其中、如梦初醒的情状。在琵琶女的自述中，“去来江口守空船，绕船月明江水寒”，写出秋寒之中，江面之上，看到月亮显得格外明亮。琵琶女在孤寂的生活中，想到的大概是广寒宫中与自己处境相同的嫦娥，寄托了她对往事的感伤之情。

用月景表现人物心情，烘托气氛，是《琵琶行》的显著特点。这是作者匠心独运之所在，也是此诗内容的必然。说它“必然”是因为：人们在繁忙的时候，在人群中拥来簇去时，或者说处于高高之上时，兴奋、激动，忙得不亦乐乎，不会想到月亮，不是没时间，而是没心情，正所谓“秋月春风等闲度”吧。但是，当一切繁华都消失了，一切辉煌都退尽了，门庭冷落，车马人稀时，就会冷落、清醒，冷落得像寂寥的夜空，清醒得如天上的明月。接下来会联想到“舒广袖”的嫦娥与自己，正如作者见琵琶女想到了自己。

这不禁使我想到更多的月景，有“举杯邀明月，对影成三人”的风流潇洒，有“床前明月光，疑是地上霜”的思乡之情，更有“今宵酒醒何处？杨柳岸晓风残月”的离愁和缠绵。中国诗人擅长在诗歌中描写月景。中国老百姓的生活和节令与月相息息相关。以月作为抒情的载体，成为我们中华民族文学艺术中很有特点的现象。

月景的作用在于使读者与作者产生共鸣，达到“月亮代表我的心”的效果。《琵琶行》中绝妙之句，正是我爱之所在。

【精彩读点】

①用月景表现人物心情，烘托气氛，是《琵琶行》的显著特点。这是作者匠心独运之所在，也是此诗内容的必然。

②月景的作用在于使读者与作者产生共鸣，达到“月亮代表我的心”的效果。《琵琶行》中绝妙之句，正是我爱之所在。

【佳作赏析】

本文优点在于：1．选题好。作者从《琵琶行》全诗的大处（主题、感情）着眼，由小处（侧面描写——月）入手，选题别致，以小见大，便于作具体深入的议论。由此可见作者对全诗的统观能力和独到的见解。2．分析议论准确到位。对4句诗的分析——扣住了诗的内容、感情和形象，全文首尾扣题，层层分析，将原因说得较充分。3．想象丰富。文中有对原因的纵向分析——用月景表现人物心情的必然性，也有对其他与月有关的诗句的引用与评点，将对《琵琶行》中描写月景的分析扩展开去，这样，既有深度又有广度，给读者的启发当然就更多一些。

【点读名家】

白居易（772—846），字乐天，自号香山居士。祖居太原，后迁至陕西渭南县。白居易5岁就习诗，9岁就懂得诗的声韵。他自幼家境贫寒，12岁时离乡到越中躲避战乱。28岁考中进士，被授秘书省校书郎，开始官宦生涯，先后出任过忠州、杭州、苏州刺史。75岁时卒于洛阳。著有《白氏长庆集》。《卖炭翁》《杜陵叟》《长恨歌》《琵琶行》等都是为人称道的名篇。白居易的诗歌质朴自然，通俗易懂，意蕴深刻，与韩愈、刘禹锡、柳宗元一样，是唐代中期诗人创作成就最大的作家。

感悟《落花》

吉林　王艺璇

“高阁客竟去，小园花乱飞。参差连曲陌，迢递送斜晖。肠断未忍扫，眼穿仍欲归。芳心向春尽，所得是沾衣。”

这首诗为唐代李商隐所作的《落花》。初一读，悲凉之意便渗入心中，作者题为《落花》，已给人一种萧索苍凉的感觉，加上人去阁空、落日余辉、春光完结等触景伤情之笔，让人真真切切地体会到了诗人内心的感伤。那么，作者的“伤”从何来？我想到了作者的遭遇，李商隐作官时正是“牛李党争”激烈之时，他先被“牛党”令狐父子所荐拔，后又作了“李党”王茂元的女婿，于是被“牛党”忌恨，为党争所累，仕途坎坷，终生不得志，古人向以功名为寒窗苦读的甘果，李商隐也一样，在这种怀才不遇、穷困潦倒，欲诉苦而无处诉苦的情形下，他见到了被风吹散了的落花，便发出了“芳心向春尽”这样低沉的慨叹，仿佛心中的凉意装满了，只流出那么一点点儿。

《落花》这题目又让我想起了另外一首诗，即黛玉的《葬花吟》，“侬今葬花人笑痴，他年葬侬知是谁？”“一朝春尽红颜老，花落人亡两不知。”多愁善感的黛玉感花伤己，透过落花看到了自己注定悲剧的命运，两诗所表达的感情虽不尽相同，但“悲”都因落花而生，“恨”又都由社会而来。

那么，远离了那个年代，那个社会，今天的我看到了落花，又会想些什么呢？首先，我也会感叹光阴似箭，辉煌与美丽多么容易逝去，当光芒散尽，一切可喜的都化为乌有时，又是一种多么凄凉的美丽。我称之为美丽，因为我知道，繁花似锦是一种幸福，落英缤纷也是一种快乐，那是一种坦然与满足的快乐。花开一朝，谁能留下一世的甜美。人的一生像一条长河，有潮起也必有潮落，潮起是一种澎湃，潮落也是一种荡漾，只要你心中的涟漪，时时都勾勒出美丽的银圈，又何必去在意潮起潮退，花开花落呢？人生的天平总是会平衡的，得与失只是调节它的过程。只要你明白：来亦去，走亦归，不要刻意打扮苦和甜，尝尽所有的体会，你才发现，其实什么都无谓。随心所欲好了，顺其自然好了，开开心心，才是最重要的。

【精彩读点】

作者题为《落花》，也给人一种萧索苍凉的感觉，加上人去阁空、落日余辉、春光完结等触景伤情之笔，让人真真切切地体会到了诗人内心的感伤。

【佳作赏析】

同样的事物，不同的人，不同的环境，会令人产生不同的感想。作者正是从这一基点出发，由于对唐诗《落花》的分析，体会当时诗人的心境，联想到黛玉的《葬花吟》，体味出那个时代，那个社会，“落花”令人伤神，令人生恨。

从这个角度对比，作者将自己的体会也阐述出来，加以分析比较，从而得出一种随心所欲，顺其自然的超然心态。文章行文流畅，文笔清新、优美。

【点读名家】

李商隐（813—858）字义山，号玉谿生，河南泌阳人。唐文宗开成二年（837）年进士。少年得志，却一生为寄人篱下的文墨小吏。著有《李义山诗集》,《无题》《夜雨寄北》《锦瑟》等是脍炙人口的名篇。李商隐的诗歌善于用典，意象朦胧迷幻，着重表达的是复杂的内心体验，而这种体验多以伤感寂寞的意境出之。

一首母爱的颂歌

——读孟郊的《游子吟》

湖北　杨苗

人在最痛楚的时候，通常会喊“妈”，因为记忆最深刻的是母亲的羽翼，是母亲的爱抚，受伤了，是母亲用爱来精心包扎。

人在最艰难的时候，通常会想到母亲，因为母亲所在的地方是家，在那里，没有生活的重压，没有未来的茫然，只有母爱的温馨。

人在最无助的时候，通常会惦记母亲，因为母亲是孩子最坚强的后盾，即使孩子不被世上所有的人理解，孩子身后永远有母亲的爱。

人在最寂寞的时候，通常会怀念母亲，因为当寂寞沉淀了生命中所有的浮躁、功利，从最真实的情感中流露的是对母亲的怀念，母亲默默为儿女付出一切，不求一丝一毫的回报，在人际追逐中累了、乏了、寂寞了，只有母爱的涓涓细流滋润着那颗孤寂的心。

人在旅途，总会有最寂寞、最无助、最艰难、最痛楚的时候，一个人流浪，面对不可知的环境，和复杂的人群打交道，是母亲给儿女最无私的支持，是母爱给儿女最伟大的力量。

我们明白了以上这些，也就找到了孟郊的《游子吟》千百年来一直脍炙人口的原因。不是吗？你细细地品味一下这六句诗吧。

“慈母手中线，游子身上衣”，突出的是两件最普通的东西，蕴含的是母子相依为命的骨肉之情。

“临行密密缝，意恐迟迟归”，在我们眼前幻化的是这样的一种情景：昏黄的油灯下，一位白发母亲，一针一线为即将远行的儿子缝制衣衫，针针线线是那样的细密，拨动着每一个读者的心弦。母亲担心儿子迟迟难归，切盼儿子早些平安归来，母爱在生活中最细微地流淌出来。没有言语，却饱含千言万语；没有眼泪，却催人泪下。

“谁言寸草心，报得三春晖”，对三春阳光般的母爱，小草般的儿女如何报答？《游子吟》是一首母爱的颂歌，让我们再一次深情地吟唱，永远不忘母亲的恩情。

【精彩读点】

人在旅途，总会有最寂寞、最无助、最艰难、最痛楚的时候，一个人流浪，面对不可知的环境和复杂的人群打交道，是母亲给儿女最无私的支持，是母爱给儿女最伟大的力量。

【佳作赏析】

本文采用散文化的语言以浓厚的抒情色彩诠释了自我对《游子吟》的感悟。开头看似闲笔，实际上是为后文的解读张本，后文的点评又是对前文的感悟作了有力的注解。文章自始至终紧扣“母爱”二字落笔，给读者留下了深刻的印象，既有语言个性，又有文学色彩。

【点读名家】

孟郊（751—814）字东野，武康（今浙江德清）人。早年屡次参加科考未中，直到46岁才进士及第，4年后当上一个小小的溧阳尉。著有《孟东野诗集》。所作多为五言古体诗，用语刻琢而不尚华丽，擅长寓奇特于古拙，平易朴素，自然流畅，能透过个人命运以反映更广阔的社会现实。《结爱》《杏殇》《游子吟》是其代表作。

读韩愈的《马说》有感

江西　尹广宇

唐朝著名文学家韩愈在他的寓言式杂文《马说》里有这样一段话："世有伯乐，然后有千里马，千里马常有，而伯乐不常有。故虽有名马，祗辱于奴隶人之手，骈死于槽枥之间，不以千里称也。"这段话深刻地阐述了这样一个道理：世上有了能鉴别俊才的伯乐，才能发现千里马。千里马是经常有的，只可惜伯乐不常有。因此，即使是千里马，也只能像常马一样，"祗辱于奴隶人之手，骈死于槽枥之间，不以千里称也"。

这样看来，问题是在有无伯乐，是在有伯乐而能否起伯乐的作用。我以为伯乐常有，而起伯乐作用的不常有。伯乐多在民间，他们虽可荐贤，但因受条条框框的限制，难以生效。身处领导岗位者亦不乏伯乐，然而真能起伯乐作用的，却属寥寥。这是为什么呢？一则他们多忙于事务，无暇识马；二则恐怕千里马不听驾驭；三则恐千里马上天，而贬己为常马；四则即或识得千里马，亦为庸辈所妒……凡此种种，不一而足。

千里马是否是"万应灵丹"，放到哪儿哪儿灵呢？非也。马，虽有"千里"与"寻常"之分，亦各有所能。因此须视其能之异而任其劳。不能唯用日行千里之马，而置常马于不顾。诚然，常马难千里之任，但每有千里马难常马之劳。又食者宜有所别，若以千里马之食以饲常马，则常马毙；若以常马之食以饲千里马，则千里马不能尽其才。

以上只是我的一时所感，我想，在九百六十万平方公里的土地上，真可谓"奇骥无穷，俊才如云"了。我衷心希望，在我们的神州大地上，有更多的"千里马"，有更多的"伯乐"涌现！

【精彩读点】

身处领导岗位亦不乏伯乐，然而真能起伯乐作用的，却属寥寥。这是为什么呢？一则他们多忙于事务，无暇识马；二则恐怕千里马不听驾驭；三则恐千里马上天，而贬已为常马；四则即或识得千里马，亦为庸辈所妒……凡此种种，不一而足。

【佳作赏析】

文章就韩愈《马说》拎出一点，展开议论，联系实际，把韩文中的意思讲透，讲实在。它是分为两方面来说的：一是伯乐的有无如何理解，二是千里马发现了当如何安排。前一个方面，着重讲伯乐能不能发挥伯乐之能，肯不肯当伯乐，后一方面讲了千里马不能尽其才也是枉然，深刻！

【点读名家】

韩愈(768—824)，字退之，自谓郡望昌黎，世称“韩昌黎”。河南孟州人。幼时孤儿，由兄嫂抚养。唐贞元年进士。任监察御史，后因事贬为阳山令。赦还后，任国子博士、刑部侍郎，又因谏阻宪宗迎佛骨，被贬为潮州刺史。韩愈与柳宗元同为古文运动的倡导者，其散文在继承先秦、两汉的基础上，加以创新和发展，气势雄健，被列为“唐宋八大家”之首。所作《马说》《师说》《原道》等均为传颂千古的名篇。韩愈主张写散文“宜师古圣贤人”，但“词必己出”，“文以明道”。著有《昌黎先生集》。

只有尽其用，方可显其能

——读柳宗元的《黔之驴》

安徽　张莉

近读柳宗元的《黔之驴》，我忽然感悟：千百年来，人们加在“驴”身上的骂名——“黔驴技穷”，实乃不实之词。现在，大有为“驴”正名之必要。

为什么这样说呢？

请读《黔之驴》：“黔无驴，有好事者船载以入，至则无可用，放之山下。”后来，驴被虎“断其喉，尽其肉”，驴可谓死得悲，死得惨！死后仍留下“黔驴技穷”的骂名，又可谓死得屈，死得冤！驴本来是拉车推磨的。而黔之地无车可拉，无磨可推，驴当然也就无可用，无可用当然也就无法显其能，最终还落个被虎吃的下场。驴到黔是自觉自愿的吗？非也！柳老先生说得明白：“有好事者船载以入”。显然，“驴”的悲剧是“好事者”制造的，“好事者”是罪魁祸首。但人们不追究“好事者”的罪责，却把罪责加在“驴”的身上，这实在是千古奇冤，万载错案。“黔驴技穷”责任不在“驴”，而在“好事者”！

由此，我联想到现实生活中对人才的使用。何谓人才？在自己的岗位上显其能，并能为社会做出一定贡献的人，这就是人才。那么人才怎样才能显其能呢？办法只有一条，就是要有用武之地。很难想象，人不能尽其用，却可显其能，尽其才！叫世界文豪莎士比亚到居里夫人的实验室，恐怕莎翁一辈子也提炼不出镭；反之，让居里夫人坐在楼阁去构思四大悲剧和四大喜剧，到头来恐怕也只能是一纸空文。由此，我又联想到现实生活中的某些人，他们在某单位某部门可能是个“多余人”，但只要调换一下单位或部门，他们就大显身手，潜力大发，成为能人。古语“士别三日，当刮目相看”，道理恐怕就在于此。反之，某些人在某单位某部门，工作很出色，但变换一下工作对象或环境，他们却显得别扭、无能。现实生活中不乏这样的实例。正因为如此，百年前的龚自珍就向人们疾呼：“我劝天公重抖擞，不拘一格降人才。”“黔之驴”的悲剧，现实生活中的实例，难道不能给我们一点启示或启发吗？

改革开放，四化建设，需要的是人才。人才在哪里？人才就在我们身旁。只要我们能人尽其用，就能人显其能，人尽其才。但愿我们能知人善任，不致使类似“黔之驴”的悲剧在21世纪的今天发生。

【精彩读点】

显然，“驴”的悲剧是“好事者”制造的，“好事者”才是罪魁祸首。但人们不追究“好事者”的罪责，却把罪责加在“驴”的身上，这实在是千古奇冤，万载错案。“黔驴技穷”责任不在“驴”，而在“如事者”！

【佳作赏析】

“黔驴技穷”这一成语，嘲讽“黔之驴”因技少无能而遭虎吃这一厄运。但小作者不囿于古人、常人之见解，给“黔之驴”正名，得出“黔驴技穷”的责任不在“驴”而在“好事者”。并由此联系现实生活实际，提出“人尽其用，方显其能”的论点，论点鲜明、正确，主题深刻。说明小作者是很有思想、有见地的。

文章层次清楚，结构严谨。前半部分给驴正名，得出驴死的责任在于人。分析透彻，水到渠成，自然过渡到后半部分对人才使用这一问题上。

文章运用例证、引证、对比论证、假设论证等多种论证方法，有很强的说服力。

【点读名家】

柳宗元（733—819）字子厚，河东（今山西永济县）人，世称“柳河东”。唐代杰出的思想家、文学家，为“唐宋八大家”之一。他生活的时代，唐王朝已经走向衰落，政治黑暗，经济萧条。他积极参加政治革新运动，失败后被贬放逐到贵州。在外放地，他写下大量文学作品，以散文成就为最高，如“永州八记”、《捕蛇者说》《三戒》《蝜蝂传》等都是脍炙人口的名篇。柳宗元散文中写得最出色的是山水游记，不是单纯地去描摹景物，而是以全部感情去观照山水之后，借对自然的描述来抒发自己的感受，正如他在《愚溪诗序》中所说，他是以心与笔“漱涤万物，牢笼百态”。

浅谈苏轼的词

——评《水调歌头》

北京　韩岩

宋词作为我国古代文学史上一颗璀璨的明珠，具有不可磨灭的历史意义。而苏轼的词在词的发展中，一洗唐代以来宫体词脂粉香泽之气，首创豪放派之先河，我们可以说，在词的发展史上，苏轼的词是一座丰碑。下面，我仅就《水调歌头》一词，浅析一下苏轼的豪放词风。

明月几时有？把酒问青天。
不知天上宫阙，今夕是何年。
我欲乘风归去，又恐琼楼玉宇，高处不胜寒。
起舞弄清影，何似在人间？

转朱阁，低绮户，照无眠。
不应有恨，何事长向别时圆？

人有悲欢离合，月有阴晴圆缺，此事古难全。

但愿人长久，千里共婵娟。

这是一首在月光下思念弟弟的词，读完上阕，我不禁首先为词人的新奇想象所折服。自古以来，写中秋赏月的诗词不少，但许多作者往往把自己置于月外，仅仅从一个旁观者的角度来描述月色。而东坡则不然，他竟然把自己置于月宫主人的位置。他在饮酒赏月中，逸兴遄飞，神游月宫，给人一种超凡脱俗的感觉。读到这里，就不由让我们同样产生了豪迈的感情，深深地被词的意境所吸引，尤其是那句“我欲乘风归去，又恐琼楼玉宇，高处不胜寒”，大有使人飘飘欲仙的感觉。中国文学史上，若谈起浪漫的想象，当首推屈原、李白，他们在诗中常能不为世俗所羁绊，而能扬起长袖、高歌呐喊、畅游寰宇。现在读到东坡的词，又使我们看到了同样的形象。不过，当我们读到“起舞弄清影，何似在人间”时，感到东坡又胜一筹。他虽然政治上也遭受过种种挫折，但还感到“人间”更为可爱，他这种屡遭贬斥仍然热爱生活的精神，更使我们感动，这正是苏词豪迈的根源。这是他百折不挠的精神在词中的体现。这一点在词的下阕中同样可以体会到。

下阕中，作者一开始就寥寥几笔勾勒出了诗人彻夜不眠的情景。“转”、“低”两字充分体现了时间的缓慢流逝，更衬托出作者思念弟弟子由的深情，这也反映出了东坡在用词上的高超技巧。诗人并不是在词中洒泪哀叹，而是笔锋一转，用“不应有恨，何事长向别时圆”，“月有阴晴圆缺”的自然规律来劝慰自己，表现了诗人深明生活的规律和开阔的胸怀。读到这儿，就会使我们的心胸也豁然开朗。最后，又用“但愿人长，千里共婵娟”来表现诗人美好的愿望。这立即使我们眼前一片光明。就是这样的希望，能使人不怕挫折，去奋斗，去战胜一切困难。从这儿也可以看出，豪放派词的关键之处，就是不管抒发什么样的忧愁烦恼，总是满怀着希望，所以也总有鼓舞人们的力量。

后人评价苏轼写词“以诗入词”，说他“无意不可入，无事不可言”。东坡这首词，正是以诗人词的典范，既表现了深情，又写得很庄重，十分有气概，彻底地扭转了人们对“诗庄词艳”的看法。不难看出，苏轼词中的豪放气概，正是来源于他开阔的胸怀与正确的处世态度，没有思想作为底蕴，是无法构成如此感人的艺术佳作的。后来的岳飞、陆游、辛弃疾的豪放词作也无不是这样。

【精彩读点】

后人评价苏轼写词“以诗入词”，说他“无意不可入，无事不可言”。东坡这首词，正是以诗入词的典范，既表现了深情，又写得很庄重，十分有气概，彻底地扭转了人们对“诗庄词艳”的看法。不难看出，苏轼词中的豪放气概，正是来源于他开阔的胸怀与正确的处世态度，没有思想作为底蕴，是无法构成如此感人的艺术佳作的。

【佳作赏析】

本文对苏词《水调歌头》的分析十分细致，能抓住典型例句体会词中的思想感情，并能形象地表现自己阅读中的感受，使我们感到本文作者确实走近了词中的意境，如和词作者同样置身在“高处不胜寒”的明月之旁一样。本文对以苏词为代表的豪放派词的思想特色概括得很扼要。确实，豪放派词不管抒发什么样的感情，总是“满怀着希望，所以也总有鼓舞人们的力量。”

【点读名家】

苏轼(1037—1101)，字子瞻，号东坡居士，四川眉山人。北宋杰出的文学家、书画家。21岁时考中进士，曾任翰林学士，出知杭州、颖州等。后遭贬，病逝于常州。苏轼的散文有不少是史论和政论，如《范增论》《留侯论》《韩非论》《贾谊论》等，所议往往就常见的事实翻新出奇，有极强的感染力。他的诗词清新豪放，意境开阔深远，善用夸张比喻，在艺术表现上独具一格，如《题西林壁》《惠崇春江晚景》《游金山寺》《饮湖上初晴后雨》《江城子·密州出猎》《水调歌头·丙辰中秋》《念奴娇·赤壁怀古》等。

不屈的灵魂

——读《宋诗词选》

江苏　赵玉莹

《宋诗词选》是一本不算很厚的选本，但每回捧读，我总感到沉甸甸的。这主要不仅仅是那一首首字字珠玑的诗词，内涵丰富，风格鲜明，让人爱不释手，而更是那些作为本书主旋律的激越高亢的爱国诗篇，常撩得我心神振奋，情绪激昂。像岳飞的《满江红》，李清照的《绝句》，辛弃疾的《破阵子·醉里挑灯看剑》，文天祥的《过零丁洋》，陆游的《关山月》《示儿》等诗词，我每次诵读，都激动不已。诗里不屈的灵魂感染了我，我或悲愤，或忧郁，或高歌，或叹息，直至泪花盈盈，潸然而下。其中特别是陆游的诗作，读后更令人有“沉痛迫中肠”的感慨。

陆游生活在南宋，这是个积贫积弱、畏敌如虎、苟延残喘的朝代。统治者的昏庸无能，激起了陆游这个爱国志士的无比愤懑。为报仇雪耻他曾从军九年，“铁马秋风”，豪雄飞纵。以后他虽多次复职做官，但由于他积极主张抗金，就一直受到投降派的压制和排斥而多次失去官职。不管个人遭遇多么不幸，陆游始终为国家前途、人民命运担忧。甚至这位86岁的爱国诗人临终时还念念不忘祖国的统一、领土的完整。正是这种忠贞如一的爱国热情，铸成了他为多灾多难的祖国呼喊的不朽诗篇。《示儿》诗是他一生的绝笔诗，也是表达诗人爱国热情的绝唱，我每次诵读他的《示儿》诗，就仿佛看到烛光摇曳中，诗人僵卧病榻，老泪纵横，手指北方，嗫嚅着嘴，断断续续吟下了四句诗：“死去原知万事空，但悲不见九州同，王师北定中原日，家祭无忘告乃翁。”他谆谆嘱咐儿子，将来祭祀的时候，千万不要忘记把收复失地的好消息告诉他。深沉悲壮的情调中渗透着作者永不衰竭的赤诚的爱国激情。

陆游的另几首诗，像《关山月》《秋夜将晓出篱门迎凉有感二首》《十一月四日风雨大作二首》等，同样渗透着诗人至诚至烈的爱国激情。这几首诗也都给我留下了不可磨灭的印象。

在《关山月》一诗中，作者用写实的笔触写下了“朱门沉沉按歌舞，厩马肥死弓弦断”两句诗，揭露了南宋统治者向金人求得了暂时的安定后就纵情享乐，过起花天酒地生活的颓败时尚，诗人同人民一样，“遗民忍死望恢复，几处今宵垂泪痕”。整首诗字里行间流露出作者对忍辱苟安、醉生梦死的统治者的万分失望，也使我对南宋统治阶级的卖国行为产生了切齿痛恨。

这同样的感情在《秋夜将晓出篱门迎凉有感二首》和《十一月四日风雨大作二首》中表达得更为强烈。《秋夜将晓出篱门迎凉有感二首》这两首诗描写了陷在敌人手中的壮丽河山和人民盼望祖国军队收复失她的焦急心情。“遗民泪尽胡尘里，南望王师又一年。”诗人用一个“尽”字不仅描绘了沦陷区人民哭尽了眼泪，日日盼望祖国的军队骑着战马，拿着弓箭，与金军拼个你死我活的情景；也刻画了作者此时此刻希望南宋统治者组织起军队，向金军讨还血债的急迫心情和屡叫诗人失望的巨大痛苦。日有所思，夜有所梦，人对现实的失望，常常在梦中得到补偿。1192 年 11 月 4 日，一个风雨交加的夜晚，68 岁的陆游躺在床上，静静地听着窗外的风雨声，好像听到了千军万马作战时擂鼓呐喊的声音。梦乡中，仿佛诗人自己也骑着铁马，跨过冰河，驰骋在北方的战场上。于是，他又搦管写下了“夜阑卧听风吹雨，铁马冰河入梦来”的辉煌诗句。“烈士暮年，壮心不已”，老诗人“不已”的“壮心”怎能不叫我钦佩！

掩卷而思，我的心久久不得平静，眼前始终闪现着一个个爱国志士的身影：陆游、辛弃疾、文天祥、岳飞……耳畔回响着一首首悲壮慷慨的爱国诗篇。此时我想，中华民族之所以有今天，就是因为有许许多多的爱国主义者。有这许许多多的中国的脊梁，在前仆后继，不断抗争。

【精彩读点】

不管个人遭遇多么不幸，他始终为国家前途、人民命运担忧。甚至这位86岁的爱国诗人临终时还念念不忘祖国的统一、领土的完整。正是这种忠贞如一的爱国热情、铸成了他为多灾多难的祖国呼喊的不朽诗篇。《示儿》诗是他一生的绝笔诗，也是表达诗人爱国热情的绝唱……

【佳作赏析】

爱国主义是文学创作中一个永恒的主题，在中国文学史上，许多仁人志士满怀激情，抒发了对祖国永不衰竭的赤诚的爱。

本文作者有感而发把一篇“读后感”写得如此声情并茂，文采飞扬，实在难能可贵。习作以陆游的爱国主义为主旋律，在短短的篇幅中塑造出一位生活于朝廷腐败，国破家亡时代的“不屈的形象”、“不屈的灵魂”。

读着那些激越高亢的爱国主义诗篇，作者被深深感染了，“或悲愤，或忧郁，或高歌，或叹息，直至泪花盈盈，潸然而下。”我们又何尝不为这篇习作所表露的爱国主义热情而感染呢！尤其是文章最后一段，感情得到进一步升华，也增加了习作的思想深度和厚度。

【点读名家】

陆游(1125—1210)，字务观，自号放翁，山阴(今浙江绍兴)人。陆游少年时，正当金人南侵，他长期过着战乱的生活。受家庭影响，陆游早就树立了爱国抗金的志向。成年后，他一直不得统治者重用，曾有过一段军旅生活，也做过几任小官，但因坚持抗金主张，屡遭主和的权贵的忌恨，最后丢了官职。晚年闲居故里，生活极其清苦，但他的报国信念始终没有衰退，在85岁临终时还写下《示儿》，表达自己北伐抗金的远大志向。他一生著作丰富，其《剑南诗稿》85卷，收诗9000多首；《渭南文集》50卷。他的诗词内容非常丰富，风格雄浑独特，对后世诗歌创作有深远影响。

独树一帜的易安词

北京 田涛

寻寻觅觅，冷冷清清，凄凄惨惨戚戚。乍暖还寒时候，最难将息。三杯两盏淡酒，怎敌他晚来风急！雁过也，正伤心，却是旧时相识。

满地黄花堆积，憔悴损，如今有谁堪摘？守着窗儿，独自怎生得黑！梧桐更兼细雨，到黄昏点点滴滴。这次第，怎一个愁字了得！

上面所引这首词，就是两宋交替时的著名女词人李清照的名作——《声声慢》。

李清照，号易安居士，她生活在一个社会大动荡的时期。她原籍山东。金兵南侵后，与丈夫一起渡淮南奔，饱尝离乱忧患。丈夫故去后更流落江南，在国愁、乡愁、家愁中写下了不少名篇，那些词具有很高的艺术价值和深远的社会意义。

李清照的词之所以有魅力，之所以能为人们所传诵，我认为一个重要原因是她在词中所流露的新意。她的词，打破了五代及北宋不少词人那种工于形式而内容干瘪的风格，一改那种令人乏味的无病呻吟。她的词，每一句都情真意切，特别给人一种清新感。她的词联想丰富，勇于创新。前人认为是禁忌的叠词、对话都被她用进词里，而且用得是那么的自如，达到了炉火纯青的地步。如早年作品《如梦令》中写的："试问卷帘人，却道'海棠依旧'。'知否？知否？应是绿肥红瘦！'"这儿就使用了对话，这就是一个创新；两个"知否"把少妇对花的怜惜之情表现得那么栩栩如生，显得既自然又曲折。更绝的是一个短语"绿肥红瘦"，"绿"和"红"用来借代叶和花是再恰当不过的了。"肥"和"瘦"

本来是形容人的，但这儿却用来形容叶和花，传神地写出了少妇眼中的海棠已不仅仅是种植物，而是有血有肉，令人怜爱的人物了。这样的句子，若不是凭借对自然和生活的细致观察，是无法写出来的。这就是李清照写词的神韵所在。李清照虽没有领导一代词坛，但她这种种清新自然的独特风格，是可以在文学史上独树一帜的。

李易安在总体上来说是属于婉约派，她晚年的作品，有许多是反映词人当时愁苦的心境的。由于亲身经历的不幸遭遇，她在词中所表现出来的愁是那么的真切，那么的催人泪下。前面所引的《声声慢》就是典型一例。开头诗人就用了七对叠词，这可说是词作中的空前创举，然而，用在这儿不但不显得繁冗，反而加强了感情的渲染，增强了作品的艺术感染力，将词人心神无主，忧愁苦恼的心情表现得淋漓尽致。她在寻觅，但是寻觅的是什么，她自己也说不清楚：或是靖康之耻，或是词人的家破夫亡。她失去的已经太多太多，过去的美好事物再也不可寻到了。留下的只是冷清凄惨的愁思。这样的情状，怪不得历来被评论家赞为“创意出奇”。接着又写词人借酒消愁。而在“晚来风急”时候，“淡酒”又无法御寒，更不能消去心中的哀愁！大雁是送信的使者，可是现在还能给谁捎信呢？现在是一个人流离他乡，以前的一切都杳无音讯了。下片，作者更用已经凋零惨淡的菊花来与自己作比。菊花谢了，枯了，败了，人们会感到怜惜，然而词人家破夫亡，独自漂泊他乡，又有谁来同情，来关心！漫漫长夜，梧桐细雨更加重了词人的哀伤，作者将自己的思想感情与环境景物自然交融，立即具有了巨大的感染力。最后作者直抒胸臆，感叹这种感伤已无法用一个简简单单的“愁”字来概括了。到这里，词中的感情已像潮水一样向你涌来，不可阻挡，使你感动得几乎难于呼吸。

李清照晚年词中抒发的悲怆情感，反映了她所在的那个动乱的时代。是什么造成了她和千千万万人民的悲惨遭遇？是金兵入侵的战争。战争摧毁了田园、村庄，使无数人流离失所、饥寒交迫。李清照的词是她那一代人的心声，但经过她独出心裁的表现，就别有一番风韵，在文学史上也就具有了独特的地位。

【精彩读点】

①她的词联想丰富，勇于创新。前人认为是禁忌的叠词、对话都被她用进词里，而且用得是那么的自如，达到了炉火纯青的地步。

②李清照虽没有领导一代词坛，但她这种种清新自然的独特风格，是可以在文学史上独树一帜的。

【佳作赏析】

文章通过对李清照两首词的分析，说明李词在创作上“独树一帜”的创新特色：《如梦令》是语言上的创新，《声声慢》是意境上的创新。能从不同作品中抽取出共同的特色，这正是我们要在文学欣赏中培养的归纳能力。

本文对作品的分析比较细致，对词中的感情理解也比较正确、深刻，有些地方确已领略到作品的“神韵”所在。最后写到了李词与当时动乱时代的关系，这一点很重要，这是我们认识李清照词的历史价值的关键之处。

【点读名家】

李清照（1084—约1156），号易安居士，济南章丘邑人，嫁金石家赵明诚。李清照一生足迹遍江浙皖赣一带，晚年安居临安。主要著述有《李易安集》十二卷、《漱玉词》一卷、《易安居士文集》七卷、《易安词》六卷等。李清照词从清俊旷逸变为怆凉沉郁，多寓故国黍离之悲，给南宋辛稼轩、陆游诸爱国主义词人以深刻的影响。

《岳阳楼记》读后感

台湾　一毛

人是感情的动物，当受到外在事物的刺激时，常会因为得失观念的偏失，而怨天尤人。

其实环境的缔造是人为的，而自己对人生价值的认识却是主观的。“不以物喜，不以己悲”，不以外物美适而喜，不以己身困厄而悲。多少文人骚客因环境而怀忧丧志，把豪情丧失掉。如初唐李贺因受打击，忧心忡忡，抑郁而终。反观宋朝苏轼被贬谪在外，却能把心事托付山水，所以能写出许多瑰丽雄伟的文章。

如果李贺不早死，或许有更多绝妙作品能流传下来，可惜他没有苏轼的气度，不能“即其所居之位，乐其日用之常”。况且，这种颓废的意志必能使人形销骨毁，流于一种不满现实、沉郁的、萎靡不振的境地。这对国家、对社会乃至对个人又有何益？只不过是使后人感到叹惋罢了。

孟子云："士穷不离义，达不离道。"又云："古之人得志泽加于民，不得志修身于现世。""穷则独善其身，达则兼善天下。"这才是文人对得失真正的态度。不管处在什么环境下，皆能处之泰然，不以眼前的富贵，也不因处逆境而有所改变。退一步想海天的辽阔，而人类的生命只是几朝露水，当露水蒸融时无影无踪。偶尔我们会回想过去，缅怀古人，而范文正公能用最大宽容与气度，安慰被谪的好友。欧阳修谓其"于富贵、贫贱、毁誉、欢戚，无一动其心"。他能有伟大的事业，实际上是因为他不怨天尤人，时时在贡献自己，保持积极乐观的态度，以民生为念，实得利于"不以物喜，不以己悲"的思想意志而成的。

【精彩读点】

其实环境的缔造是人为的，而自己对人生价值的认识却是主观的。"不以物喜，不以己悲"，不以外物美适而喜，不以己身困厄而悲。

【佳作赏析】

本文没有写人家谈得很多的"先天下之忧而忧，后天下之乐而乐"这个论题，而是集中写"不以物喜，不以己悲"这个不十分显眼的论点，而且写出了一些新意，说明作者是在选择论题上下了功夫的，而且紧紧围绕着人生价值，引经据典加以议论阐发，使文章中心突出，结构紧凑。

值得一提的是，本文直接引用经典著作原文达七处之多，运用正反面事例四件，而并不使人有累赘多余之感，也不使人觉得是在炫耀自己的知识渊博。这是因为引语都十分得当，能配合论据，成为有机的组成部分。用典也很自然，如李贺与苏轼的成败得失都是人所共知的，信手拈来，写入文中，没有丝毫的勉强拼凑之感。这大量的引语和典故也反映了作者平时阅读作品的日积月累之功。

【点读名家】

范仲淹(989—1052)字希文，江苏吴县人。北宋杰出的政治家、文学家。少年时家境贫寒，但他刻苦学习，胸怀大志。祥符八年(1015)举进士，官至参知政事。他为官清廉，忠直敢言，关心国计民生，曾领导过当时的政治革新运动，力主革故鼎新，谓之"庆历新政"。文学上，他精通"六经"，尤长于《易》，能写诗作词，其《渔家傲》一首，以激越苍凉之音写边塞生活，在当时就广为传颂，人称“穷塞主”。散文《岳阳楼记》更是家喻户晓的扛鼎之作。著有《岳文正公集》。

立志当高远

——读王安石的《游褒禅山记》

四川　胡良成

志，就是人们心里所确定的奋斗目标，是人们为达到这一目标所下的决心，也是鼓舞人们前进的一种精神动力。史称“竹林七贤”之一的诗人嵇康说过：“人无志，非人也。”可见，人生须立志。

人须立志，还须立大志，“立志当高远”。唐宋八大家之一的北宋政治家、文学家王安石在《游褒禅山记》一文中，具体、形象地阐明了立志和达到目标的关系：“而世之奇伟、瑰怪、非常之观，常在于险远，而人之所罕至焉，故非有志者不能至也。”因此，要在事业上有大的成就，就必须有远大的志向。

立志与事业的成败有十分密切的关系。明朝学者王守仁说：“志不立，天下无可成之事。”

古往今来，凡是在事业上有所成就的人，必然是有大志的，因为你要到月球上去，必须首先要有飞往月宫的志向和决心，经过努力，创造条件才能实现。秦朝末年的陈胜在少年时代就胸怀壮志：“燕雀安知鸿鹄之志哉！”正是这样，才有他揭竿起义反对暴政的壮举，在我国历史上开创了农民起义的先河。我们敬爱的周总理从小立志“为中华之崛起而读书”，战斗一生，呕心沥血，实现了他的抱负，也赢得了人民的尊敬。这些不能不说明立志的重要。

怀有志向的人和没有志向的人往往得到完全不同的结果。吴王夫差灭了越国，越王勾践怀着复国之志，卧薪尝胆，奋发图强，终于达到了目的。金人夺取了宋朝半壁江山，宋高宗妥协投降，无抗战复国的志向，种下了灭国祸根。这些虽都是历史的教训，但立志才能成大事，“志不立，天下无可成之事”，这话是富有哲理的。作为一个头脑健全、四肢发达的人，胸无志向而活着只是一具行尸走肉。

现在，有少数青年没有“高远”的志向，鼠目寸光，只盯着“我”字，追求个人的“实惠”，沉醉于家庭的小圈子，庸庸碌碌，无所事事。这样下去势必会被社会所淘汰。

我们作为正在学校学习的青年，必须树立远大的志向，才能搞好我们的学习。宋朝张载说过：“人若志趣不远，心不在焉，虽学无成。”因此，我们必须树立为祖国现代化建设、为共产主义的目标而奋斗的远大志向，才会产生巨大的动力，努力刻苦地学习科学文化知识，成为祖国需要的有用之材！

【精彩读点】

①志，就是人们心里能确定的奋斗目标，是人们为达到这一目标所下的决心，也是鼓舞人们前进的一种精神动力。

②古往今来，凡是在事业上有所成就的人，必然是有大志的……

【佳作赏析】

本文的主要特点有三：一、扣题紧。作者从开头亮出观点，到最后联系现实，都围绕着“高远”二字进行论证，使中心论点“立志当高远”鲜明、突出。二、论据足。作者没有空泛谈“志”，而是选用了历史上近十个人物为例来论证论点，使自己的立论令人信服。三、论证严。作者先从立志谈到立大志，然后从为何立大志说到有无大志的不同结果，最后联系实际论及如何立大志，这种层层深入的论证，显示了说理严密、逻辑性很强。

【点读名家】

王安石(1021—1086)，字介甫，号半山，临川（今属江西）人。北宋杰出的政治家、文学家、思想家。20岁前，随父游历，看到社会现实的深刻矛盾。考中进士后，做了10多年的地方官，做了许多有益于国计民生的事。熙宁二年(1069)被任命为参知政事，次年为宰相。他即着手制定新法，引起大地主官僚集团的激烈反对，被迫辞职。在江宁过了近10年的闲居生活，于元佑元年(1086)去世。他生前封荆国公，世称“王荆公”，死后谥号文。

王安石为唐宋八大家之一，所作散文议论宏大，分析犀利，笔力雄健，形成锋利峭拔的风格。他一生著述甚多，今存《王临川集》，另有新刊校本《王文公文集》。代表作有《读孟尝君传》《游褒禅山记》《伤仲永》《答司马谏议书》等。

洁身胜于隐身

——重读《爱莲说》

北京　王慧

宋朝著名哲学家周敦颐的《爱莲说》，是古代散文中脍炙人口的名作，表现了作者坚贞的气节和洁身自好的志趣，其中的“出淤泥而不染，濯清涟而不妖”一句，更是有口皆碑，广为传诵。

近日重读此文，细细品味，竟又有心得，谨在此奉于诸君，与之共勉。

周元公在《爱莲说》中提到：“晋陶渊明独爱菊”；下文进一步指出：“予谓菊，花之隐逸者也。”陶渊明是我们所熟知的大文学家，他因不满官场的污浊黑暗，愤然辞官，归家隐居。他渴望有个人人丰衣足食、与世无争的世外桃源。菊花，不与百花争春，却在百花凋谢的寒秋悄然独放，真可谓隐逸者了。这样，我们就不难理解陶渊明为什么独爱菊——不与统治者同流合污，同那些趋炎附势、追名逐利的人比起来，确实应该大加赞扬。这在当时的社会环境下，真可谓“出淤泥而不染”。

然而，在今天，仍然有一些人因为受到失败挫折，被一时的黑暗笼罩，就丧失进取的斗志，幻想有一个能避开这一切的世外桃源，把自己与外界隔绝。黑暗总是伴随着光明。我们应该认识到，风平浪静、与外界隔绝的世外桃源不仅在陶渊明所处的那个时代不可能有，就是在今天，也同样不可能有。隐居避世的想法是消极的、被动的，也是不现实的。那无疑会把自己封闭在一个小圈子里，自得其乐，不参与外界活动。一个人如果这样活着，纵然饱食终日，四肢发达，又有什么意义呢？隐居也许能办到。但避世却是不可能的。即使陶渊明隐居时，也并没有完全与外界隔绝，更何况现在的社会，根本不同于陶渊明所处的那个时代。隐就是回避，在激烈变革的今天，怎能遇到困难就回避，遇到恶势力就隐而退之呢？从这个意义上讲，隐居是自私的。

在对待社会矛盾的问题上，《爱莲说》为我们作出了很好的回答——出淤泥而不染。世上有邪恶并不可怕，可怕的是在邪恶面前退缩。这个“出”字浓缩了一种敢于同邪恶势力斗争而不被其玷污、能够洁身自好的精神。我惊叹自然界和人类社会当中竟有如此相似的事物：莲，只有出淤泥、濯清涟之后才更显得洁净、美丽，才更有君子气；一个人，只有经过同邪恶势力的斗争，经过一番磨炼，才更坚强、更正直、更能保持自身的清白。这就是洁身！这是主动的，积极的。

也许有人说，隐身使自己不同邪恶接触，不是更能保持自己的清白吗？一个逃避邪恶、不敢与邪恶势力斗争的人，很难想像不会被邪恶玷污、征服。树木不去惹蛀虫，照样被蛀虫侵蚀。

洁身胜于隐身。我们身处一个激烈变革的时代，时代要求我们要有顽强的进取精神，要有出淤泥而不染的品德。或许在封建社会，隐居避世是一种时髦，是一种保持自身清白的有效之法。然而今天，改革浪潮汹涌澎湃，改革已是人心所向，面对种种邪恶，隐身不仅不是什么时髦，而是一种愚蠢、懦弱的表现。也许是过去时代造就了像陶渊明、郑板桥那样的一批隐士；而今天，时代需要也要求我们正视邪恶，做敢于斗争、不怕污身、善于洁身、有所作为的“弄潮儿”！

【精彩读点】

①隐居也许能办到，但避世却是不可能的。

②在对待社会矛盾的问题上，《爱莲说》为我们作出了很好的回答——出淤泥而不染。世上有邪恶并不可怕，可怕的是在邪恶面前退缩。这个“出”字浓缩了一种敢于同邪恶势力斗争而不被其玷污，能够洁身自好的精神。

【佳作赏析】

文章针对如何才是真“淡泊”的问题，提出“洁身胜于隐身”这一与传统看法不同的观点，见解独特，议论有的放矢，有现实意义。

【点读名家】

周敦颐（1017—1073），字茂叔，号濂溪先生。北宋道州（今湖南道县）人。著名哲学家、理学的开山祖，程颢、程颐都是他的弟子。他继承《易经》和道家思想，提出了宇宙构成论，认为“无极而太极”，一动一静，产生阴阳万物，主张人要通过主静、无欲达到“纯粹至善”这种道德境界。著有《太极图说》《通书》等。

《爱莲说》是周敦颐难得的一篇文学篇章，以独爱莲之高洁来比喻自己的道德情操，表明不与世俗同污的情怀。

《六国论》质疑

河南　郑欣

六国破灭之由，苏洵在其《六国论》中持“弊在赂秦”之说。而我熟读其文，深思其理，颇为疑之，认为其说失之片面，不够周全。

昔春秋之时，越王勾践和吴国交战，不幸为吴国打败，成为吴王夫差之阶下囚。但他为了东山再起，而不惜以一切代价来贿赂吴国之臣，讨好吴国之君，借以保住性命，留得获柴之青山。之后，他卧薪尝胆，坚其志，亲其臣，爱其民，艰苦磨炼，养精蓄锐，终使武力大增，国威大振，一举打败吴王夫差，灭掉吴国。从此，越国国力日增，竟至称霸于诸侯。上述史实，为人所共知，吴为受贿之国而败亡，越为赂人之邦反取胜。显然，这与苏洵之贿赂说，实有异，理相反。

追苏洵贿赂说之缘由，则与宋朝当时形势有关，苏是针对其赂辽之弊而发的。无疑，这是一声响亮的警钟。可惜，钟虽响亮，人却未能醒悟，宋败亡之势依旧，何也？苏洵夸大了赂之弊，模糊了六国破灭之根由。我以为六国所以破灭，一是由于不能齐心，一致对秦；二是由于君不能亲臣爱民，共同强国。

若六国齐心，不计较一国之得失，行合纵，破连横，一致抗秦，虽不能一举而灭之，却也能力保其国，坚守其土，立于不败之地。东汉末年，孙刘联军就曾经以少胜多，以弱胜强，赤壁一把火，把号称八十万的曹操大军烧得“灰飞烟灭”。试想两家若不联合，怎能取得如此大胜？

大国虽曾一度联合，也只不过是貌合神离、同床异梦罢了，所谓军事结盟也是乌合之众，互相观望。魏安釐王令晋鄙军止于邺，持首鼠两端之势就是明显一例。似此尔虞我诈，你欺我骗，岂有不败之理？更有甚者，楚怀王在张仪的劝说下与秦“连横”，绝了齐交，六国之间矛盾加剧，互相猜忌弥繁，弃信背盟之事层出不穷，使秦有机可乘，顺势利用，施“远交近攻”之术，把六国各个击破，逐个歼灭。追六国致败之由，实不似苏洵所论之理。

再者，君臣不能协力，是六国破灭又一原因。六国君臣之间互有猜忌，全国上下不能齐心。你要攻，他要守；你要战，他要降。于是，国力日衰，民心日散，已有百露之洞，敌有千机可乘。赵国将相团结，曾一度败秦取胜。据史料记载，“赵曾五战于秦，二败而三胜”，“秦击赵者再，李牧连却之”。大好形势足以说明“协力”、“无猜”是抗敌取大胜的重要因素之一。可惜，赵持之不终，赵王因听宠臣之奸谋，受谗言之蛊惑，中了秦国反间之计，撤了廉颇，杀了李牧，使赵继韩而亡，可叹！

楚国也由于楚怀王受骗于张仪，受惑于臣，放逐了忠心耿耿、才智出众的屈原，绝友邦之誓盟，和仇秦而“连横”，受到举国之民唾骂，遭致众多诸侯反对，终使势孤力单，被秦弃盟加兵而灭之，可悲！

燕国太子丹，体恤民情，爱怜臣下，不惜以重金笼络有胆有识之士，谋奇计，强其国，力抗强秦，故国虽小而后亡，可赞！

唉！若六国团结一致，信盟守约，合力抗秦；若六国之君不信小人之谗言，重用忠良之奇谋，做到用人不疑，疑人不用，那么，灭亡的就很可能不是六国，而是秦国。

史实在，道理明，苏氏之说，实可疑之。

【精彩读点】

唉！若六国团结一致，信盟守约，合力抗秦；若六国之君不信小人之谗言，重用忠良之奇谋，做到用人不疑，疑人不用，那么，灭亡的就很可能不是六国，而是秦国。

史实在，道理明，苏氏之说，实可疑之。

【佳作赏析】

本文行文似《六国论》，语言简明，长于说理。其以疑起笔，以疑作结，中间以“弊在赂秦”说的片面性为中心疑点，追寻“贿赂说”之由，导出“亲臣”、“爱民”、“合纵”、“齐心”乃为胜之本，环环相扣，层层展开，反映作者务求“精要”的读书态度。

【点读名家】

苏洵（1009—1066），字明允，四川眉山人。少年不学，27岁才立志读书。仁宗庆历七年（1047）举进士，不中，回到家里后把自己写的文章都烧掉了，下决心闭门读书，研究“六经”和百家散文，文章大进。后与其子苏轼、苏辙同去拜见翰林大学士欧阳修。欧阳修大为赏识，于是文名大振，被授秘书省校书郎。后为河北文安县主簿，参与修纂《太常因革礼》100卷。著有《嘉祐集》。

苏洵深受孟子影响，文风纵厉雄奇，尤其擅长策论，为唐宋八大家之一，与其子并称为“三苏”。

一盏中国茶

——读归有光的《项脊轩志》

新疆　杨娜

一盏中国茶，三口下肚，色是淡的，味是清的，然而结果却是抵挡不住的清幽、闲畅，引得你再斟一盏，细细品味。每咂一口，一个感受。悠悠白气，飘忽不定，仿佛世间万种风情便蕴含其中。这，便是《项脊轩志》展示的境界。

几许平淡，几许凝重。震川先生用他饱含深情的笔头推开了百年老屋的门扉，于是一幕幕悠忧心志，一段段人世悲喜便出现在眼前，回旋在脑中，品味到永久。使人疑惑的是，这毫无装饰的字眼，为何在作者的笔端，显现出如此强烈的艺术魅力？我想，作者的文字功底、艺术修养、涉世体验、满盈真情便是答案。

“偃仰啸歌，冥然兀坐，万籁有声；而庭阶寂寂，小鸟时来啄食，人至不去。三五之夜，明月半墙，桂影斑驳，风移影动，珊珊可爱。”一段行云流水似的文字把我们引入神往的境界。这无奇的字眼却透出一股隔绝尘世的悠然：人与小鸟的默契，树与影的互动。我仿佛听见“小石谭记”中玉佩相击的乐音，享受到身披蓑衣，雨中江心独钓的老翁与自然融为一体的超脱。只这一口清茶，便已沁人心脾。

融情于景，使这份超脱结合了现实，更有了感人之处。作者在处理拳拳敬母心，悠悠念妻情上更是精彩纷呈。作者把胸中激荡的感情凝注于笔尖，倾注于描写人物的动作语言，把所有想表达的掩藏在朴素的文字下。毫无跌宕起伏之势，亦无慷慨激昂之辞，只轻轻地、淡淡地、默默地，而那情感的真挚却令人哽咽。“一日，大母过余曰……以手阖门。”只这“以手阖门”就把祖母对他的爱及他对祖母的怀念表达无余。这样的文字恰似老子的低语：一“空”、一“无”便已明了世界。真正一缕茶烟，浮想万千。

作者处理文字的妙处，处处可见，而文章结构的安排同样恰到好处。文章由景到人，又由人到景，两者交融贯通，一切都成了情感的寄托物，让读者不得不为作者深沉的感情所叹服。最后一段安排得很有韵味：项脊轩庭内亭亭而立一枇杷树成了文章的落脚点，其实也是作者感情的落脚点。对亲人的思念也许完全灌注在这棵枇杷树上，否则何得“亭亭如盖矣”？中国茶的妙处便在这最后一咂，诱你渴望喝干它，却又依恋它那份芳馨，矛盾中寻得享受。

掩卷小憩，回神细思，一行行文字如涓涓流水，沙沙细雨撩拨心际，但又委实道不清楚心中的感受。这大概便是作者无心插柳柳成行——一盏中国茶。

【精彩读点】

融情于景，使这份超脱结合了现实，更有了感人之处。作者在处理拳拳敬母心，悠悠念妻情上更是精彩纷呈。作者把胸中激荡的感情凝注于笔尖，倾注于描写人物的动作语言，把所有想表达的掩藏在朴素的文字下。毫无跌宕起伏之势，亦无慷慨激昂之辞，只轻轻地、淡淡地、默默地，而那情感的真挚却令人硬咽。

【佳作赏析】

作者把归有光的《项脊轩志》比作一盏清淡幽香的中国茶，准确而精练。

在分析文章中，紧扣原文景情交融的特点，先设疑问：“为何有如此的艺术魅力？”再具体分析文章中营造的超乎尘世的境界，以及作者在敬母念妻的情感上表现出的真挚深沉，再论文章谨严的构思和结构，最后一段作结：“一行行文字如涓涓流水，沙沙细雨撩拨心际”，水到渠成地点明，而且照应了文题，有一曲双工之妙。

【点读名家】

归有光(1506—1571)，字熙甫，号震川，江苏昆山人。明代著名散文家。少年时勤学苦读，于嘉靖十九年(1540)中举人，后徙居上海嘉定的安亭江上，聚众讲学20余年，远近从学者甚多，人称“震川先生”。嘉靖四十四年(1565)考中进士，授浙江长兴县令。后任南京太仆寺丞，留掌内阁修《世宗实录》。著有《震川先生集》。

归有光的散文，受司马迁和欧阳修的影响很大，但能自成一家，那是由于他善于从家人、朋友和身边琐事中选取富有表现力的细节，以简洁、疏淡的文字加以描述，记事生动，意境幽远，感情真挚，淳朴动人。代表作有《沧浪亭记》《项脊轩志》《寒花葬志》等。

要留清白在人间

——读《石灰吟》有感

河北　曹晓祥

近来读明朝爱国将领于谦的《石灰吟》，感受很深。“粉骨碎身浑不怕，要留清白在人间”，这千古名句，表达了诗人保持高尚节操的愿望和坚强不屈的精神。

老一辈革命家刘少奇同志，一生为人民鞠躬尽瘁。可是“文革”中，“四人帮”向他泼上污水，诬蔑他是叛徒、内奸和工贼。但他坚贞不屈，与“四人帮”进行了坚决的斗争，保持了共产党人的高尚节操。他说，“好在历史是人民写的”，他用自己的行动为自己写下了清白的历史。最终，人民也把他的清白人生写入史册。浩然正气长存天地之间。

清白完美的人生，也是普通人的追求。我市一位党委书记，为民勤政，廉洁奉公，深受群众好评。一位乡办企业的厂长，出于感激之情，送给他“红包”，他坚决拒收，并说：“你们要损坏我的清白名声吗？”他把为官清廉看得比什么都重要，决不让一个污点损害自己清白的人格。要保持清白的节操，须有坚强的意志，“富贵不能淫，威武不能屈，贫贱不能移”。我想，做人就要做正直无私的人，做清清白白的人，而不能为了私利玷污自己，让人戳脊梁骨。如果我们每个人都能留清白在人间，那么社会风气就会越来越纯正。

追求完美无瑕的人生也不是容易的事，也要“千锤万凿”。我们初中生正是世界观形成的时期，应当树立崇高的理想，勇于改正自己的缺点错误，“勿以恶小而为之，勿以善小而不为”，一言一行符合中学生行为规范，努力养成良好的行为习惯。

同学们，在我们改造自然，创造生活的同时，也创造一个完美的自我吧！让我们把人世间的美德通过我们的言行而留给后世子孙吧！

【精彩读点】

我想，做人就要做正直无私的人，做清清白白的人，而不能为私利玷污自己，让人戳脊梁骨。如果我们每个人都能留清白在人间，那么社会风气就会越来越纯正。

【佳作赏析】

作者开篇引用于谦《石灰吟》诗文中的两句，引出议论主题，并指明自己从中汲取到了一种崇高伟大的精神品格。

文章进一步指出，不仅英雄和伟人追求清白完美的人生，以个体事例举出普通人也在追求清白的人生境界。并联系社会现实指出，如果我们每个人都能做到“要留清白在人间”，那么社会风气就会越来越纯正，社会也就会更加文明和进步。主题在这里得到了深化，并显现了读后感的现实意义。

【点读名家】

于谦(1398—1457)，字廷益，浙江钱塘（今杭州）人。明永乐进士，曾任监察御史，河南、山西巡抚，兵部侍郎、尚书，拥立景帝，反对南迁。调集重兵，击退瓦剌军。景泰八年(1457)，明英宗发动夺门之变，夺回帝位，诬以“谋逆罪”将于谦杀之，万历年谥号“忠肃”。著有《于忠肃集》。

《石灰吟》是作者借吟诵石灰的品性，表达自己忠诚清白，为国不惜牺牲的抱负。

问天下谁是英雄

——浅谈《三国演义》中的人物

江苏 陈磊

“滚滚长江东逝水，浪花淘尽英雄”。明代小说家罗贯中所著的《三国演义》为中国四大著名小说之一，其内容丰富，情节曲折，人物鲜明，将一幅活生生的三国历史画卷展现在我们眼前。而书中那些千古流传的英雄人物更是彪炳青史，风靡至今。无数“三国迷”们为其欢快，为其悲伤，为其掴掌，为其扼腕。而于鼎足三分，干戈四起，群雄逐鹿之乱世中，谁是真的英雄呢？

谈起“三国”，即使是没看过此书的人亦能知晓诸葛亮这一大名。在民间传说中，他是智慧的化身。在书中，他被描绘为羽扇纶巾，谈吐高雅，有呼风唤雨之能，经天纬地之才的一代儒将。隆中定三分，火烧新野，草船借箭，六出祁山，七擒孟获，无不体现了这一点。可以说诸葛亮在多数人心中被当成偶像而顶礼膜拜。然而，我对孔明的评价唯有“可惜”二字。刘备曾说诸葛亮“君才十倍于曹丕”，而为何其六出祁山皆无功而返？正是由于愚忠，他把自己的命运绑在一个平庸王朝的战车之上。知刘禅不可扶而扶之。其人格固然可敬，而现实却是悲哀的：一代贤相南征北战，戎马倥偬，到头来却是五丈原徐徐秋风，锦官城片片降幡。

作为书中所推崇的正面人物刘备，虽是汉室宗亲，一介皇叔，可要论起英雄来，这杯英雄酒恐非是刘备所能喝的。书中刘备大仁大义，至孝至亲，一副忠厚长者之相，可以说集古今圣主之德于一身而无半点瑕疵。可是，倘若我们透小说本来看，这些都只是罗贯中为照顾这位刘姓皇亲的面子而在其苍白的脸上加上点胭脂而已。记得有本叫《厚黑学》的书说刘备脸皮厚，心眼黑。其皮厚厚在其好哭，且会哭，哭得山崩地裂，日月无华。不是干嚎，乃是涕泗齐流，惺惺作态中又使人心服。以至于呜咽几声，像鲁肃这样的忠厚之人便会跟着流下双泪。刘备之哭，在于收买人心，诸葛亮被其哭出隆中，赵云被其哭得死心塌地跟着并未拜把子的“刘大哥”。其心黑，黑在会利用人，白帝城托孤时刘备对诸葛亮说“若嗣子可辅，辅之，如其不才，君可自取”，这招欲擒故纵的手法歹毒之至，致使诸葛亮听毕汗流满面，手足无措，泣曰：“臣敢竭股肱之力，效忠贞之节，继之以死。”可见刘备确是一个皮厚心黑的“忠厚长者”。

三国争锋，各路豪杰颇多，其他人呢？吕布，背信弃义，三姓家奴。张飞，一介莽夫，勇气有余而智谋不足。周瑜，年少有为，可惜血气方刚，肚量狭小。孙权，不过依父兄基业，无半点建树……到底谁是真的英雄呢？唯有曹公。尽管在书中他“挟天子以令诸侯”，大逆不道，而我认为天下之大，能者居之，为何只能由刘姓称帝？曹操作为一个政治家，有远见卓识，他抓住了“天子”这个有利筹码，于乱世中能有一席之地，实也未尝不可。作为军事家，在官渡之战中，他以少胜多，统一北方，充分显示了他的军事才能。更难能可贵的是，他作为建安文学代表人物之一，其诗独创一格，豪情奔放，“对酒当歌，人生几何”，“周公吐哺，天下归心”，“老骥伏枥，志在千里；烈士暮年，壮心不已”，全都脍炙人口，为人所争诵。然曹操生性多疑，以致刚愎自用，不然，赤壁之战的胜负亦未可知。然而瑕不掩瑜，曹操的深谋远虑，军事天才，文学才华，都使他无愧于英雄的称号。

合上书本，暗淡了刀光剑影，远去了鼓角铮鸣，但那一个个鲜活的面容，却仿佛仍在眼前不断浮现。

【精彩读点】

作为军事家，在官渡之战中，他以少胜多，统一北方，充分显示了他的军事才能。更难能可贵的是，他作为建安文学代表人物之一，其诗独创一格，豪情奔放，“对酒当歌、人生几何”，“周公吐哺，天下归心”，“老骥伏枥，志在千里；烈士暮年，壮心不已”，全部脍炙人口，为人所传诵。然曹操生性多疑，以致刚愎自用，不然，赤壁之战的胜负亦未可知。然而瑕不掩瑜，曹操的深谋远虑，军事天才，文学才华，都使他无愧于英雄的称号。

【佳作赏析】

这是一篇很有成见地文学评论。作者力排众识，摒弃成见，认为曹操才是三国英雄。文章从政治、军事、文学诸方面逐一加以阐述，高屋建瓴，独具慧眼，令人钦佩。

【点读名家】

罗贯中（约1330—约1400），名本，号湖海散人，山西太原人。元末明初杰出的小说家。著有长篇小说《三国演义》《隋唐志传》和杂剧剧本《风云会》。

农民革命斗争的史诗

——读《水浒全传》有感

江苏　戴学森

“四大名著”在中国文坛上堪称一绝，施耐庵、罗贯中合著的《水浒全传》作为其中之一更有它的独到之处，领略它的精魂，让人嗟叹不已。

《水浒全传》描述的是北宋末年震撼宋室江山的宋江起义。宋江等一百零八个人在梁山聚义之后，便受了朝廷招安，接着便卖力地去打辽兵、征方腊、除田虎、诛王庆，使得梁山起义军马死的死，散的散，到头来还是一场空。

《水浒全传》反映的时代是阶级矛盾十分尖锐化的历史时期，北宋王朝一方面对外屈膝，缴纳岁贡；一方面穷凶极恶，掠夺人民，其中所述的“花石纲”便是一例。此外，小说的开头并未直叙千军万马的场景，却将高俅发迹之事作引子，这一绝妙的用笔正是封建王朝腐朽生活的真实写照，也概括地表现出了梁山起义的政治背景。

正是因为如此，才使各路英雄好汉尽被逼上梁山，终于一百单八将共聚大义。于是作者又在这个过程内塑造了许多英雄形象。如前十六回写林冲、鲁智深、杨志，以后写宋江、武松、石秀各用十回，这些故事脍炙人口，是小说中最精彩的章节，体现了《水浒全传》的艺术价值。

可悲的是宋江虽有文韬武略，却深受儒家思想之害，认为造反“上逆天理，下违父教，做了不忠不孝的人”。于是打出“替天行道”的旗号，意在只反贪官，不反皇帝，率领众好汉打击贪官污吏和恶霸地主，反抗压迫。他们的目的就是要斗争出一个没有剥削压迫、人人平等、不分贵贱，且“论秤分金银，大碗吃酒肉”的清平世界来，这被称作农民的空想社会主义。但他们根本没有觉悟到必须推翻封建统治才能改变农民的生活命运，皇帝才是最大的祸根。

由于“忠孝仁义”的观念渗透着水浒义军的反抗行动，宋江的妥协投降路线又占据统治地位，最终酿成此次起义的悲惨结局。鲁迅先生在《三闲集·流氓的变迁》中论过《水浒》：“一部《水浒》，说得很分明：因为不反对天子，所以大军一到，便受招安，替国家打别的强盗——不‘替天行道’的强盗去了。终于是奴才。”《水浒全传》中对宋江一伙受招安，作者大加赞赏，在今人看来，这确实是白璧上之微瑕。

一方面和封建王朝作斗争，一方面又寄希望于皇帝的招安。这种矛盾的思想，一直贯穿在梁山义军的行动中，反映了一定的历史真实。拥护皇帝，反对贪官污吏，正是封建时代普通农民的思想，这也是封建农民思想的局限性，导致农民起义不可能胜利的重要原因。这一点正是《水浒》的精华所在，也是它的成功之处。

由此可见，《水浒全传》何止是一部描写宋江起义的小说，而是封建时代中国农民革命战争的史诗，深刻地反映了中古震撼中国整个封建社会的伟大农民起义。它跻身“四大名著”之列，是毫无愧色的。

【精彩读点】

一方面和封建王朝作斗争，一方面又寄希望于皇帝的招安。这种矛盾的思想，一直贯穿在梁山义军的行动中，反映了一定的历史真实。拥护皇帝，反对贪官污吏，正是封建时代普通农民的思想，这也是封建农民思想的局限性，导致农民起义不可能胜利的重要原因。这一点正是《水浒》的精华所在，也是它的成功之处。

【佳作赏析】

本文不仅分析了宋江起义的局限性，而且进一步探究了导致这种结局的思想根源。宋江起义之所以不能取胜，是因为“一方面和封建王朝作斗争，一方面又寄希望于皇帝的招安。这种矛盾的思想，一直贯穿在梁山义军的行动中。”如果缺少这层意思，全文就显得肤浅，思想深度不够了。可见，作者是经过深思熟虑的，其见解也是深刻的。文中引用鲁迅先生《三闲集·流氓的变迁》中的言论，增强了文章的说服力，而且可以看出作者知识面广。

【点读名家】

施耐庵，生卒不详，元末明初小说家。《水浒传》的作者。有说他是钱塘人，也有说他原籍苏州，后迁淮安。其生平事迹，旧籍记载绝少。后世研究认为他是元至顺进士，卒于明洪武初年，年 75 岁。但有不少研究者对此说法存疑。

《西游记》读后感

上海　谢理达

那四本厚厚的名著，是每个自诩热爱中国古代文化的人必须修读的。我自然不能免俗。考试一结束，我就一头扎进了新奇的、神秘的远年尘世，想给自己换一种轻松的心情，生活在超脱些的精神状态中。刀光剑影、勾心斗角、爱恨缠绵，都不适合此时阅读，于是翻开了《西游记》，进入了光怪陆离、色彩斑斓的神话世界。

这是一部所有人都爱读的经典大作，每个人都能在解读它时获取不同的感受和启示。有人喜欢它鲜明的人物个性；有人喜欢它瑰丽的整体形象；有人喜欢它活泼诙谐的语言；有人喜欢它汪洋恣肆的境界；有人研究它的历史背景、社会现象；有人干脆把它当作道德修养小说或政治寓言。但在我看来，它什么都不是，它只是“游戏之作”，是一个单纯的神话世界。

它是神话世界，因为它与现实世界远远地拉开了一段距离。它的情节曲折，超乎想象，它的内容中注入了人们可望而不可即的生活理想和人性追求。人们不需要在这个故事里寄托太多自己的情感，也不需要将它处处与现实生活加以联系和比较，把心神轻轻松松地投入，体尝一下身体上天入地、心理无拘无束的双重自由，这才是神话世界中最大的享受。我在读这本小说时常常有一种共鸣感，想必这就是我内心深处对于自由的欲望在呼喊吧！

一、自由

在经历了又一个个性受制约的学期后，孙悟空这个形象完全激发了我内心潜在的、但根深蒂固的向往——对彻底的自由的向往。孙悟空破土而出，“不伏麒麟辖，不伏凤凰管，又不伏人间王位所拘束”，闯龙宫，闹冥司，在花果山自在称王。可以说已经达到人性摆脱一切束缚，彻底自由的状态。孙悟空其实就是自由的化身，他的品质中最突出的特征就是向往自由，他始终在追求自由，他的一切斗争也都是为了争取自由。这样一个鲜活的形象给予了我一种寻找自由、追逐自由的力量和勇气。我知道，彻底自由在现实环境中不可能实现，人终究要受到现实力量的制约，连孙悟空都无法解决人性的本质与不得不受压制间的矛盾，我们凡人自然无法去取得绝对自由。或许，在日益文明的社会中，我们的外部世界处于一个非常固定的位置上，但我们可以尽量让内心世界变得广阔而幽深，让它无边无际，包容天地。这样，即使在现实生活中无奈受制，也可以退回另一个世界，自由自在，无法无天。这已是我们争取人性自由的极限了。但我发现，目前社会上有许多人被一些价值不大的东西所束缚，却自得其乐，还觉得很满足。经过几百年的发展，人们对于人类价值及人性需求的认识比过去深了好几个层次，也许在社会地位方面的追求已不再迫切，但对于精神自由的追求理应进入更深境界，却不知被什么消磨了。总之，我觉得现代人对于自己的生存状态，尤其是精神方面较为安于现状，缺乏一种开拓进取、寻找更大自由的精神。

二、神话

如今也是一个远离神话的时代。日常生活过于现实，使充满幻想的事物遭到排斥。真正的神话已被认为是小孩子胡思乱想同类的把戏，而现在的神话大多数已成为奇迹的代名词，它现实的一面被保留，而浪漫的一面则被丢弃。其实，神话绝非幼稚的产物，它有深邃的哲学意义和丰富的文化内涵。谢林在他的名著《艺术哲学》中说：神话乃是各种艺术的必要条件的原始质料。又进一步说：神话是尤为庄重的宇宙，绝对面貌的宇宙，是真正的自在宇宙，神圣构想中生活和奇迹迭现的混浊之景象。我并不想论证神话在文艺方面的地位，但神话在古代确实与人们关系非常密切。无数绘画雕塑作品取材于神话，许多音乐题材的灵感也源于神话，荷马的《荷马史诗》、埃斯库罗斯的《普罗米修斯》三部曲、歌德的《浮士德》，这些伟大诗歌也都是由神话改写。即使不说神话世界是古代世界的一部分，它显然也是古代文化的重要部分。它不但能反映人的生存状态，还能折射出人的理想境界。这些由心灵虚幻出的世界，其实是人性最真实、最本质的追求。尽管有些遥远，但它能给人以向它接近的力量。使人摆脱世俗生活的枷锁。那些鸿儒大哲喜爱神话当然有他们的理由，他们需要心灵指引和精神慰藉。那现代人就不需要了？难道就在虚浮的生活中胡乱摸索？人们常抱怨灵魂空虚，精神状态焦躁不安，其实神话和音乐、山水等一样，是医疗这些病症的良方，也是指明人生方向的指南针。我们实在不该疏远神话。《西游记》是中国神话小说的颠峰，也是神话文化的至高境界，然而此后中国的神话文化渐渐没落了，神话不被人重视，连《西游记》也少有人问津，只有孩子们会被孙悟空征服，于是也只有孩子们对未来抱有浪漫的、梦幻般的希望。

三、英雄

"英雄"有许多不同解释。《辞海》中说英雄是杰出的人物，曹操说英雄要有包容宇宙之机、吞吐天地之胸。我认为，英雄是那些顽强地掌握自己命运、并为崇高的理想而奋斗的人。孙悟空无疑是英雄的典型，他为了自由，为了自己的尊严，不惜与一切进行斗争。他和天兵天将、神仙菩萨打得轰轰烈烈，惊天动地，看似很热闹，很精彩，我却隐隐感到一层悲剧成分：他即使再神通广大，在与命运的搏斗中总显得无助、单薄。人是无法与由时代决定的宿命对抗的。正因为这种对抗的差距悬殊，发自内心而拼尽全力的抗争才更显得悲壮，明知不可为而为的勇士才能凸现出其英雄本色。如今，真正与命运进行生死搏杀的人很少，即使有，也不都是为了崇高的目的。很少有入会像贝多芬那样为了多留给后人一些精神食粮而去"扼住命运的咽喉"，更不会有人像哈姆雷特那样呼喊一声：时代整个儿脱节了，天生我偏要把它整理好。正因为大多数人为了世俗功利的目标而努力，所以当今真正的英雄几乎没有，没有人能登高一呼，或以身作则，告诉人类更高层次的价值究竟是什么。英雄的哈姆雷特向人们昭示了人的价值，英雄的浮士德则用他一生的追求告诉了人们人的生存的价值。人类需要发展，需要下一个英雄，然而，他在哪儿？他能告诉我们什么呢？现实生活中有许多见义勇为、舍己救人的人被称为"英雄"，但我觉得他们的行为虽壮烈却不算壮美，虽勇敢却不算光辉，所以还达不到英雄的境界；而那些在球场上呼风唤雨的人物，有时确实能以他们的魅力带给人们激情和拼搏的勇气，但他们却无法带来更多对人类命运的深层次思考。真正意义上的英雄总是出现在人类发展的时代交接点上，在千年更替的时刻，人类不该对英雄主义精神漠然视之。

有人说，大多数名著都具有一项特殊功效，即在人生不同阶段阅读会产生不同感受和体验。但我觉得，《西游记》并不隶属于这一类名著。我相信、也希望它永远向我展示着“自由、神话、英雄”三个主题，给我带来激励和源自内心的力量。

【精彩读点】

①这是一部所有人都爱读的经典大作，每个人都能在解读它时获取不同的感受和启示。有人喜欢它鲜明的人物个性；有人喜欢它瑰丽的整体形象；有人喜欢它活泼诙谐的语言；有人喜欢它汪洋恣肆的境界；有人研究它的历史背景、社会现象；有人干脆把它当作道德修养小说或政治寓言。但在我看来，它什么都不是，它只是“游戏之作”，是一个单纯的神话世界。

②孙悟空其实就是自由的化身，他的品质中最突出的特征就是向往自由。他始终在追求自由，他的一切斗争也都是为了争取自由。这样一个鲜活的形象给予了我一种寻找自由、追逐自由的力量和勇气。

【佳作赏析】

本文是作者借此生发的对自由、神话和英雄的理解，也是对人的精神境界的探索，作者站在现实制约与时代交接点上对英雄主义精神的呼吁，显示出热切吸取人类文化的才华和超凡脱俗式的气魄与襟怀。这是一篇不可多得的评论，其见解独到。

【点读名家】

吴承恩（约1500—约1582），字汝忠，号射阳山人。江苏淮安人。明代小说家。自幼喜爱神话故事。在科举中屡遭挫折，嘉靖中补贡生。晚年出任长兴县丞。由于宦途困顿，晚年绝意仕进，存意著述，所作诗文表现出对当时社会现实的不满。著有《射阳先生遗稿》。他在前人作品和民间小说基础上，创作了富有浪漫主义色彩的古典文学名著《西游记》。

七彩《红楼梦》

北京　傅轶

你们可知，《红楼梦》里色彩最多。

王熙凤是红色。热情、大胆、能干、狠毒。她的出场风风火火，如一股暖暖的风，《红楼梦》中好多场景都因有她而热闹非凡、生动活泼。她深得贾母的宠爱，被昵称为“凤辣子”。这琏二奶奶还真是让人看着可爱吃着害怕的“凤辣子”，她“明里一盆火，暗里一把刀”，八面玲珑，巧取豪夺，“毒设相思局”、“弄权铁槛寺”、“大闹宁国府”——纵是一只火红的“凤凰”，却也叫人感到不尽的寒意，最后还是“机关算尽太聪明，反误了卿卿性命”与“须眉齐却步”的王熙凤也“哭向金陵事更哀”了。

林黛玉是蓝色。她本是绛珠仙草，为报神瑛灌溉之恩才下临凡界，注定要流尽一生的眼泪，真为“情痴”。她的泪都是水蓝色的，一颗颗、一串串，倒也给充满暧昧的温柔之乡——大观园带来了一丝清爽。蓝色虽是忧愁、敏感、孤傲的，却也是清新、叛逆、坚强的。如那大海，看来很平静很冷漠，却蕴藏着对生活无尽的热情，对理想执着的追求。黛玉始终不与世俗同流合污，清高傲世，她的一生大概可以用“冷月葬花魂”来概括。在月色清朗的夜里，天空不是深蓝色的吗？那么深邃却那么无奈。恐怕在黛玉的生命中，除了临死前吐的那血是暖色外，什么都是无尽的蓝色了。

贾宝玉是粉色。亲切、自然、惹人喜爱。他含玉出生，身份尊贵，却没有一点儿大爷们的味儿。他的性格里的确有过多的脂粉气，却不让人讨厌。他认为“女儿是水做的”，从不因为丫头们的身份低贱就轻视她们。相反的，他房里的丫头把他当朋友，当哥哥，当弟弟，甚至可以向他发脾气，就是没有一个把他当主子看。说起他，不免想起两件事，一件是他撕扇为博晴雯一笑，再一件便是在大雪天里为黛玉暖手。是的，在他身上没有一般“臭男人”的市侩气。他是可亲可敬的，如那粉色，看着就让人喜爱。

妙玉是紫色。高贵、深邃、神秘、孤僻。她出身高贵，“气质美如兰，才华馥比仙”；依附于贾府，却从不给贾府中有权有势的人好脸色看；迫不得已，自幼带发出家，却又难以清净六根。她收藏有大量古玩奇珍，将自己的绿玉斗斟与宝玉喝，她自称“槛外人”，却藏有如此深沉的“槛内情”。“欲洁何曾洁，云空未必空，可怜金玉质，终陷淖泥中。”最终，这个心性高洁的“美玉”竟被贼子掠去，是做了压寨夫人还是沦落青楼，结果也不得而知了。她始终是一个谜，是一团神秘的紫气，来了，令人可望而不可即；走了，空留一段回忆。

薛宝钗是黄色。美丽，耀眼，却庸俗。她有出身，薛家的富有是“珍珠如土金如铁”；她有美貌，第一次与宝玉见面，就让宝玉“惊如呆雁”；她有才

识，她的诗浑厚含蓄，与黛玉并称“薛林双绝”，而博学更在黛玉之上；她待人接物更是周到得体，上下称赞。但她城府极深，为嫁宝玉，在贾府中放出“金玉良缘”的话；她念叨“好风凭借力，送我上青云”，劝嘱宝玉关心仕途经济，被宝玉斥为“好好的清白女儿，也沾染了禄蠹之气”。她像一大片黄色，看起来金光闪闪、温暖灿烂，走近，不由得寒意袭人，她的冷，是“金簪雪里埋”，是入骨的寒。

《红楼梦》里其他人物，“心比天高”的晴雯，是独特而有生命力的绿，但那个社会是容不得生机的，她被毫不留情地扼杀了；“擅风情秉月貌”的秦可卿是艳丽的玫瑰色，纵如“好花一朵”却也难“好景常在”；“心如槁木”的李纨是沉闷的灰色，她的青春就这样无奈地变了质，成了一潭死水……一大群人物，一大堆颜色，混杂于那个“将倾大厦”，令人扼腕，令人叹息。

最后还是作者的“好一似食尽鸟投林,落了片白茫茫大地真干净”为《红楼梦》画上了句号。还《红楼梦》一个颜色，我想应该是白色，正如那个乱糟糟一去不复返的时代，所有的丑恶与美好，都被深深地埋葬在一片茫茫的白色之中了。

【精彩读点】

①她始终是一个谜，是一团神秘的紫气，来了，令人可望而不可即；走了，空留一段回忆。

②最后还是作者的“好一似食尽鸟投林，落了片白茫茫大地真干净”为《红楼梦》画上了句号。还《红楼梦》一个颜色，我想应该是白色，正如那个乱糟糟一去不复返的时代，所有的丑恶与美好，都被深深地埋葬在一片白茫茫的白色之中了。

【佳作赏析】

七彩的笔，编织出一个多彩的人物世界，联想恰到好处，颜色与人物完美匹配，恰如其分地表现了人物的性格特点且展现了人物的结局，这幅绚丽多姿的人物画卷的底色是白色。作者见解独到，发前人之所未发，“成一家之言”。可嘉！本篇凭借对人物的深刻把握，对色彩的独特领悟，且将三者完美地融合，从而取得了成功。

【点读名家】

曹雪芹（约1715—1763)，名霑，字梦阮，号雪芹、芹圃、芹溪。为满洲正白旗包衣（奴仆）人。自曾祖起，三代江宁织造，其祖为康熙所信用。雍正初年，因受牵连其家遭遇严重打击，其父免职，产业被抄，遂随家迁居北京，晚年居北京西郊，贫病而卒，年未及50岁。曹雪芹性情高傲，嗜酒健谈，具有深厚的文化修养和卓越的艺术才华，以十年苦心创作，著有不朽名著《红楼梦》(原名《石头记》)，以宝黛爱情为基本线索，反映以贾府为代表的贵族大家庭由繁盛到衰败的命运。此书据说前后修改过5次，未成书而作者亡。今流行本为一百二十回，后四十回为高鹗所续。

人生的重要考题

——读孟子《鱼我所欲也》有感

陕西　徐翔

孟子在他的《鱼我所欲也》中说：“生，亦我所欲也，义，亦我所欲也，两者不可得兼，舍生而取义者也。”在这里，孟子给我们提出了一个人生的重要考题：应该怎样正确地“取”和“舍”。

生，谁不想？革命先烈李大钊说：“人生的目的，在于发展自己的生命。可是，也有为发展生命而必须牺牲生命的时候。”这里的“发展生命”是指为人类的解放而斗争，就是我们所说的“义”，为了“义”可以舍弃“生”。不仅许多前辈如此，我们新时代的青年也是如此。为了祖国的安全和人民的利益，无数革命先烈在生死的面前，取的是牺牲自己，保全他人；舍的是妻子儿女、幸福家庭，但他们有自己的欢乐和追求，因而，人们永远纪念他们。

“取”与“舍”之间的关系，不仅仅存在于“生”与“义”中，更多的却是表现在生活和其他方面。

例如，一边是住高楼大厦、吃山珍海味，一边是住茅屋、吃糠菜；到底是取前者还是后者？在革命战争年代，方志敏是这样回答的：“为了国家的事业，我毫不稀罕那华丽的大厦，却宁愿住在卑陋潮湿的茅棚；不稀罕那美味的西餐大菜，却宁愿吞嚼刺口的苞粟和菜根；不稀罕那柔软的钢丝床，却宁愿睡在猪栏狗窝似的住所！”这是如何对待生活享受的一个典型！在社会主义建设时期，不是也有许多爱国知识分子放弃外国优越的物质生活条件，远渡重洋回归祖国，为中华崛起而努力工作吗？

取、舍关系还表现在金钱、名利上。例如，大科学家爱因斯坦在学术界担任高职，但对薪金要求很低，对名利十分淡薄。他曾经把洛克菲勒基金会的一张价值一千五百美元的支票当书签用，有人见了大为惊讶，但爱因斯坦却平静地说："重要的不是这个，而是科学！"但恰恰相反，有一个"齐人攫金"的故事，讲的是我国古代齐国的一个"好金者"，有一天到市场去，发现一个人在卖金子。这个"好金者"一看到金子，不管三七二十一，抢了金子就跑，自然很快被抓获。人们问他为何敢在青天白日、众目睽睽之下公然攫取金子呢？这个"好金者"回答道："我攫金子时，眼睛只看到金子，没有看到人。"在这两个故事里，就有深刻的"取"、"舍"关系。

在"取"与"舍"面前，为什么会有如此截然不同的态度？我想，其原因在于人们的世界观和价值观有所不同。如果我们都像范仲淹所说的那样"先天下之忧而忧，后天下之乐而乐"，那就一定能够正确地解答这道人生的重要考题。

【精彩读点】

在"取"与"舍"面前，为什么会有如此截然不同的态度？我想，其原因在于人们的世界观和价值观有所不同。

【佳作赏析】

本文开宗明义，从原文中提炼出"舍生取义"的观点，并紧紧围绕这一观点阐述了"舍"与"取"的辩证关系，以方志敏、爱因斯坦为例证，说明了为了真理和科学而宁愿舍弃生命和金钱的人生观。思路开阔，颇有新意。在论述"舍"与"取"的关系时，采用正反对比论证和例证的方法，选例典型，给人深刻印象。

【点读名家】

孟子（约前 372—前 289)，名轲，字子舆，山东邹城人。战国时期思想家、政治家、教育家。受业与子思，是儒学集大成者。孔子学说的继承者，有"亚圣"之称。著有《孟子》，儒家经典之一，为孟子弟子及再传弟子的记录。宋代把《孟子》与《论语》《大学》《中庸》合称为"四书"。

孟子把孔子"仁"的观念发展为"仁政"学说，提出"民贵君轻"说，重视环境和教育对人的影响，主张尽心知性知天，重视个人道德修养；在认识论和伦理学上则强调"天人合一"说。孟子的这些理论对后世儒学影响极大。

我读左丘明的《曹刿论战》

安徽　吕传平

《曹刿论战》一文，从它的结构安排和人物刻画上来看，作者左丘明旨在通过齐鲁长勺之战，歌颂鲁庄公任人唯贤、勇于纳谏的君主胸怀。同时，也正面描写了曹刿的政治远见和军事才能。但在老师教学中，以及有关教学参考书中只褒扬了曹刿的“远谋”，只字不提庄公的胸怀，反而鄙视他，使他相形见绌。我认为这违背了作者的创作意图，对庄公的评价也是片面的。我认为真正值得赞扬的是鲁庄公这个人物。

无权无势的曹刿，其“远谋”能充分发挥并取得成功这都是庄公的功劳。就文章交代来看，决不能排除庄公大力支持这一因素，也就是说，庄公的“任人唯贤”是长勺之胜的必不可少的先决条件。

我们不妨来分析一下全文，看一看庄公作为：

“公将战，曹刿请见。”在强齐压境、紧张备战的形势下，作为一国之君还能顾及到“草民”来访并亲自接见，这是多么令人难以想象啊！更可贵的是，在曹刿一一否定了他的战略方案时，庄公并不生气，而是更谦逊地听下去。当曹刿要求“战则请从”，庄公就“与之乘”。倘无庄公的“纳贤”，曹刿的一腔报国热忱何能如此顺利地如愿以偿。可见，庄公的“纳贤”为曹刿施展“远谋”创造了条件。

但还不止于此。庄公更广阔的君主胸怀还表现在长勺战场上。“公将鼓之”、“公将驰之”，而曹刿说“未可”，他便不“鼓”不“驰”，听从曹刿指挥。在千军万马之前，庄公能做到这一点，又需要怎样的修养呢！虽然曹刿谋略在胸，可庄公都蒙在鼓里，但他并不以此羞愧恼恨。是的，庄公指挥作战比不上曹刿，但他“惟贤以求”而又善于“听谏”，这也就足够了。因为事物都是一分为二的，俗话说“人无十全，树无九丫”，一个人怎能样样精通呢？

庄公军事才能不如曹刿，也许治国方面强于曹刿。你看：“衣食所安，弗敢专也，必以分人”；“牺牲玉帛，弗敢加也，必以信”。虽然，此举就参战条件来讲，显然不够，但从中我们可以看到庄公的政治清明。也就是说他不贪婪、不腐朽，能以诚待人，能顺应潮流，虽然有迷信色彩，但他毕竟处在那个愚昧时代，我们又怎么能过分苛求呢？当然“小大之狱。虽不能察，必以情”更不用说了。再则“十年春，齐师伐我。公将战”，常被议论者所忽略，其实，我们从此可以看到这个弱国之君有一种威武不能屈的气质。

综上所述，我们可以清楚看到作者就是通过这些含意深刻的语句来赞扬庄公的。我认为作者写曹刿的“远谋”，其目的就是来赞扬庄公的君主胸怀的。我国写作手法上不是有一种“衬托”吗？可不可以按这方面去理解庄公与曹刿呢？我想是可以的。

不管怎样说，我们分析一篇文章要从全局着眼，而不能断章取义，否则“抓了芝麻，丢了西瓜”，错误评价了文章中的人物，移植了文章的实质，违反了作者本意。

如果，有人说：“我们以前的分析是绝对正确的。”那么我深表遗憾，奉劝老师们去细品一下鲁庄公其人。

【精彩读点】

①庄公军事才能不如曹刿，也许治国方面强于曹刿。

②综上所述，我们可以清楚看到作者就是通过这些含意深刻的语句来赞扬庄公的。我认为作者写曹刿的“远谋”，其目的就是来赞扬庄公的君主胸怀的。我国写作手法上不是有一种“衬托”吗？可不可以按这方面去理解庄公与曹刿呢？我想是可以的。

【佳作赏析】

本文见解独特。《曹刿论战》旨在歌颂鲁庄公“任人唯贤”、“勇于纳谏”的君主胸怀。旗帜鲜明，立意新颖，别开一面。在论证时，文章先从曹刿的身份说起，通过推论，指出鲁庄公不因曹刿地位卑微而鄙视他，表现了“任人唯贤”的胸怀；继而又说明鲁庄公在自己的意见遭曹刿一再否定之后并不因此而恼怒，而是礼贤下士，“勇于纳谏”，紧扣论题层层展开论证，颇具说服力。

【点读名家】

《曹刿论战》选自《左传》，记述的是鲁庄公十年长勺之战的一个片断。长勺之战是我国古代军事史上以弱胜强的著名战例之一。

《左传》作者左丘明，生卒不详，春秋时史学家，鲁国人。一说复姓左丘，名明。双目失明，曾任太史，为讲诵历史的史官。

英雄的悲歌

——有感项羽

广东 李璞

世间志向远大、“想当将军”的人大致可分为两类：一类时刻调整自己，以获得“将军”所应具有的素质。这类人虽然成功的“概率”较高，对历史发展的推动作用也大，但常常丧失最初的自我。另一类人也具有强烈“想当将军”的欲望，但他们往往穷其一生地追求自己内心虚幻的完美的“将军”形象，而忽略现实中当“将军”的实际要求。这类人虽少有成功者(几乎没有)，但他们会给后世留下“完美”的形象。尽管其失败几乎具有“必然性”，可千百年后他们仍能让阅读史书的人们“扼腕墓道”。

后一种人常被尊为“英雄”。

项羽就是后一种人。

项羽是——英雄！

刘邦虽是成功者，但他没有心。也许原来是有心的，但早已被重重的硬壳包裹得不留一丝缝隙。成大业者或多或少都应有一些“冷血”的素质，但刘邦未免太“过”了。为得天下，他可以不要父亲，不要子女，至于功臣，更不用讲了。

项羽有什么？魂。

他的魂在于一种抗争精神和赤裸裸的自我表现欲。从 24 岁登上历史舞台到 32 岁乌江自刎，他将足够烧完一生的光与热集中在这短短八年中焚尽，一点也不节省能源！刘邦是“神”。连韩信也指出刘邦的帝位是天授的。但项羽一生从头到尾，没有异兆，没有祥瑞，没有白蛇、赤蛇，只有一个“人”！从登场到落幕，舞台上下左右的灯光全打在他一人身上，他是“主角”中的“主角”，没有任何“配角”能抢他的戏，分他的光！

他恨皇帝奢侈，烧了阿房宫；他为天下百姓早息战祸，单挑刘邦较量：鸿门宴上，却又忘净敌我；战场上杀人无数，偏偏常为部下的疾病流泪；一生不听别人劝说，却听了一个 13 岁小孩的话，饶了一城人的性命。直至垓下被围，无颜见江东父老，割头赠友。这一笔最有力，为他的画像点了睛！

项羽尽情泼洒的是年轻人一往不悔的青春之力，刘邦斤斤计较的则是中年人的心机；项羽为了宠幸的女人而“爱江山更爱美人”，刘邦却把自己的夫人当作达到目标的工具；项羽能为远离家乡的战士落泪，刘邦却把思乡之情变成赢得胜利的肮脏的筹码。项羽与刘邦争，怎么会赢？他失败了，但他仍是英雄。在乌江，他豪气冲天地拒绝了生，选择了死。至此，他的一生便完美了，尽管这完美很不值得。大丈夫可以被人爱，被人恨，却不可被人怜。

英雄身上往往会有自毁的因子。没人能够杀死他，能置他于死地的只有他自己。他典当了所有最初他认为无比重要的功过成败和大好江山，却赢回了内心最真实、最悲壮的自己！

【精彩读点】

他失败了，但他仍是英雄。在乌江，他豪气冲天地拒绝了生，选择了死。至此，他的一生便完美了，尽管这完美很不值得。大丈夫可以被人爱，被人恨，却不可被人怜。

【佳作赏析】

这是一篇难得的佳作。项羽这个历史人物，历来褒贬不一，然而项羽身上的英雄气概，却是谁也无法否认的。其可悲可赞，历史上已有过许多评论的诗篇。本文不落窠臼，以现代审美观，从本我与自我的矛盾方面重新审视项羽，指出项羽这一审美意象之“完美”，在于他的完全自我展现所产生的审美力量给人精神上的愉悦。文章语言老到，情感浓郁，排比、对比等手法的运用，使语言有极强的表现力和感染力。更可贵的是，作者对人物形象及其美学意义的把握极其准确，这对一个中学生来说，实属不易。读这样的文章，会让人不由得生出万丈豪情，不是吗？

【点读名家】

项羽（前 232—前 202），名籍，字羽，秦末农民起义领袖。下相（今江苏宿迁）人。楚将项燕之后。少时有大志，从叔父项梁在江苏吴江（今苏州）起义。秦亡后，自立为“西楚霸王”，并分封诸侯。楚汉战争中，为刘邦所败，最后在垓下（今安徽灵璧县）自刎。

马马迁(约前145或前135—?),字子长,陕西韩城人。西汉史学家、文学家、思想家。早年遍游南北,考察风俗,采集传说。初任郎中,后继父职任太史令。后因为李陵军败降匈奴事辩解,获罪下狱,受腐刑。出狱后任中书令,发愤继续完成所著史籍。史称其书为《太史公书》,后称《史记》,是我国最早的纪传体通史。

《信陵君窃符救赵》七疑

辽宁　刘若飞

近读《信陵君窃符救赵》一文(以下简称《信》),颇有疑惑。《信》在艺术上自是无可非议,但课文"预习提示"中对信陵君窃符一事的评价,我以为欠妥。且司马迁对此事的记载也有些许不实,笔者斗胆质疑,在此一吐为快。

"预习提示"评价信陵君为:礼贤下士,急人之困。礼贤下士,固然不假;但急人之困,笔者实不敢苟同。信陵君窃符救赵,究竟"急"何人之困?可曾为自己赖以为生的国家着想过?信陵君不顾国家安危、人民利益,擅自调动军队,即为不义;欺君罔上,盗其兵符,矫杀晋鄙,即为不忠;身居高位(仅次于魏王),不为国家着想,百姓造福,因一己之私,投奔外国,即为不仁。可见,信陵君对赵国固然有"义"举,对自己国家却不忠、不义、不仁,我们能说他是急人之困的仁人贤士吗?

此外,《信》文中也有一些令人不解之处。其一,侯嬴说"嬴闻晋鄙之兵符常在王卧内……"侯嬴70岁之前皆隐于市,之后就在信陵君门下充当食客,他是如何得知晋鄙之兵符藏在王卧内?须知在冷兵器时代,兵符乃调动军队的唯一凭证。兵符的收藏,乃国家的最高机密。倘若连普通的百姓都知道(或说都可打听到)的话,哪位能够相信?其二,"嬴闻如姬父为人所杀,如姬资之三年,自王以下,欲求报其父仇,莫能得"。从文中可知,如姬最幸,是魏王身边第一红人,父亲给人杀了,三年也报不了仇,其"幸"在何处?其三,"公子从其计,请如姬"。如前文言,如姬等了三年,报不了仇,究其原因可能有二:一是仇人位居高位,连魏王也不便动手;二是仇人销声匿迹,难于寻找。但现在信陵君似乎轻而易举地完成，岂不怪哉？其四，“如姬果盗兵符与公子”。公子从计、如姬盗符两件事，司马迁一笔带过，时间差也给忽略。要知此时正是非常时期，从前文“数遗魏王及公子书”可知，军情已到了十万火急的地步，而从“信陵君从计”到“如姬盗符”再“至邺”，究竟花了多少时间，司马迁只字未提，何故？其五，晋鄙日“今单车来代之，何如哉？”若说位居国家第二把交椅的信陵君盗符私逃，无人过问，无人知晓，魏王这一国之君恐怕也白当了。其六，“朱亥袖四十斤铁椎，椎杀晋鄙”，分析上文可知：晋鄙合符时，已对信陵君起了疑心；晋鄙身为万军统帅，身边不至于无一侍卫。朱亥袖子藏了40斤的铁锤，虽不知古代40斤到底有多重，但总不会小到袖中可藏且无人警觉吧。而一位“边关大将”就这么给一位徒具匹夫之勇的屠夫所暗算，岂不咄咄怪事？其七，“公子遂将晋鄙军”。魏军主帅无故临战死亡，信陵君把兵符一举，10万之众皆听命于他——这营帐中平时跟随晋鄙冲锋陷阵的大小将士岂不是一下子都变成了糊涂蛋？

上述均是《信》文中较为明显的疑点，此外，本文中仍有几处颇值得推敲的细节。如：“秦昭王已破赵长平军。”长平之战对战国形势影响极大，秦国背信弃义，活埋了40万赵国降卒，虽使赵国元气大伤，却令诸国清楚知道，投降秦国只有灭亡的厄运，故这一战使诸国空前团结(历史给秦国开了个玩笑，虽然白起在战术上取得了史无前例的辉煌战果，但在战略上却犯了个大错误)。魏王当然知道利害关系：赵魏两国战略关系上无异于唇齿，且赵国长平之役后，还有10万兵力，尚不致一蹶不振。这对魏国可谓是一个极好的屏障。所以援助赵国势在必行。但魏王又不愿得罪秦国，故不能光明正大地帮助。文中另有一句“数请魏王，及宾客辩士说王万端”即为明证。而说这次集中魏国文相武将的会议也不能替魏王想出个万全之策，就实在令人惋惜，也令人失望。

综上所述，整个事件像是隐瞒了什么。依笔者愚见，信陵君窃符一事恐怕是一场骗局。魏王用了一招瞒天过海之术骗过秦王，既能救赵存己，又不致得罪秦国，一箭双雕，岂不妙哉！至于信陵君是被蒙在鼓里而逃到赵国，抑或奉王命至赵国谋事，就不得而知。而晋鄙之死是魏王赐死，还是另有他因，就永远是个谜了！

【精彩读点】

依笔者愚见，信陵君窃符一事恐怕是一场骗局。魏王用了一招瞒天过海之术骗过秦王，既能救赵存己，又不致得罪秦国，一箭双雕，岂不妙哉！

【佳作赏析】

本文对历史名著所载事件大胆质疑，摆事实，讲道理，条分缕析，既非随心所欲地妄想亦非信口开河。作者能置疑，会置疑，对文中的疑点作者一一道来，其见解独到，说理有据，令人信服。

【点读名家】

司马迁(约前145或前135—？)，字子长，陕西韩城人。西汉史学家、文学家、思想家。早年遍游南北，考察风俗，采集传说。初任郎中，后继父职任太史令。后因为李陵军败降匈奴事辩解，获罪下狱，受腐刑。出狱后任中书令，发愤继续完成所著史籍。史称其书为《太史公书》，后称《史记》，是我国最早的纪传体通史。

第二部分

中国近现代

文学名著名篇读后感

读巴金的《随想录》随想

北京 张杰英

老作家巴金的《随想录》一问世，便引起许多人的深思。这五本薄薄的小册子，被誉为“说真话的大书”。尤其是这位老人，在直言者卢梭的像前所作自我反省，更向每个人提出了一个既严肃又深刻的问题：人们有没有勇气跪倒在自己面前？巴金老人的坦率和真诚也使我第一次注意到，原来在人们意识的深层，埋藏着忏悔的种子。

大概没有一个人能挺直腰板宣布，自己在往昔岁月里始终如一地保持着真实的本色。哪一个人未曾掩饰过自己呢？哪一个民族没有因为愚昧或是盲从而有时破坏了自己的文化呢？哪一个国家没有因为种种原因而一度走了弯路，摧残了自身呢？也许恰恰是因为有了这一切，才产生了勇于忏悔的个人、民族和国家，才有了在作过深沉忏悔与反思之后的腾飞。

我想，具有“忏悔意识”应该被称为一种英雄精神。把尘埃与虚饰一同拂去，让真灵魂显示无与伦比的光芒，这难道不值得称道吗？狭义的忏悔是流露心底里的歉疚和羞愧，广义的忏悔要把自身的卑污与纯洁一同出示。忏悔是一种勇气，一种敢于面对自己、面对人生、面对社会的充满了责任的勇气。只有当一个人把推进社会进步作为己任时，才有可能毫不留情地批判自身；只有坦坦荡荡地把胸襟敞开时，才能算得上一个真正的人。从这个意义上讲，忏悔是高尚的，也是坚强的。他没有一丝羞怯，因为真诚和使命感已经成为他力量的源泉。巴金老人并没有因为揭露自己的丑陋而被人唾弃；卢梭并没有因为袒露自己曾有过的卑污而留下骂名；鲁迅先生严格解剖自己，严格解剖我们的民族，毫不留情地批判国民的劣根性，也并没因此而为人民怨恨……

我认识一个研究比较文化的德国青年。当我问起他对第二次世界大战的看法时，他流露出深深的负疚：“德国对于全人类犯下的罪过，足够整个民族在历史面前忏悔千百年。”我感动得几乎流泪。这是一种高贵的、优秀的、不同凡响而又无比挚诚的忏悔，是值得人们高声礼赞的。因为，这不是在祈求原谅，而是在对历史进行理性分析。这种分析是一个曲折的扬弃过程。我相信，当一个民族、一个国家开始在前进中反省过去、拂拭历史的尘埃、检点自己的污点时，也正是它寻觅到原来不曾发现的珍珠，并从此走向新生与繁荣的时候。

我们这一代人没有经历过“文化大革命”，没有尝到那个漫长的否定之否定过程中的酸甜苦辣，但是，却能从上一辈人口中听来许许多多不为人知或惊天动地的悲剧故事。那10年，几乎没有哪一个民族曾像我们那样理直气壮地扼杀真理，煞有介事地欺骗自己。我们主演着残害自己民族和国家的丑剧，却还无知地频频为自己喝彩。面对着这样一段污浊的历史，我们怎能不冷静地回头想一想？我们怎能不跪下来忏悔自己的过失呢？

从悲剧与噩梦中走出的人们，现在已越来越清醒，与巴金老人一样在作着高贵的灵魂反思；而经历了悲剧的国家，在一片精神的瓦砾之中，必将构建起新的大厦。毫无疑问，我们个人、我们民族、我们国家在经历了这种跪倒在自己面前的历史反思之后，真诚的人生、光荣的民族、伟大的祖国将恢复本来面目。一个鼓舞人心的时代已经到来，她是光彩夺目的。

【精彩读点】

①忏悔是一种勇气，一种敢于面对自己、面对人生、面对社会的充满了责任的勇气。

②从悲剧与噩梦中走出的人们，现在已越来越清醒，与巴金老人一样在作着高贵的灵魂反思；而经历了悲剧的国家，在一片精神的瓦砾之中，必将构建起新的大厦。

【佳作赏析】

“要勇于跪倒在自己的面前”，是一个醒目而深刻的命题，是作者善于思考，对《随想录》潜心感知的结果，由此也获得了教益和启迪，认识到“具有忏悔意识，应该被称为一种英雄精神。”这样的读后感认识层次步步深化，从中抽取的中心论点也是令人信服的。

【点读名家】

巴金（1904—2005），原名李尧棠，四川成都人。“巴金”是作者发表第一部长篇小说《灭亡》所用的笔名。中国现代杰出作家、翻译家。代表作有长篇三部曲《家》《春》《秋》，散文集《随想录》等。

我看鲁迅

上海 姜靓轶

一张瘦削的脸庞，透出刚毅与坚强；两道犀利的目光，仿佛能刺透重重黑夜；一头不屈的硬发，根根显示出与恶势力的不调和。每当我读完鲁迅的文字，眼前便会出现这样的脸部特写。这形象与这不朽的文字一起，随着岁月的增长由模糊而清晰，终于画出了我眼中的鲁迅先生。

在众多的作家中，鲁迅是突出的一个，也是特殊的一个。与其他举世闻名的文豪相比，人们不禁要提出这样的问题。仅仅写些杂文、小说的鲁迅，何以在世界文坛上独树一帜，异彩夺目？是的，鲁迅没有莎士比亚的累累巨著，没有卢梭的长篇自传，没有屠格涅夫清新优美的散文，也没有雨果曲折动人的故事情节。然而，鲁迅确是一位伟大的作家，因为他首先是一位伟大的战士。他生活在一片混沌的世界中，却保持着异常的清醒。他不屈地战斗着，以思想为剑，以寸笔为枪，划破漫漫长夜，挑出些许亮光。

读鲁迅的作品，实在是了解鲁迅的为人。他敢骂，骂苟延残喘、阴险狡诈的“落水狗”，骂奴颜婢膝、貌似中庸的伪君子；他敢论，论国民众生的劣根性，论轰轰烈烈的大革命的悲剧之源；他敢抨击，抨击狂人眼中的那个“吃人”世界，抨击把孔乙己推上绝路的封建礼教；他敢呐喊，为艰辛而麻木地生活着的闰土呐喊，为受三座大山压迫的祥林嫂呐喊。他嫉恶如仇，使得那些反动文人们心惊肉跳、无地自容，使病态社会的千疮百孔暴露无遗。而他又始终在刀光剑影中追求着光明：夏瑜的坟头，他放上一个红白相间的花圈；碎影依稀中，他追寻着那个“好的故事”……他笔风幽默辛辣，嬉笑怒骂皆成文章，却不是自命清高者的冷嘲热讽。他的幽默中闪烁着睿智与深刻，内中包含的是一颗忧愤深沉的爱国之心！

“我的确时时解剖着别人，然而，更多的是更无情面地解剖我自己。”确实，鲁迅的坦率无处不在，无论对人对己。

在热情勇敢的农村孩子中间，他看到了一个无知无能的“我”；在衣衫褴褛的人力车夫面前，他感受到了体面外袍下的自私自利的“我”。从学医到从文，从相信“进化论”到辩证地看问题，鲁迅就是这样不断地自我督促、自我更新，“一面清洁旧帐，一面开辟新路”。

“横眉冷对千夫指，俯首甘为孺子牛。”在那黑暗的年代里，多少青年聚集在这位先行者的周围，跟随他呐喊，他用自己的心血引导了莘莘学子走上真理和正义的道路。

一个真正的思想家，他思想的光芒是不会受时间和空间的阻隔的。即使是在数十年后的今天，鲁迅那深邃的目光依然会使你幡然醒悟。当你醉于享乐、虚度光阴时，“浪费时间无异于慢性自杀”的警告会叫你痛出一身冷汗；当你无法把握自我，却又自欺欺人、逃避现实时，阿Q的形象能使你窥见自己的影子，猛然从梦中惊醒；当你钻入虚无主义的圈子里不能自拔，对我们古老民族的历史产生怀疑甚至自卑时，那句“中国人失掉自信力了吗”的诘问，重又让你挺起了胸膛……

这，就是我眼中的鲁迅。他属于中国，也属于世界；他属于历史，也属于现实。他严厉又慈详。他消失了，又活在人们心中——不仅是今天、明天，直到永远。

【精彩读点】

他敢骂，骂苟延残喘、阴险狡诈的“落水狗”，骂奴颜婢膝、貌似中庸的伪君子；他敢论，论国民众生的劣根性，论轰轰烈烈的大革命的悲剧之源；他敢抨击，抨击狂人眼中的那个“吃人”世界，抨击把孔乙己推上绝路的封建礼教；他敢呐喊，为艰辛而麻木地生活着的闰土呐喊，为受三座大山压迫的祥林嫂呐喊。

【佳作赏析】

作者准确地把握住鲁迅先生作为一名伟大战士的特点，并由此出发铺衍成文，因此立意深刻，见解独到是这篇文章最大的特点。

本文善用对比，比如把鲁迅和众多世界文豪相比较，把读鲁迅作品和改造人的灵魂作对照，文章正是通过种种对比，不断深化了立意。文中穿插叙述了鲁迅先生作品中的人物，可见作者十分熟悉鲁迅，感受真切。

【点读名家】

鲁迅（1881—1936），本名周树人，浙江绍兴人。“五四”新文化运动的旗手和文学革命的主将，我国现代文学奠基人之一。主要著作有《呐喊》《彷徨》

《故事新编》《热风》《且介亭杂文》《华盖集》，代表作有《阿Q正传》《狂人日记》《祝福》《伤逝》《孔乙己》等。1981年人民文学出版社重印《鲁迅全集》16卷。

李自成杀李岩犯了双重错误

——读《甲申三百年祭》有感

内蒙古　丁少华

读罢郭老的《甲申三百年祭》，颇多感慨，尤其是对李自成杀李岩的贸然举动，深感不解和痛惜。

众所周知，李自成是中国农民革命史上最杰出的领袖之一。他具有成大事者所具备的许多优良品质，诸如百折不挠、英勇机智、远见卓识、不好酒色、淡饭粗衣等等，是个不寻常的人。然而在杀李岩这件事上，他根本不像昔日雄才远略的闯王，倒像个十足的庸人。这样说，并不仅仅因为他轻信了牛金星的谗言，更重要的是，即使听信了牛金星的话，认为李岩不忠于自己，作为一个有头脑的领袖，也不应该冒冒失失地杀掉李岩。

太平盛世，杀掉不忠于自己的人，不管道义与否，只要于己有利，或许还说得过去。但在乱世之中，用人之际，则另当别论。即使是不忠于自己甚至背叛自己的人，也会有可利用的价值，李岩的情况正是如此。

为了阐明这个问题，我们不妨先设想如果李岩真想背叛李自成，那么，摆在李岩面前的路有四条：第一，像吴三桂那样投降满清。第二，暗算闯王，取而代之。第三，假借收复河南之机，脱离闯王，到河南后集结人马，再图反扑。第四，到河南后，独树大旗，但并不急于厮杀，而是以平等地位联合闯王，一致对外，赶走清兵，然后再与自成短兵相见。

这四条路，李岩会走哪一条呢？分析一下就会明白，李岩断不会走前三条。因为，第一条路是投降满清，那无异于卖国求荣。考察一下李岩的为人，便可断定他即使战死沙场，也决不会干出这种遭千古唾骂的事来。第二条是一条自取灭亡的死路。不成功，闯王自然会杀了他；即使成功，闯王手下的一大批“生为闯字旗下人，死为闯字旗下鬼”的忠心赤胆的将士岂会听他的？不把他千刀万剐才怪。第三条到河南后同闯王拼命，也是死路一条。打败了，会被杀，即使打胜了，也会大伤元气，而坐山观虎斗的清兵会大收渔翁之利，轻而易举地剿杀李岩。诚如牛金星所言，“岩，雄武有大略”，不会看不到前三条路行不通。所以他如果背叛，只能明智地选择第四条路，即开赴河南，深得人心，必能独当一面，同闯王形成犄角之势，则天下便会出现二李联合、遥相呼应、一致抗清的有利局面。那么，清兵既不敢集中兵力围剿李岩，也不敢在第二年就轻易冒险去攻李自成的潼关，“而在潼关失守之后也绝不敢那样劳师穷追，使自成陷于绝地”，那么闯王便可获喘息之机，重整旗鼓。

在忠君思想还根深蒂固的明王朝，闯王造反尚能深得人心，而抗清斗争所打击的是外族侵略，天下人定会同仇敌忾，风响云合，把清兵赶出关内，大约不是件难事。

击溃清兵，闯王当然要和李岩争天下。李岩固然“雄武有大略”，难道闯王就是凡人吗？何况几十年艰苦卓绝的农民革命战争，使闯王威名遍播四海，百姓仰慕，手下又有那么多跟随自己多年的忠勇将士，我想，闯王挫败李岩，重夺天下是不成问题的。

或问：“非得派李岩去河南吗？派别人去不也一样吗？”回答是否定的。在河南能打开局面的人非李岩莫属。因为，第一，“岩，雄武有大略”；第二，“河南，岩故乡”，李岩在那里深得人心。李岩死后，威震四方的“一等大将”刘宗敏不也“率众赴河南”了吗？其结果如何呢？还不是为“清兵所擒，遭了杀戮”！只有李岩才堪此重任。

对于这样一个即使反叛了都有如此重要作用的人物，闯王竟不分青红皂白地杀了，不能不说是失策之举，鼠目寸光！

所以，李自成在杀李岩这件事上犯了双重错误：首先是轻信了牛金星的谗言；其次，在听信谗言的基础上，又犯了一个战略家所不应犯的错误，那就是轻率地杀掉了一个虽可能叛变自己，但还有利用价值的人，况且李岩对闯王一向是忠心耿耿，这就尤其使这错误蒙上了一层悲剧色彩。

杀李岩这一着不慎，致使军心动摇，部队“解体”，致使李自成败局难挽，全盘皆输。个人的悲剧扩大为民族的悲剧，难道不引人深思吗？

【精彩读点】

①对于这样一个即使反叛了都有如此重要作用的人物，闯王竟不分青红皂白地杀了，不能不说是失策之举，鼠目寸光！

②杀李岩这一着不慎，致使军心动摇，部队“解体”，致使李自成败局难挽，全盘皆输。个人的悲剧扩大为民族的悲剧、难道不引人深思吗？

【佳作赏析】

本文就郭老文章中提到的“李自成”杀“李岩”这一举动，进行深入而具体的分析，提出自己的不同看法，有见地，有理有据。立论求新求异，论据不贪多求全，论证过程摆事实，讲道理，逐步深入，紧紧围绕论题进行推理，作出判断，力求以理服人，逻辑性强。

【点读名家】

郭沫若（1892—1978），原名郭开贞。诗人、作家、史学家和社会活动家。四川乐山县人。1921 年出版诗集《女神》，开中国新诗一代浪漫主义诗风。主要著作有：诗集《星空》《女神》《潮汐集》《东风集》，话剧剧本《卓文君》《王昭君》《屈原》《蔡文姬》，论著《甲申三百年祭》《李白与杜甫》等。

至真至纯至美

——我读冰心散文

北京 赵晓康

我偏爱冰心前期的散文，那是自然的流露，天性的流露，至真至纯至美。我一遍遍地苦吟，一次次地咀嚼，努力捕捉着文字中的形象，言语中的意境；像在午夜微醒时寻觅窗外风儿吹过的踪迹，似在凌晨田野间聆听缥缈而来的铃声，又如月儿高升时静心观赏闲适万种的素莲；缓缓的文字流动，伴随我心波的动荡，默默地看，冥冥地想，不言不语间感受那万千的情感。

冰心的散文岂止是“母爱和童心”的诉说？在她短短的文字间，糅入的是更为宽广的情愫，正如她所说的：“有如水的容愁，有如丝的乡梦，有幽感，有彻悟，有祈祷，有忏悔，有万千种语……”这些言语难诉、笔墨难绘的情感，在她清丽细腻的文笔间自然而然地流淌着；如阳光照耀下飘然而去的飞絮，不留痕迹，不见身形，只在我心头印下丝丝缕缕的投影，牵引着我，飞往那超然的境界，心中不禁想起泰戈尔的诗句：“它们不是眼泪，不是思想或哲学，它们都是已经蒸发的香气，忘记掉了词句的歌儿。”

《往事》中的一句话是我永远也挥之不去了的：“假如生命是乏味的，我怕有来生；假如生命是有趣的，今生已是满足的了！”我不言语，心中却有如雷轰顶般的震响，一时间心神恍惚，沉没于记忆河底的片言琐事在眼前纷纷掠过：我想起童年的嬉戏，父母的怀抱；想起友人的手，老师的眼睛以及陌生人那善意的微笑；想起生活里每一次如花般绽放的喜悦，如火般燃烧的奋斗激情，如暴风肆虐般的苦痛，如流星失落般的无奈……这些，就是冰心散文所描绘的种种生活，还是我已经生活过的和将要去体验的人生经历之种种？这些，就是生命原来的使命吗，还是我终于感受到冰心散文的内蕴？终于我的灵魂深深地沉下去，心里竟有一种莫名的欣喜与快乐，我在冰心的散文里觅到了大海，觅到了阳光，觅到了爱心和对生活无尽的思索……我如醉如痴了。

冰心的散文不仅有这些内涵，在《默庐试笔》中，文笔纤巧的冰心居然如此昂然地说：“我走，我回顾这尊严美丽瞠目瞪视的皮囊．没有一星留恋……我要掮着这方旗帜……杀那美丽尊严的躯壳！”这绝非清丽淡雅的片言只语，却如划破长空的霹雳闪电，庄严地宣告着作家对生命意义的执著探索，是对生活中一切至真至纯至美的事物永不懈怠的渴望与追求……其实何止这些．冰心的散文，清柔处似林间潺潺小溪；潇洒间如乱石中一枝独立的碧桃；激烈时如城墙上几声尖厉的号角……正如静谧博大的天空我无法透视，波涛汹涌的大海我无法窥测，对着冰心的散文，我唯有读了再读，让它化作清泉流淌在我心底，洗净我心中不真不纯不美之处。

【精彩读点】

①我在冰心的散文里觅到了大海，觅到了阳光，觅到了爱心和对生活无尽的思考……

②冰心的散文，清柔处似林间潺潺的小溪；潇洒间如乱石中一枝独立的碧桃；激烈时如城墙上几声尖厉的号角……

【佳作赏析】

这篇对冰心散文进行欣赏的文字本身就是一篇充满热情的散文。文章围绕“自然的流露”“天性的流露”来阐释冰心散文的“真”“纯”“美”，并将这种美好的情愫与作家的人格魅力结合起来，热情讴歌了冰心的宽广胸怀和高尚精神。

写对一个作家作品的阅读感受，往往需要以虚写实，以风格化的抒情文字来概括作家的特点，才能准确地传达出原有的艺术品格和美学精神。本文较好地运用了这一手法，侧重感受和印象式的描写，文字多色彩，因而一点也不枯燥。

【点读名家】

冰心（1900—1999），原名谢婉莹。历任中国作家协会第二、三届理事及书记处书记、顾问、名誉主席，中国文联第二、三、四届委员及副主席，中国民主促进会中央名誉主席，全国第一、二、三、四、五届人大代表，全国第五、六、七届政协常委等职。著有文集《冰心著译选集》（3卷）、《冰心文集》（6卷）、诗集《春水》、《繁星》，小说集《超人》、《往事》等，散文集《寄小读者》、《关于女人》、《樱花赞》，儿童文学集《小橘灯》，译著《先知》（［叙利亚］凯罗·纪伯伦著）、《吉檀迦利》（［印度］泰戈尔著）、《印度童话集》（［印度］安纳德著）等。

浅谈《雷雨》的戏剧冲突

湖北　赵一琨

《雷雨》是一部杰出的现实主义悲剧。它所以能够享誉中外，久演不衰，是与其波澜起伏、尖锐复杂的矛盾冲突的安排分不开的。

仅以戏的第二幕为例。它的第一冲突是周朴园和鲁侍萍的一波三折的矛盾冲突。主人公鲁侍萍为找女儿来到周公馆，意外地与30年前抛弃她的周公馆的少爷——周朴园重逢。时隔30年，周朴园已经认不出面前的老妈子竟是当年被他玷污又被他赶出家门的“梅小姐”。而鲁侍萍却认出站在面前的就是当年欺骗了自己而又将自己无情地赶走的周大少爷。

鲁侍萍起初还镇定自若，只是说自己是来看女儿四凤的。但当侍萍去关窗户的时候，周朴园却从她的熟悉的动作和习惯方面察觉到了什么。他叫住侍萍，并从叙谈中听出鲁侍萍说话的无锡口音，便进一步追问："30 年前，在无锡有一件很出名的事情……""梅家有一个年轻小姐，很贤惠，也很规矩，有一天夜里忽然地投水死了。后来，后来——你知道么？"鲁侍萍听到这里，似勾起满腔怨恨，她柔中有刚地说出了事情的真相："这姑娘是个下等人，不很守本分。听说她跟那时周公馆的少爷有点不清白，生了两个儿子。生了第二个，才过三天，忽然周少爷不要她了。大孩子就放在周公馆，刚生的孩子她抱在怀里，在年三十夜里投河死的。"这便构成二人矛盾冲突的第一个波澜。此时周朴园从侍萍的话中，敏锐地察觉到面前的老妈子似乎知道什么。于是又连忙追问："你姓什么？""我姓鲁，老爷。"周朴园这才喘了一口气。矛盾冲突的第一回合似乎稍稍平息。然而紧接着周朴园又打听起梅小姐的坟墓，说和他有亲戚关系，想为她修一修坟墓。"用不着了，这个人还活着。"这话使周朴园感到十分惊愕。这便又构成了剧情冲突的第二个波澜。接下来，周朴园又连连问："哦，救活啦？""那么她呢？""那小孩呢？"鲁侍萍此时似乎很镇静："她一个人在外乡活着，那小孩也活着。"周朴园有些奇怪和紧张。怎么这个老妈子知道得这么详细？她会坏了自己的声誉。他忽然立起："你是谁？"到此，剧情冲突又掀起一个波澜，读者和观众的心也立刻悬了起来。

一波未平，一波又起。矛盾冲突随着剧情的发展愈演愈烈。当周朴园吩咐鲁侍萍顺便告诉四凤去找一件没领子的旧衬衣时，鲁侍萍的答话，使他更加惊愕："老爷那件绸衬衣不是一共有五件？""不是有一件，在右袖襟上有个烧破的窟窿，后来用丝线绣成一朵梅花补上的？""旁边还绣着一个萍字。"周朴园一下子明白了，怪不得这个老妈子如此了解自己的过去。没错，她就是当年的侍萍。尽管由于他两次婚后都不如意，一直思念与侍萍的初恋。但他还是突然感到一种威胁，于是他的狠毒、冷酷、自私的本性便开始暴露并占据了主要地位。他厉声质问："你来干什么？""谁指使你来的？"到此，矛盾冲突又进一步激烈了。但是，周朴园害怕把事情闹大，坏了自己的名声，于是又变化了花招，先是动之以"情"——"你看这些家具都是你从前喜欢的东西。多少年我总是留着，为的是纪念你。"然后又诱之以利——用金钱来收买，拿出一张 5000 元的支票给鲁侍萍。但侍萍依然很镇静，她义正辞严地维护了自己做人的尊严——"我这些年受的苦，不是你拿金钱算得清的。"剧情发展到这里，矛盾冲突已接近白热化，周朴园此时也原形毕露，毫不留情地宣布开除鲁家所有在周家做工的人。这既是剧情发展的必然归宿，又是周朴园自私、狠毒人格的必然暴露。

鲁大海的出场，使戏的思想感情、家庭怨恨方面的冲突，进一步上升为明显的阶级冲突。且矛盾冲突愈发紧张尖锐。鲁大海的突然出现，使周朴园和鲁侍萍的冲突暂告一段落。剧情的矛盾冲突的焦点转移到大海与周朴园的阶级斗争的冲突方面来。在此时此刻，周萍的出场，又使这一矛盾冲突更加复杂化。父子、兄弟、母子的阶级的矛盾冲突交织在了一起。究竟这样的矛盾冲突如何发展和解决，又一下子将观众和读者的心紧紧吸引住了。

大海是罢工工人的代表。他到周公馆是代表工人和周朴园谈判的。他虽然年轻、缺乏斗争的经验，但他在周朴园一连串的打击下，也并未败下阵来，而是与周朴园进行了针锋相对的斗争。当他得知这次罢工失败后，他便满腔愤怒地痛斥和揭露周朴园枪杀工人，淹死2200个小工，每个小工榨取300块钱的滔天罪行。此时，周萍恼羞成怒，上前打了大海两个巴掌，并下令仆人一齐痛打大海。在一旁观战的鲁侍萍并未预料到会发生这样的事情。也未想到自己日夜想念的儿子竟然变成这样一个凶神恶煞。因此，她想喊一声“萍儿”，却欲言又止地转说：“你是萍……凭——凭什么打我的儿子？”戏的矛盾冲突发展到这里，已经到了剑拔弩张的尖锐程度。剧情也发展到了新的高潮。此时的矛盾冲突也便产生了惊心动魄的撼人力量。

窥一斑而知全豹。我们从第二幕的戏剧冲突的安排上，就可以看到全剧矛盾冲突的波澜起伏、错综复杂、剑拔弩张的特点。这正是《雷雨》久演不衰、撼人心魄的艺术魅力之所在。

【精彩读点】

①《雷雨》是一部杰出的现实主义悲剧。它所以能够享誉中外，久演不衰，是与其波澜起伏、尖锐复杂的矛盾冲突的安排分不开的。

②一波未平，一波又起，矛盾冲突随着剧情的发展愈演愈烈。

③窥一斑而知全豹。我们从第二幕的戏剧冲突的安排上，就可以看到全剧矛盾冲突的波澜、错综复杂、剑拔弩张的特点。

【佳作赏析】

写戏剧评论难度较大。因为它不仅需要评论者要有高水平的语言表达功夫，而且还需评论者具备一定的评价能力和审美鉴赏能力，同时还必须吃透原剧情节、人物和主题等内容。本文是写得比较好的一篇评论文章，具体说有以下几个特色：

一、本文在写作时，注意选择了一个较小的角度——矛盾冲突的波澜起伏、尖锐复杂的特点来评论，从而使评论内容集中、深刻。

二、作者始终能围绕中心来展开评论。全文以周朴园和鲁侍萍、鲁大海和周朴园的矛盾冲突为主，处处扣住波澜起伏，尖锐复杂的特点来剖析，从而使文章中心突出，逻辑性强。

三、行文中，作者注意首尾呼应。注意用一些关键的语句来照应论点。也使全文脉络清楚，结构严谨，毫无旁逸斜出之嫌。

【点读名家】

曹禺（1910—1996），字小石，原名万家宝。祖籍湖北潜江县，生于天津。杰出的中国话剧作家。创作有话剧《雷雨》《日出》《原野》《北京人》《王昭君》等。

腐朽之木上盛开的蘑菇花

——读《骆驼祥子》有感

云南　殷雅正

祥子是个车夫，但他却不是一个普通的车夫。“我只想拥有一辆自己的车，然后娶个清清白白的妻子，成个家。”要求不但不高，而且现实。我想这并不只是一个乡下人的想法，对于每一个内心纯洁、清白的人来说，这都能算一个非常美好的愿望了。但那个旧社会能帮祥子圆梦吗？

祥子十八岁就跑进城里来，他干过苦工，却又很快发现拉车比较挣钱，于是他凭借着自己的年轻与体力开始了拉车之旅。可没几天下来，他已躺了两天，脚脖子肿得像两个瓠子似的。但要强的祥子怎会遇点挫折就退缩？为了他那辆自己的车，流点血汗又算什么？三年的奋斗，祥子终于实现了他那小小的愿望的第一步。可是，之后等待他的又是什么呢？

祥子是个车夫，他比平常的车夫强一点儿，或者……他就是一个地地道道的车夫。也许这车并非是福，却是飞来横祸。“是福不是祸，是祸躲不过”这句话，我本来是不相信的。车刚买了没多久，在一次拉客的过程中，被军阀抢了去，不幸中的万幸，我们的祥子却逃了出来，准备东山再起。在曹家干起了包月，辛勤的工作很快就让祥子攒足了再买洋车的钱，但却让孙侦探一洗而光。这时，祥子又受了“人和场”虎妞的引诱，被迫和虎妞结婚，待发现真相后为时已晚。虎妞死后祥子又卖掉了第三辆车。一次次挫折，一个个阴谋，一回回欺骗，让祥子也开始怀疑自己一直坚持追求的道路是否真的可以通行。布满棘刺的生活消磨着祥子的意志。最终，祥子没有像胜利者一样抬起头，黑暗已将他的身躯包围，他屈服了，他开始自暴自弃，日渐堕落，吃喝嫖赌，谋财害命，几乎已是无恶不作的坏人。他体内流动的似乎已不是鲜血，如同行尸走肉，心已冻结，因为只有纯洁的人才会有热血，才需要热血。而恶人们的血对自己已无用，他们只有嗜血。这正如一棵倒地腐朽的大树上盛开的蘑菇一样，虽然五颜六色、艳丽异常，但终究是短命的，是不会长成参天大树，成为有用之才的！祥子的一生正是它的明证。

这虽不是人们愿意看到的结局，却是深刻的，值得深思的。祥子所生活的那个个人主义社会会让人们因贪念而相互残杀，在这儿，没有人能判定谁是对的谁是错的。因为“物竞天择，适者生存”。是一个个阴谋、欺骗、挫折扼住了祥子的脖子，是一个个像车行主这样的剥削者扼住了下层市民的脖子，一个个纯真善良的人，变成了穷途末路而无恶不作的鬼。而这悲剧的产生只因这罪恶的社会吗？其实祥子也在不知不觉中绊了自己一脚，“有了车便有了一切”，“不想别人”，也“不管别人”。一个个目光短浅的人正因这自私而埋下祸根，个人与强大的恶势力的斗争，其结果只有一个，那就是悲剧。不错，祥子的故事，是事实，是缩影。

体面的、要强的、好梦想的、利己的、个人的、健壮的祥子，不知陪着人家送了多少回殡；不知道何时会埋起他自己来，埋起这堕落的、自私的、不幸的社会病胎里的产儿，个人主义的末路鬼。

祥子，你可明白？

【精彩读点】

体面的、要强的、好梦想的、利己的、个人的、健壮的祥子，不知陪着人家送了多少回殡；不知道何时会埋起他自己来，埋起这堕落的、自私的、不幸的社会病胎里的产儿，个人主义的末路鬼。

祥子，你可明白？

［佳作赏析］

本文作者在评论作品中人物的命运时，将人物所处的环境与人物自身的性格结合起来，全面地剖析了祥子悲剧产生的原因。分析有理有据，耐人寻味，发人深省。

［点读名家］

老舍（1899—1966），原名舒庆春，字舍予，北京人。现代著名作家。作品有小说《骆驼祥子》《四世同堂》，话剧《茶馆》《龙须沟》等。

张爱玲的一炉香

上海　盛燕

请你寻出家传的霉绿斑斓的铜香炉，点上一炉沉香屑，在氤氲香气中，听张爱玲将她的沧桑故事从头说……

——题记

作家于青说：“她曾为饱经沧桑而靡丽浮华的上海燃起过一炉长长的香。”这一炉浓香缭绕不散，陈年往事开始浮现：流苏的垂首，七巧的苦叹，长安那美丽而苍凉的手势，沉香炉里的暗火和那十八春的情缘……都伴着阁楼上胡琴的咿呀声——道不尽的苍凉！

张爱玲擅长刻画女性。她的小说，几乎皆以女性为主人公，以男女之情为悲剧发展的线索。她的早期作品《霸王别姬》就体现了这一点。传统京戏表现的是虞姬的坚贞勇敢和霸王的英雄末路，然而老故事在张爱玲这里却翻出了新意：她所关注的不是历史，而是虞姬作为一个女人对于自己悲剧性爱情的所思所感。大量细腻、缜密的心理描写，人物语言、动作刻画得相当圆熟老道。特别是她对男女之情的透彻和参悟，简直超出了16岁少女的思想境界。她的笔下，虞姬已不再是霸王身后一个虚弱苍白的影子，她从传统中跳了出来，活生生地站到我们面前，她也是一个渴望爱与被爱的女子啊！

《霸王别姬》仅仅是张爱玲的一个青涩的传奇，比较起七年后的《金锁记》，后者才是真正意义上的传奇之作！

《金锁记》里，张爱玲以老道得近于冷漠的笔法刻画了一个受黄金枷锁奴役、压抑以致人性变态的可悲女人。“七巧似睡非睡横在烟铺上。三十年来她带着黄金的枷，她用那沉重的枷角劈杀了几个人，没死的也送了半条命……”

一个普通人家的女子，因为哥嫂的贪财，被嫁入了一个死气沉沉、腐朽不堪的封建家庭，做了残疾人的妻子，在旧制家庭中消磨尽了自己的青春和那一点点的对爱情的渴望，从此也丧失了一生的做人的意义和尊严。

没有对于旧制婚姻和宗法家族的血泪控诉，也没有哀叹、惋伤那死于旧制之下的女性们的悲惨命运。张爱玲表现的是另一种观察角度和创作笔法，固然，我们也可以从她的小说中观察到她对于旧制家庭是怎样残酷扭曲人性的揭露和批判，然而她的重点远非如此。

她着力刻画的，是人性中那种不可理喻的疯狂，以及激发这种疯狂的原因——现实中的缺憾。

《金锁记》中的曹七巧，原来是怎样一个渴望爱与被爱、拥有鲜活生命的女子，然而这样一个鲜活的生命却被命运摔进了一个死寂的坟墓里。年轻时守着行尸走肉的丈夫，一点点磨尽了她的青春；挣扎于妯娌间的勾心斗角，处处遭受冷眼与排斥，因而她不断反抗，却因此恶名昭著；她本来就不是能承受的人，却偏偏在薄如蝉翼的生命中被拴上了一道黄金的锁，任她挣扎不休，也啃噬不到黄金的边，也摔不碎这黄金的锁！

年老之后，七巧终于得以脱离出去。然而这黄金的锁还在叮当作响，早年所经历的苦难愈加疯狂地抓挠着她的心。于是，七巧开始了疯狂地报复。她没有得到过健康的爱，便拼命折磨儿子的媳妇芝春，女儿长安与童世舫原本有一段美好姻缘，也被生生拆散了；她拼却一辈子都没有啃到黄金的边，当三爷季泽来找她时，她毫不犹豫地揭穿了他骗财的把戏，把自己心中唯一的一点爱情也葬送了……最终，这个不幸的女人在郁郁中死去。

女性写女性，道出的是不尽的悲哀。女性的悲哀！时代的悲哀！

张爱玲以女性特有的眼光和角度，从大俗的喜色中透视出乱世的悲切。她的苍凉，是于往事的追忆中，一点点透出的最深层的悲恸。她的苍凉，是于透

彻了凡俗、参悟了人生之后的，对于天地发出的一声叹问。她的苍凉，无人能及！

胡琴依旧咿呀地唱着——道不尽的苍凉！

铜香炉中的火光已渐渐暗了下去，张爱玲的这一炉香就这样烧完了……

【精彩读点】

①特别是她对男女之情的透彻和参悟，简直超出了16岁少女的思想境界。她的笔下，虞姬已不再是霸王身后一个虚弱苍白的影子，她从传统中跳了出来，活生生地站到我们面前，她也是一个渴望爱与被爱的女子啊！

②她着力刻画的，是人性中那种不可理喻的疯狂，以及激发这种疯狂的原因——现实中的缺憾。

③女性写女性，道出的是不尽的悲哀。女性的悲哀！时代的悲哀！

【佳作赏析】

本文的亮点在于研读之精。作者对张爱玲有一种偏爱，因此，在文章里，无不透出她对作家本人的无尽激赏。读罢此文，我们似乎随着那袅袅而起的青烟，看到了作家笔下一个个鲜活灵动的女性，那渐燃渐逝的沉香，似也诉说着女性的或悲或喜、或消沉或激越的情愫。

【点读名家】

张爱玲（1925—1995），原名张瑛，笔名梁京，出生于上海。现代著名女作家。著有中短篇小说集《传奇》，散文集《流言》，长篇小说《十八春》，电影剧本《多少恨》《太太万岁》等。代表作为《金锁记》《倾城之恋》《红玫瑰与白玫瑰》《沉香屑·第二炉香》《公寓生活记趣》《天才梦》等。

写给萧红

上海　杨洁懿

“七月里长起来的野菜，八月里开花了。我伤感它们的命运，我赞叹它们的勇敢。”

——萧红《沙粒》

那天在图书馆里忙碌了一整个下午只为了寻找你全集的下册，图书馆里陪我的只有静静的一排排书架，散发着一份馨香，那一份久违的书的馨香。窗外，不知何时飘起了雨，春天的雨总是有些让人无所适从，倦倦的、淡淡的。四周除了雨声外，只有我急促的脚步声，急促的呼吸声……萧红，你知道我在找你吗？

5年来点点滴滴的追随，让我相信在自己灵魂深处的某一个地方蕴藏着你不曾离去的倔强和执著。曾经几时，我的生命完完全全被你占据着，你的痛苦是我的。夜里梦到自己20岁离家，与父亲断绝父女关系，离开了唯一疼爱我的祖父；梦到自己只身漂泊，受人歧视；梦到自己在萧军的鼓舞下从事写作；梦到自己在鲁迅先生的家中与许广平先生彻夜长谈；梦到自己在香港圣玛丽医院被庸医误诊误医，被割破喉管痛苦而死。于是，每个早晨醒来的枕边总是湿的。

你走了，带着满腔的不甘与苦痛离开了，“半生尽遭白眼冷遇，留得半部红楼给人看，身先死，不甘，不甘，不甘……”

我的眼泪没有流下来，只是慢慢倒流进心底。想要冲走这5年来沉淀在我心中的你，你的一颦一笑，你的一个回眸一缕发丝，你的挣扎与无奈。“生命为什么不挂着铃子，不然丢了你，怎能感到有所亡失。”你走了，没有为我留下什么，于是我只能拼凑着你的文字，在每个深夜里留恋、徘徊，想要跨越时间和空间的隔阂，与你交流。可是，萧红，你在哪里？

我问自己：我究竟是为了什么而寻找？如果我可以大言不惭地回答“我喜欢”，那么我会为了自己的虚伪而痛心的。不知何时起，我变得庸俗，变得喜欢与别人谈论你，你忘了别人根本不理解甚至不认识你。不喜欢哗众取宠的我，却在这喧哗的人群中无奈而又尴尬地表达自己、表现自己。我变得浮躁，想用自己粗劣的言辞来写你，却在不经意中走上了一条与你格格不入的不归路。

我在赞扬声中迷失自己。你的思索、你的反抗、你的挣扎、你的徘徊、你的眷念、你的……曾经是深夜中在我脑中反反复复地呈现而出的，如今却是我刻意强求的回忆！

罗兰说；如果不以这件事本身的目的为目的，而把其他附带的目的当作重点，那么这件事就会走入歧途。是的，其实我早已在不经意中失去了你和我的执著，如今留下的只有那份无奈而虚伪的信誓旦旦。

我在寻找什么，是那些缥缈虚无的虚无还是那个永不可能实现的梦？——不，这些本不该是我的追求。可是，萧红，你在哪里？

最近，我开始抄写你的全集了。你是我的一个根深蒂固的情结，我不能将它解开，其实，我也不愿将它解开。感谢上苍——抄写你的文字时，我的手仍在颤抖，心中涌动着的那份激动与震撼依旧让我无法平静下来，手中握着的笔下流淌着你的文字，穿越时空隧道，让我回到半个世纪前吧！与你一起挣扎，与你一起斗争，我觉得我就是你，我在呼兰河边呐喊，我在生死场上挣扎，我在桥上跋涉……

我又找到你了，萧红。你说：女人的天空是低的。其实，我一直都在证明着：我们可以更勇敢。我是你的另一半，我是你生命的延续。也许，我太年轻无法真正理解你深邃的思想，可是我已经用5年的时光来证明我的成长，并且我会用更多的5年来走近你、走进你。

人说：被爱是粉色的。于是，爱人便成了这夜——沉沉的、黑黑的。我不是萧军，也不是端木，所以，我不能说：萧红，我爱你。因为那是一种亵渎。我只是那只没有了热气的茶杯，散尽了馨香，只为了留住那沉沉的、黑黑的夜。

“女人的天空”可以很高，让我飞翔，飞到天空的那一头……找你！

【精彩读点】

①我在赞扬中迷失自己。你的思索、你的反抗、你的挣扎、你的徘徊、你的眷念、你的……曾经是深夜中在我脑中反反复复地呈现而出的，可如今却是我刻意强求的回忆！

②“女人的天空”可以很高，让我飞翔，飞到天空的那一头……找你！

【佳作赏析】

读完全文，可以看出作者对萧红的作品有较深的理解。作者以《写给萧红》为题，直接同萧红对话。作者走近了萧红，向萧红倾诉了自己的心声，愿意同萧红“一起挣扎”“与你一起斗争”。感情色彩强烈，寄托着今天女孩子的希望和向往。

习作文笔优美，感情真挚，把萧红作品中的情景自然地糅合起来，化成了自己的语言。

【点读名家】

萧红（1911—1942），原名张乃莹，黑龙江呼兰县人。现代女作家。著有小说《呼兰河传》《马伯乐》，散文集《商市街》《桥》等。

读《与妻书》

上海 陈洁

怀着慕名已久的心情翻开了课本，读了林觉民写的《与妻书》。

一读《与妻书》，却觉得多了些情啊爱啊的缠绵悱恻，少了点男子汉慷慨激昂的干霄豪气；再读《与妻书》，又觉得多了些悲啊、泪啊的生离死别，少了点革命者“保国行赴难，古来皆共然”的视死如归；三读《与妻书》，才悟到那份荡气回肠，可歌可泣的真正的男子汉，真正的革命者的情怀，才开始体验到作者的柔情中透着刚强，惜别中透着欣慰，悲恸中透着慷慨，缠绵中透着豪情……

文章的字里行间浸满了与爱人诀别的泪痕。作者自言“牺牲百死而不辞”，但是忆及作者“至爱”的妻子，却“泪珠与笔墨齐下，不能竟书而欲搁笔”。作者如泣如诉地倾言爱妻之心，回忆当初自己“与使吾先汝死也，无宁汝先吾而死”的旦旦誓言，回忆花前月下，并肩携手的美景，回忆六七年前自己逃家复归，爱妻泣告的殷殷肺腑……而至今日却将永别矣。作者言其空余泪痕，只愿九泉之下能遥闻爱妻之哭声，只愿世上有鬼，能让“吾灵尚依依旁汝”，只愿爱妻能“时时于梦中得我乎”！多么恸天地、泣鬼神的人间至情；多么催人泪下，感人肺腑的儿女真情啊！

好一个痴情的丈夫，甚至不忍心先死而留苦于妻，又怎么会不顾爱妻而“死无余憾”呢？因为作者愿意“充吾爱汝之心，助天下人爱其所爱”，愿意“牺牲吾身与汝身之福利，为天下人谋永福”，愿意以两人之爱换取革命之胜利，换取天下千万人之爱！“生命诚可贵，爱情价更高，若为自由故，二者皆可抛！”林觉民的确是位深恋着爱人的好丈夫，但他更愿作位追求自由的好战士。“气短情长”，他热爱自己的生活，热爱自己的妻子，希望永远拥有这份属于自己的至高无上的爱情。然而，“司马春衫”，面对笼罩着天下的那层阴霾，他仰天叹息“何不幸而生今日之中国！”毅然投身于革命中。

面对自己至爱的妻子，谁没有生死离别的“肠断，肠断，人与楚天俱远”

的心撕肺裂？但能抛却这份碎心的情，忍下这份断肠的痛的林觉民，又是怎样的革命者和男子汉啊！

虽然是凄愁而柔情的绝笔书，但是能置悠悠悲恸、绵绵真情于度外而从容赴死的林觉民，表达出的又是怎样一番咽下儿女情泪、笑赴黄泉险路的慷慨的豪气啊！

虽然是满纸缠绵言，一把诀别泪，但是不忍目睹“天下人之不当死而死与不愿离而离”的林觉民在这“真真不难忘汝”的眷恋之情深处，隐藏的又是怎样的一腔“捐躯赴国难，视死忽如归”的英雄热血啊！

【精彩读点】

①面对自己至爱的妻子，谁没有生死离别的“肠断，肠断，人与楚天俱远”的心撕肺裂？但能抛却这伤碎心的情，忍下这份断肠的痛的林觉民，又是怎样的革命者和男子汉啊！

②虽然是凄悲而柔情的绝笔书，但是能置悠悠悲恸，绵绵真情于度外而从容赴死的林觉民，表达出的又是怎样一番咽下儿女情泪、笑赴黄泉险路的慷慨豪气啊！

【佳作赏析】

本文先写读罢《与妻书》的三点感受，然后联系《与妻书》的内容具体分析作者内心情感的由来，对《与妻书》分析理解得很透彻。在仔细分析之后，连用感叹句和反问句把自己的感情抒发出来，使人感到这种心情是发自内心的自然流露。以情感人，是这篇文章的成功之处。

【点读名家】

林觉民（1887—1911），字意词，号抖飞，中国民主革命者。福建闽侯人。1911 年，参加广州黄花岗之役，后受伤被俘、从容就义。遗有《绝笔书》(也称“与妻书”)，感情真挚，充满为国捐躯的大无畏革命精神。

夏日清凉

——读《郁达夫抒情小品》

山东　李明

整个暑假，浓浓的暑气把心底本就不多的静水蒸发起来，在胸中生成层层的云，茫茫的雾，淹没了心中的一切，让人窒息，让人苦闷，让人颓唐，像陷在烂泥中，满心想挣扎，却又无从着力，是一本不厚的《郁达夫抒情小品》陪我熬了过来。

书中有处清凉地。每每翻开《郁达夫抒情小品》，看那闪耀着灵感火花的文字荡漾，心中就悄悄挂起了初秋日暮的雨帘，隔断了绵绵夏日的炎热，任一股清醇的夹着芬芳花香的风儿在胸中拂掠，任一缕日暮江南明月楼上的笛声在心中回荡。

郁达夫的散文深情蕴藉，又充满了诗情画意。我虽未到过江南，却曾在诗人的描绘与指引下，领略过江南的明媚。作者笔下的江南却充满了“秋意”，不知是他天生的忧郁气质，还是太多的沧桑，在他的内心中投下了忧虑冷落的阴影，作品中才笼罩着这层淡淡的“悲凉”。正如一杯清茶，喝下去后回味着一股悠悠的清香，唇齿间却留有丝丝苦涩。

哀愁是人生的一部分，正如死亡是人生旅途的绝对终点，然而有时哀愁是美丽的，它像一块酵母，使你心中的情感不断地膨胀，直至身体容不下它，非要把它吐出来，写下来，才感到痛快。也许作者正是这样，细细玩味着他的美丽的哀愁，写下如此情深意厚的美文。

哀愁毕竟不是人生的全部，美丽的哀愁也只能当作一件艺术品来珍藏。我们在欣赏、玩味这凄美的同时，同样看得到真理、希望、理想在宇宙间发出永恒的光芒。

【精彩读点】

①每每翻开《郁达夫抒情小品》，看那闪耀着灵感火花的文字荡漾，心中

就悄悄挂起了初秋日暮的雨帘，隔断了绵绵夏日的炎热，任一股清醇的夹着芬芳花香的风儿在胸中拂掠，任一缕日暮江南明月楼上的笛声在心中回荡。

②哀愁毕竟不是人生的全部，美丽的哀愁也只能当作一件艺术品来珍藏。我们在欣赏、玩味这凄美的同时，同样看得到真理、希望、理想在宇宙间发出永恒的光芒。

【佳作赏析】

本文最大的特点并不在于作者是否把握了《郁达夫抒情小品》的精髓，而在于作者能够把从欣赏中得出的一种抽象的、不确定的感觉，即书中对哀愁的潜心体验，随意而细腻地表达出来，显示出作者在文字欣赏方面的敏感的知觉能力。

【点读名家】

郁达夫（1896—1945），浙江富阳人。现代作家。著有散文集《闲书》《我的忏悔》等。另有《郁达夫文集》多卷印行。

恬美的意境

——读《荷塘月色》

北京　高莲红

《荷塘月色》是篇脍炙人口的散文佳作，体现了朱自清先生文章的特点。郁达夫曾说过："朱自清虽是一个诗人，可是他的散文仍能满贮着那一种诗意，文研会的散文作家中，除冰心女士外，文章之美要算他了。"受他的启发，我又认真地阅读了《荷塘月色》。

"叶子出水很高"，单这"出"字便使人觉得清新别致。其巧妙地将叶子拟人化，接着顺理成章地引出下一句"像亭亭的舞女的裙"。形象地刻画出叶子的一种和谐的静态美。此后作者笔锋一转，由静至动，写到"微风过处，送来缕缕清香，仿佛远处高楼上渺茫的歌声似的"。这"缕缕"与"渺茫"运用得恰到好处，"缕缕"是说花香的清幽与断断续续，而"渺茫"又含有飘忽不定的感觉，可谓相映成趣。花香用歌声比喻，初读我似乎感到不妥。但细一品味，却悟出非此语不尽述其意，因为嗅觉与听觉的交移能使人感到一种朦胧幽深的意境。“这时候叶子与花也有一丝的颤动，像闪电般，霎时传过荷塘的那边去了。叶子本是肩并肩密密地挨着，这便宛然有了一道凝碧的波痕。”在这段文字中，作者接连用了“一丝的颤动”“闪电般”“霎时”等来形容微风过处这一景致，似乎有累赘之感，但这正是作者独具匠心之处，意在从三个视角来描写塘中的景物。“一丝的颤动”只限于一片叶子与花之间的微妙变化，而“闪电般”则形容风的轻快，和整个荷塘中叶子的动荡，“霎时传过”则写出了颤动的速度、层次与那满塘荷叶起伏跌宕的情景。在这200多字中，作者尽述了静态与动态中的叶子和花，同时写出了微风过处的美妙景致，恰如一幅风格清淡而轮廓分明的丹青，耐人寻味。

但凡名家之作，评者众多。林非曾说过：“朱自清的成功之处是善于通过精确的观察，细腻地抒写出对大自然景物的感受。”如果说作者第一段是写景的话，那么第二段则是寓情于景。文中道：“月光如流水一般，静静地泻在这一片叶子和花上。”句子中的“流水”与“泻”可谓珠联璧合，形象地将月光的轻柔与洒逸的气势展现了出来。紧接着的一句“薄薄的青雾浮起在荷塘里”，则与前面的月光交相辉映，其中的“浮”字，不仅给人一种飘荡弥漫的感觉，而且写出了掬之欲起、吹之欲流的意境。接着作者写道：“叶子和花仿佛在牛乳中洗过一样；又像笼着轻纱的梦。”“洗”和“笼”使人觉得言之有情，抚之有物，而“牛乳”与“轻纱的梦”，看似很俗，但此处确实找不出更为贴切的词语来形容，作者这一大胆的比喻，亦可谓俗中见雅了。

“虽然是满月，天上却有一层淡淡的云，所以不能朗照：……树缝里也漏着一两点路灯光，没精打采的，是渴睡人的眼。这时候最热闹的，要数树上的蝉声与水里的蛙声；但热闹是他们的，我什么也没有。”这些则是写景寄情的，“淡淡的云”“蝉声”“蛙声”，一是自然界的实景，二则影射世俗之人和黑暗的统治者、反动文人。因此有“热闹是他们的，我什么也没有”一句。从文中我们不难体味到作者得到的片刻欢愉和一抹难耐的哀愁。

【精彩读点】

①“叶子出水很高”，单这“出”字便使人觉得清新别致，其巧妙地将叶子拟人化……形象地刻画出叶子的一种和谐的静态美。

②“洗”和“笼”使人觉得言之有情，抚之有物，而“牛乳”与“轻纱的梦”，看似很俗，但此处确实找不出更为贴切的词语来形容，作者这一大胆的比喻，亦可谓俗中见雅了。

【佳作赏析】

意境恬适，词句清丽，是朱自清散文的特色。作者读《荷塘月色》，也被这如诗如画的意境所感染，领悟到文中所渲染的意境美。这种美又是附着在清丽的语言上的，如“送来缕缕清香，仿佛远处高楼上渺茫的歌声似的”。对以动显静，以声示形的修辞手法尤为欣赏，品评得非常详细，显示出一定的鉴赏审美能力。

【点读名家】

朱自清（1898—1948），字佩弦，号秋实，原籍浙江绍兴，后举家迁居江苏东海县。现代著名散文家。曾任清华大学国文系主任。著有散文集《荷塘月色》《背影》《欧游杂记》，诗集《雪朝》等。代表作有《匆匆》《春》《荷塘月色》《背影》《给亡妇》《冬天》《桨声灯影里的秦淮河》。

清新·飘逸·细腻

——读《徐志摩诗集》

江西　唐昀

最是那一低头的温柔，
像一朵水莲花不胜凉风的娇羞，
道一声珍重，道一声珍重，
那一声珍重里有蜜甜的忧愁——
沙扬娜拉

多少细小的生活小景，在天才诗人那天才的笔下，竟变得如此动人。我第一次读这首诗，就深深被那清新的笔调、细腻的感情、优美的语句所吸引，以后“徐志摩”这个名字开始走进我的生活。我陶醉在他笔下的诗境中。

清新、飘逸、洒脱、细腻，是徐志摩诗的最大特点。每首诗都使我感到这是出自一位风流才子之手，仿佛是信手拈来、随口吟出似的，甚至有些玩世不恭的味道。我总觉得他是个集诗人、画家、音乐家于一身的诗人。

以《沙扬娜拉》为例，此诗为我们展示的是一个日本妇女向客人道别的普通场面。徐志摩以他独特的观察，捕捉到这一场景。就像淡淡的一张中国画，把日本民族的谦逊、礼貌以及日本妇女羞答答、情脉脉的神态描绘得惟妙惟肖、美丽动人。“道一声珍重，道一声珍重”，这一反复，读起来朗朗上口，使人感到这是一支优雅的曲子，洋溢着音乐的流动性，引起我心灵上的颤音。此刻作者又像一位天才琴师，拨动着读者心中的琴弦，使读者和他一起如痴如醉。

如果说《沙扬娜拉》体现了作者的清新、细腻，那么《再别康桥》则反映了作者的飘逸、洒脱：

轻轻的我走了，
正如我轻轻的来；
我轻轻的招手，
作别西天的云彩。

我仿佛看到一位青年在康桥畔，在花丛中，在池塘边漫步；我仿佛看见了康桥、绿草、野花、小鱼由于他的到来而显得格外美丽动人。《雪花的快乐》中有这样的句子：

不去那冷寞的幽谷，
不去那凄清的山麓，
……
你看，我有我的方向！

这首诗使我看到他作为一位诗人的气质。山谷、溪流是许多诗人所向往的，可他不去，因为他有自己的方向。我看了这首诗，也写了一首诗，题为《雨丝》：

我愿是那密密的雨丝：

飘过高高的城墙，
飘过浩瀚的长江，
飘向远方……
微风把我托起，
把我送到我要去的地方。
……

虽是首拙劣的小诗，却表达了我的志向。

由于时代的局限，历史的影响，徐志摩的有些诗，思想比较消极。但人无完人，作为诗人更是如此。我只是有选择地吸取着诗集中的精华。

若干年后，如果我成了一位诗人，也许，在我的介绍中将有这样一句：

自幼爱诗，尤其受徐志摩的影响，其第一首诗《雨丝》就是模仿徐的《雪花的快乐》而写成的，但不拘于徐志摩的形式特点。

【精彩读点】

①清新、飘逸、洒脱、细腻，是徐志摩诗的最大特点。

②由于时代的局限，历史的影响，徐志摩的有些诗，思想比较消极。但人无完人，作为诗人更是如此。我只是有选择地吸取着诗集中的精华。

【佳作赏析】

清新、飘逸、洒脱、细腻，是徐志摩诗的最大特点。尤其是诗中的画面和富有音乐节奏感的诗韵，都使作者陶醉，从而与诗人浪漫和洒脱的诗风形成共鸣。在赏评诗中画和诗中情的同时，也循着徐诗的风格学做了一首《雨丝》，虽显稚嫩，却多少有点儿徐诗的味儿。文中提到徐诗中某些消极悲观的感情色彩，这种客观评价表明作者的正确鉴赏标准。

【点读名家】

徐志摩（1897—1931）浙江海宁人。现代著名诗人。著有诗集《志摩的诗》《翡冷翠的一夜》《猛虎集》，散文集《落叶》《自剖》等。《再别康桥》《沙扬那拉》《雪花的快乐》是其代表作。

三读丰子恺

上海 戴冰

初读丰子恺，他是一位笔下生花的漫画家。

一堂小学语文课，内容为中国漫画的欣赏。语文老师对中国漫画的概况以及漫画的欣赏方法作了精要的介绍，还说，被我们奉为漫画“至尊”的那些日本连环画，论画功论格调其实都不是精品。在我们羞愧的目光中，老师写下了几部最出色的中国漫画的名字，在这其中我最先找到的是丰子恺的《古诗新画》和《儿童漫画》。

那是怎样的一种心动哟。从没有想过，《古诗新画》这黑白二色，笔画寥寥的方寸小图，竟能让我初品惊艳，再品回味悠长。《古诗新画》中的第一篇是《相见欢·无言独上西楼》，一楼，一月，一背影而已，只觉得有一种安静的气息，慢慢笼住了我，心绪变得淡淡的。后来偶然间想到：这词与画的意境如此契合，只怕是李煜先看过这画后，再题上词的吧？不管是做皇帝还是做阶下囚，李煜都不可能有这样的机会和心境去独赏这月色。

《儿童漫画》却不同，我对它的着迷程度与我的年龄同步增长。初看时未免有些失望：画上的那些事情我今天还刚刚做过呢，有什么好新奇的？但后来，我每看一遍，都收获到比从前更多的体会。前两天翻到《兴味》，上面画的是一个小女孩在专心织毛衣，那毛衣有不少由于织错而形成的小洞。我看后竟痴了：这可不就是十年前那个织红围巾的我吗？那时我的手小得只能算是肉球球，但并没被长长的织衣针、长长的毛线吓倒，硬是从妈妈那儿学会了一点点入门的织法。所谓入门，就是易学易会的那一种“平针”，想织条围巾，给它起头收尾的那两行都不会织，但织出其余的那些浩如烟海的几百行，对我来说已算是够难的了。我的手毕竟不灵巧，眼力毕竟不敏锐，性情毕竟不平和。刚开始织不是织错了行，就是弄乱了针法，而且总是越补救越糟，心烦得简直想把它扔到地上踩两下。每当这时只好向妈妈求救了，她虽然会好几十种让我眼花缭乱的针法，但此时却故意不对我的“作品”做过多的修补，仅仅将问题最严重的几节调好，而不是把所有出错的地方都拆了，再重新帮我织好。没过几天我的“技艺”便纯熟多了，致命的错误总算不犯了，每遇到些小问题时，妈妈便鼓励我自己继续往下织。那个冬天，我亲手织好的红围巾像一个总有着冒不完热乎劲儿的小火炉，让我的脖子温暖了一整个冬天。

现在，这条围巾是我幼时的珍品之一，虽然上面有不少漏织的小洞，而且由于不断的织错——放线修补，围巾的末端比初端竟粗了一倍有余。每看到这些“妙手偶得”，我总会被它们逗乐，同时对自己羡慕得要命：我的童年是这样的美好。这红围巾如果被丰子恺看到，他肯定会笑的，但绝不是嘲讽的笑，而是为儿童那带着认真劲儿，带着傻气，最本色的一举一动感到无限趣味的笑。他一定会把我的围巾画下来，或许还会画上我。

我要感谢妈妈，她没有用自己的水平来要求我、改变我，而是任我的天性得到最自然的展示：我也要感谢丰子恺，他具有一双善于发现美的慧眼，一双善于记录美的妙手。他们让我在长大以后，越加坚信了自己的幸福。

再读丰子恺，他是一位笔下生花的散文家。

《缘缘堂随笔》是另一位语文老师推荐的，他说，这本书的文字非常朴实，也非常精彩，是丰子恺写的。老师对那“非常”二字近乎咬牙切齿的重读，催我迅速从图书馆借到了《缘缘堂随笔》。看了几篇文章，我便深信：丰子恺的散文和他的漫画一样，也为我打开了一个新天地。我竟是从没有读过这样的文章的，都说林语堂的文章是闲适派的代表，可与丰子恺的一比，我觉得未免像大观园中的稻香村——人造的自然。比如在《论读书》中，林语堂对自己“仅是说说看法而已，并不企图改变年轻人的读书观念”作了太多太多的重复，吃力且造作，失去了力量。而丰子恺则是“润物细无声”，他那艺术般的眼光，佛理化的思考，幽默的口吻，让人自然而然受到感染。都说高明的写手用不着堆砌华丽词藻，而读丰子恺的文章又何止是在看他写的朴实文字，简直就是在听他说大白话嘛，但这又毫不显得粗俗，而是清新可喜的，让人如沐春风。用贾探春评贾宝玉所买的小玩物的说法，就是“朴而不俗”。

有一段文字是我极爱的。丰子恺打开了一大箱旧物来，“每一件东西都告诉我一段旧事，我仿佛看了一幕自己为主角的影戏”，里面有一把从前用来描油画的调色板刀，丰子恺现在准备用它切芋艿、削萝卜。他说：“它也许曾经跟随名贵的画家，指挥高价的油画颜料，制作出一等奖的作品来博得沸腾的荣誉。

现在叫它切芋艿、削萝卜，真是委屈了它。但芋艿、萝卜中所含的人生的滋味，也许比油画中更为丰富，让它尝尝吧。”如果丰子恺不是一个以平等的眼光去感受万物的人，哪里会写出这样的话来。刀啊刀，你运气真不错啊。

他可真是一个好爸爸呢！和丰子恺的漫画一样，他的孩子也是他写文章时的模特。他羡慕、佩服甚至崇拜自己的孩子，认为他们“直率，自然，热情！大人间的所谓沉默，含蓄，深刻的美德，比起你来，全是不自然的，病的，伪的”。他最心疼的事情是儿女的长大，生怕他们变得“退缩、顺从、妥协、屈服”。我倒觉得，如果丰子恺能成功地将自己的处世态度感染儿女的话，儿女们的“直率，自然，热情”就会得以保存了。

三读丰子恺，他是一位生活家，春天就在他的心里。

他的自然从哪里来？他的幽默从哪里来？他的慈爱从哪里来？从生活中来。进一步说，他通过对生活的阅读和体会，发现了、具备了与美好生活相和谐的美好品性，并以之感染了他人。他是如此地善于享受生活，发现美，在不完全美好的世界上，保持了美好的心境。

并不是人人都会成为丰子恺式的漫画家和散文家，那需要一定的天赋。但能否成为丰子恺式的生活家，则完全取决于我们能否在后天、在成长中依然葆有童年时的慧眼、慧心。

我们不妨试着去做做看。

【精彩读点】

①初读丰子恺，他是一位笔下生花的漫画家。

②再读丰子恺，他是一位笔下生花的散文家。

③三读丰子恺，他是一位生活家，春天就在他的心理。

【佳作赏析】

作为一名初中生，能如此深刻地赏析和解读丰子恺的漫画与散文作品，实在令人赞赏。

作者具有较高的艺术修养，所以他对丰子恺的漫画作品能从颜色、构图、气韵、题诗等方面来欣赏，并能结合自己的成长经历来品味；他能将丰子恺与林语堂的散文作品在语言风格上作比较；能在丰子恺感受生活的能力方面做分析，而且这种分析是鞭辟入里、得其精髓的，而非肤浅议论和泛泛而谈。

文章的“三读”部分虽然简短，但绝非可有可无的闲笔，作者正是理解了丰子恺作为“生活家”的一面，才对他的作品有了准确深入的把握。

【点读名家】

丰子恺（1898—1975），浙江崇德人。现代著名作家、画家、翻译家。著有散文集《缘缘堂随笔》《缘缘堂再笔》等。

我是《夜》中的“大男”

——读叶圣陶的《夜》

湖南　陈熔炼

叶圣陶先生在《夜》中塑造了一个“大男”，这个人物意味着革命“后继有人”。他，生活在1927年白色恐怖下的旧中国，其境遇可想而知。我这个“大男”，生活在七色阳光普照的新中国，祖国人民对我的期待，正如《夜》中的外祖母、革命烈士对“大男”的期待一样，是诚挚而殷切的。

我与“大男”比，当然幸福多了。在学习期间，我认真读书，认真思索，认真做作业，由于过分认真，我发现自己成了一个“书呆子”，一天到晚与文体活动无缘，只是一个劲地“啃”书本。我开始沉思起来：心甘情愿做“大男”，可“大男”应当是书呆子的模样吗？一个能肩负起革命重担的大男，绝不能是这个模样，而应当是在德、智、体、美、劳方面全面发展的人才。要摆脱“书呆子”习气，首先就得拿出一定的时间走出校门，和社会打交道，读好“社会”这本活生生的书。但要做到这一点，绝非易事，说不定父母会反对我，社会上某些世故深的人会小看我、嘲笑我。我曾试着和做人事工作的姑父交谈过，和在某商店当经理的满姨交谈过，我把应该读好社会这本书的想法告诉他们，他们居然说我的想法不无道理；并从和他们的谈话中知道了干事业的艰难和苦中之乐，使我懂得了许多。我将认真去读“社会”这本书，在实践中茁壮成长。

要做一个无愧于时代的“大男”，还应当养成深思、敢于发表自己见解的习惯。我好读文学书籍，《红楼梦》《三国演义》等，都反复咀嚼过，而且写了好几千字的读后感。我最喜欢的是《红楼梦》。别人很恨王熙凤，我却十分佩服她办事干脆利落、敢说敢做，我想自己以后当个企业家，倒应当有点王熙凤的作风和个性。当然，对于她的玩弄权术，我是嗤之以鼻的。至于林黛玉、贾宝玉、晴雯、香菱等人物，红学家们虽发表了不少高见，但我却保留着不少与他们不尽相同的看法。嘿，我要做个有出息的“大男”，随波逐流、人云亦云，行吗？

我对语文有着强烈的兴趣，对政治经济学和辩证唯物主义也乐于钻研。我规划着我的“未来”：或做一名精明强干的企业家，或做一名秉公执法的法官，或做一名歌颂时代、针砭时弊的记者。那时，我敢说，自己就是《夜》中的“大男”，没有辜负革命先烈的期望；也敢说，自己就是新中国的“大男”，而对时代，没有愧色。

说了以上这些，也许有人会说我这黄毛丫头有点口吐狂言，不自量力；但是，我要说，做一名有作为的“大男”就该这样。

【精彩读点】

①我将认真去读“社会”这本书，在实践中茁壮成长。

②要做一个无愧于时代的“大男”，还应当养成深思、敢于发表自己见解的习惯。

③那时，我敢说，自己就是《夜》中的“大男”，没有辜负革命先烈的期望；也敢说，自己就是新中国的“大男”，而对时代，没有愧色。

【佳作赏析】

直接与书中主人公对比着写是《我是〈夜〉中的“大男”》的突出特点。

本文的作者显然与“大男”有较大的差距。作者从检讨自己写起，到征求意见、摆自己的兴趣爱好和今后的抱负，叙中有议，以议为主，较好地表达了自己要做新时期的“大男”的决心。由于本文着眼点在于自己认识的转变，所以采用略议“大男”，详议自己的写法，是恰当的。

【点读名家】

叶圣陶（1894—1988），原名绍钧，江苏苏州人。现代著名作家、教育家。他写的《稻草人》是我国第一部现代童话集。长篇小说《倪焕之》曾饮誉文坛。主编过《小说月报》和《中学生》等杂志。有10卷本《叶圣陶文集》印行。

围城风景

上海　文雅

寒假期间拜读钱钟书先生的《围城》，颇有感触。

《围城》一书描写了一位失败的年轻人的一段较失败的爱情和婚姻。方鸿渐是一个思想尖锐、追求完美的留学生。他有诚实的性格，尽管他把假文凭寄给父母，掀起轩然大波，但这也是他“孝敬”、诚实的一种反映。方鸿渐对爱情的意识很朦胧，初被鲍小姐调戏，又被苏文纨误解，再被唐晓芙拒绝，最后伤痕累累的他像一头被困在一个华丽神秘的城堡外的野兽，一下冲了进去——“草率”地娶了孙柔嘉。当他与孙柔嘉结为连理后，很快就发现婚姻这座城堡并不像他想像的那样华丽神秘、坚不可摧。

当然，我们只是从书中看到一部分人的爱情观。现实生活中的爱情则比书中平淡得多，大部分人的爱情都很悠长，悠长的爱是最令人感动的。

年轻人当然追求浪漫和新鲜，都会为《泰坦尼克号》的惊心动魄，《东京爱情故事》莉香与完治的经典，甚至如今风靡的徐志摩先生和三位女士的细腻情感道路而感动。于是，他们追求“心跳和触电”，而当他们携着伴侣踏入教堂那一刻，曾经再放纵、再狂热的血气都要收敛住。我的一位兄长，是一个很有主见和思想的男人——曾经，他是一个男孩，在7个月前还是。他的学历和相貌使他能尽情地释放热量，挥洒青春。而7个月前的某一天他遇上我现在的“嫂子”，他便担起更重的责任，有了责任就会成熟许多，现在他们平静地生活，他不经意地对我说过：“平平淡淡才是真。”

年轻时你再怎样憧憬和激情，到最后终究归于平淡。《围城》中方鸿渐经历了伤痛和感动，他最后依然选择平淡。

还有一种柴米油盐的爱情，像我的父母，他们也曾激情过，当他们有了我，这样的柴米油盐的日子便来了，为了生计和我的学业，他们奔忙着，但我也看到过父亲往母亲嘴里塞上一片苹果，母亲为父亲围上一段围巾这朴素的爱情。我想几年后的方鸿渐及孙柔嘉也这样吧。这时的野兽在城堡待惯了，渐渐发现城堡也有它的牢固，于是便长居下来，并且很质朴地生活着。并不乏一些人厌倦了城堡，想逃出去，毕竟不在多数，这些人往往最后会有和方鸿渐一样的结果。

另外一种爱，恒久得最令我感动，那是老人的爱，他们年轻时婚事父母一手包办，不存在什么“围城问题”，甚至结婚时连对方的脸也没看过，这样从陌生到相识、相知，又风风雨雨地共同度过几十载人生，这样平缓甘醇的爱是多么令人向往！

这就是生活中的围城风景吧！

在这芸芸众生的大千社会，普通人都只求平安地有一个陪伴，毕竟这世上有份惊天动地、海枯石烂的爱情的人不会太多。像一首歌中唱道：平凡的人给我最多感动。

其实“围城”现象又何尝不是一种可贵体验，像方鸿渐这样的人经历过围城内外的事态，心会更成熟，对爱情会有一份更深的了解。

让我们祝福经历了围城现象后有一份平淡的满足的爱吧！

【精彩读点】

①《围城》一书描写了一位失败的年轻人的一段较失败的爱情和婚姻。

②年轻时你再怎样憧憬和激情，到最后终究归于平淡。《围城》中方鸿渐经历了伤痛和感动，他最后依然选择平淡。

③这时的野兽在城堡待惯了，渐渐发现城堡也有它的牢固，于是便长居下来，并且很质朴地生活着。一些人厌倦了城堡，想逃出去，毕竟不在多数，这些人往往最后会有和方鸿渐一样的结果。

【佳作赏析】

这是一篇写得很朴实的读后感。

作者是一位初一的学生，她联系父母“柴米油盐的爱情”，阅读钱钟书名著《围城》，从中领悟“平平淡淡才是真”的道理。文末写道：“让我们祝福经历了围城现象后有一份平淡的满足的爱吧！”这是作者的爱情观，你同意吗？

【点读名家】

钱钟书（1910—1998），字默存，号槐聚。江苏无锡人。早年毕业于清华大学西洋语言文学系，后留学英、法等国。回国后在大学任教。著有小说《围城》《人·兽·鬼》，散文集《写在人生边上》，学术著作《谈艺录》《管锥编》等。

一幅恬静的湘西风俗画

——读《边城》有感

浙江 张晓丹

平静如水，没有硝烟，没有战火，清清幽静的河边：大黄狗、翠翠、爷爷、渡船，如此幽静甜美，深深的湘西，深深的情，江边老少，说透边城。

不知道是否是沈从文姓名中带水的缘故，边城写了一个发生在水边的故事，而主人公翠翠，生性单纯，清秀可人，仿佛全身上下都弥绕着清清淡淡的皂角香。清纯美丽是自然，不存在任何雕琢。

我爱翠翠的淳朴与简单，单纯如她，只是喜欢在爷爷和黄狗面前唱着歌，摇着船，见有喜轿经过，也不免会露出少女的喜悦和羡慕。

如果翠翠的世界里，没有过那双兄弟的存在，是否会过得更快乐？翠翠本该圆满快乐的家庭，却在父母相遇不得志先后离开后，翠翠似乎只有爷爷，也只剩下了爷爷留在她的生命里，哦！还有那只船。承载着他们的爱。他们的孤单与悲哀时不时地涌上心头，黄昏来时，翠翠坐在家中等爷爷回来，她在日头升起时感到生活的力量，当日头只为一艘渡船而落下时，又不自思量地想起与日头同时死去的，是那个伴在他身旁的女孩。多么有穿透力的文字，仿佛是一把重锤在重重地敲击着心灵，为这些文字而喝彩。

这是沈从文天生对水的依恋吗？

是沈先生带我走进了边城，认识了翠翠、爷爷、大黄狗，还有湘西。

翠翠母亲与军官生下了她，却只留下这可爱的女孩孤身一人，可怜的翠翠，又是幸福的翠翠。有爷爷，大黄狗，还有那对兄弟，只是他俩对翠翠而言，是否是永远的伤？

先生对此，只是寥寥数语，描写的如清风划过水面，只留下心中圈圈的涟漪，似乎，想保护些什么，是他笔触下的翠翠吗？还是等待成熟的我们……

遇上了渡河的喜队，翠翠必是争着摆渡，站在船头，迎着清风，懒懒的缆索，

让船靠岸，翠翠的心思，总是不小心溢出那颗年轻的心。

边城是清透的，那里细腻的水养活了细腻的人，他们的心思有江南人特有的细密，那里没有黑暗社会，只剩下清甜的空气和自然界所有的美丽。安静的水流仿佛是被施了魔法一般，不会有大海的喜怒无常，汹涌澎湃。人们在这里是以美为背景的。

边城，一个只属翠翠的故事，是情，难舍难离，而先生却写得那么淡，把这定义为永生永世只在心中埋葬，为自己，不再忘却。兄弟因为翠翠，老大溺水离世，老二背井离乡；只剩翠翠，站在古老的河边，带着心中的确定在守望着，凄美的故事，但也只有纯洁的人，才能走到故事背后，看见另一番天地。

我爱翠翠的清纯通灵，也爱先生清丽的笔触，清新的，淡淡的，如河中的水一般，透明可爱。也喜欢爷爷，这个淳朴的老人，把后半辈子的一切留给孙女，疼爱着生命中的至爱，而不舍离开人间。

翠翠一直等待着，她的幸福，那么，现在我们还能做什么呢？谁能为心中的爱承受几十年的寂寞？让这纯爱的边城来净化我们吧！让我们相信，翠翠的等待不会是无期，让我们用纯洁的心，给边城一个美丽的落幕。

【精彩读点】

①我爱翠翠的清纯通灵，也爱先生清丽的笔触，清新的，淡淡的，如河中的水一般，透明可爱。也喜欢爷爷，这个淳朴的老人，把后半辈子的一切留给孙女，疼爱着生命中的至爱，而不舍离开人间。

②让这纯美的边城来净化我们吧！让我们相信，翠翠的等待不会是无期的，让我们用纯洁的心，给边城一个美丽的落幕。

【佳作赏析】

沈从文的散文多以作者的主观情感与作品描绘的湘西生活图景交织表现出一幅幅充满乡土气息的浓郁社会风俗画。本文作者深悟沈从文作品之精妙，抒发了她对作品中人物翠翠和她的爷爷的喜爱之情，文美、景美、情美。

【点读名家】

沈从文（1903—1989），湖南凤凰人。现代著名作家，少年从军，1926年起开始在《晨报》副刊、《小说月报》发表作品。主要作品有《边城》、《湘行散记》等。有《沈从文全集》印行。

谈谈三毛

江苏 柳丽

我喜欢三毛，更直接地说，我喜欢她的饱含生活经历和真情实意的作品。如果我们打个比方，把琼瑶、金庸、古龙的作品比作地上奔跑着的梅花鹿，那么三毛的作品应该是天上飞翔的大雁。在三毛死后的四五年中，又掀起了一阵"三毛热"，也证实了有许多人同我一样还恋着三毛。

说实在的，我并不为三毛的死感到遗憾。在我细读完她所有的作品之后，我深深地体会到她的一生充满了快乐、痛苦、失意、悲愤、艰辛……虽然她只活了人生的一半或许还不到，但她的生命已经完整了。有一位三毛的崇拜者曾经说过："三毛的死与林黛玉的死有异曲同工之处：在理想与现实之间找到了一个完美的结合点。"我很赞同。

三毛是一个完美主义者，她对人生的理解是超现实的。也就是这超现实的完美主义观念使她与当时的社会显得格格不入。在她的少年时代，她并未像平常的少年一样进入学堂，而是依照自己的喜好在书海中自学了中国文学。她对生命的独特理解也正来源于这种自闭的心理。也许会有人对她生命中那一段撒哈拉的故事质疑。其实那一段快乐的时光并不表示她在转变，而是她找到了一位在心灵上可以产生共鸣的人——荷西。她不再孤寂，不再难以被人理解，因此她更坚定了自我。从撒哈拉到西班牙的旅程中，她真正尝到生命的甘泉，而这一段经历对她的作品乃至一生都有很大的影响。可是神明并没有睁开双眼：一场劫难夺去了荷西的生命。这对于三毛来说就像太阳被乌云遮住了一样，而这乌云后来一直没有消散。一个人吃过了蜜糖能否愿意吃蛇胆呢？我想他不愿意。而三毛正经历了这样的过程。荷西死后，三毛曾尝试着独自生活，可是，她发现自己失败了。她再度封闭自己，而且比以前更深更彻底。对此，我不想说她懦弱，她只不过在寻找一种方式保存一个完整的自我，而这是一种坚强的意志支持下的行动。我钦佩她的这种意志。

三毛也是一个平凡的女人，她有平凡的面孔，平凡的躯体，也一样会生病。

但她有不平凡的灵魂和行动。曹雪芹笔下的林黛玉在与现实的不和谐中，作者只能用死来完美她的形象。林黛玉毕竟是小说中虚构的人物，而三毛却是这个世界中活生生的一个人。三毛最终选择了死，怎能不叫人惊叹呢？

当然，我不是提倡每个人都以死来逃避现实的困难与不公。我自己也不会用这种方式来完美自己。或许是我没有三毛那种个性的执著，也或许是我没有她的意志与勇气，所以我钦佩她，更怀念她。

【精彩读点】

①我喜欢三毛，更直接地说，我喜欢她的饱含生活经历和真情实意的作品。

②我深深地体会到她的一生充满了快乐、痛苦、失意、悲愤、艰辛……虽然她只活了人生的一半或许还不到，但她的生命已经完整了。

③三毛是一个完美主义者，她对人生的理解是超现实的。也就是这超现实的完美主义观念使她与当时的社会显得格格不入。

【佳作赏析】

作者从三毛独特的生活经历入手剖析她的心理、情格、人生态度，并一再地把她与人们熟知的文学形象——林黛玉进行比较，指出三毛之死，是“在理想与现实之间找到了一个完美的结合点”，三毛作为一个现实世界中的活生生的人，她的死，比林黛玉更令人惊叹。

这是一篇作家评论，然而作者却没有像通常的评论作家那样从作品入手，去谈作家的风格、艺术特色等等，而是直切作家的灵魂，去挖掘作家心灵深处的东西，这是一种眼光，一种才气，一种胆识。

这篇文章虽然不长，但由于作者是细读完三毛的所有作品才进行写作的，并且在许多方面融进了自己的体验，所以，她的思考，她的分析，她的判断，她的理解，都显得非常准确，非常精当。

【点读名家】

三毛（1943—1991），本名陈平，浙江定海人。台湾女作家。著有散文集《撒哈拉的故事》《雨季不再来》《哭泣的骆驼》等。

拟“琼瑶公式”及其他

广东 钟慧

——看琼瑶电视剧，最深印象是眼泪和呼叫。

——看琼瑶小说，最深印象是满纸的“！？——”。

都说女孩易为琼瑶作品而哭，可我看着屏幕上痴男怨女眼泪横飞，呼天抢地，我却会想到去换频道。除了她早期的个别作品，其余在我看来只是煽情造作的文字。

我认为琼瑶作品只局限在描写那种不顾一切、自私自利、脱离实际的狭义爱情。思想空洞不说，连人物情节也是千篇一律，让人烦腻，只消略看开头，便能预测后面情节。高度怀疑琼瑶桌前是否贴有一人物情节公式表，写时信手拈来。我也试拟一番，请看：

背景：晚清 / 民国 / 现代

男主角：惊世俊朗，富经天纬地之才

女主角：绝代风华，善良温柔，善解人意

条件：(1) 痴心万种，感情激动。

男要大呼小叫、喊至脖根发红那种；女要动辄泪如倾盆、三天三夜流不尽的那种。

(2) 缘定三生，地位悬殊。

或男是贵族 / 富家公子 / 成功人士，位高权重；女是男家小女仆 / 街头歌女 / 穷人家女，地位卑微。

或男是穷书生 / 穷小职员 / 穷人孩子，人穷志高；女是富家千金 / 公侯小姐 / 男方上司，心怀寂寞。

群众演员：一群不知情为何物、铁石心肠、势利歹毒的冷血动物或争风吃醋者。

基本情节：男女主角一见钟情，群众演员百般阻挠。男女主角以呼天抢地、欲生欲死、头破血流种种与世俗作一番恶斗。然后：终成眷属 / 双双殉情 / 孤独终老。

一般模式：男方位高时，配备指腹为婚女子／前妻野猫式妒忌地对女主角横加压迫；女方位高，必备未婚夫／暗恋者，最好是男主角的兄弟、知己，让男主角情义两难。此为最常见的多男（女）追一女（男）式。

此外更有情、义、忠、孝、多难式、仇爱交织式、师生恋、忘年恋、婚外恋、先婚后恋、人鬼恋……

特点：男方较易为世俗所吓退，往往由情比金坚的女方作千里寻夫式穷追猛打。

人物语言：无论贵族老爷夫人、姨娘、侍妾、丫头、侯门公子、小姐、街头浪人、歌女、看门的、养狗的、老婆子、老头子、地痞、流氓、瘪三，脱口而出的都是令哲学家冥思至吐血的精妙大道理或长篇空洞的“开会式发言”。能令读者观众边看边抹汗：糟，自己说话还不如一个养马的那么高深；嗨，原来有人讲话比我还长还臭，还言之无物。

试拟完毕。我诚心悬赏一元寻找琼瑶小说出此格者。一个作家的作品可以用公式框出，不能不说是一种悲哀。只能解释为她已不是在用心去写，只为写书而写书，近乎于粗制滥造了。

不仅琼瑶有“爱情公式”，梁凤仪也有“财经公式”小说，赵本山有“农民公式”搞笑，周星驰有“无厘头公式”搞笑，流行曲有“煽情公式”……不得不说，理应多变的文化娱乐市场已开始公式化。

原来我们的日常生活已够机械了：工作、学习、吃饭、睡觉。谁愿意在轻松之时又被公式套住？

给点新鲜的吧！

（附：以上个人见解，琼瑶迷们，有怪莫怪！）

【精彩读点】

①——看琼瑶电视剧，最深印象是眼泪和呼叫。

②——看琼瑶小说，最深印象是满纸的“！？——”。

③我认为琼瑶作品只局限在描写那种不顾一切、自私自利、脱离实际的狭义爱情。思想空洞不说，连人物情节也是千篇一律，让人腻烦，只要略看开头，便能预测后面情节。

④一个作家的作品可以用公式框出，不能不说是一种悲哀。

【佳作赏析】

作者对琼瑶作品读了许多，看了许多，思考了许多。她是下了大决心，下了大力气才把这篇文章写出来的。文章切中社会上读书、看戏（包括电视、电影）的热点，提出了自己的见解。形式生动活泼。作者为琼瑶作品代拟的公式，虽是“信手拈来”，却项项有据可证。摆事实，细分析，有说服力。文章写得诙谐有趣。

【点读名家】

琼瑶，台湾著名女作家，其言情小说《在水一方》《月朦胧，鸟朦胧》《还珠格格》等都曾风靡大陆。

空气之灵，禅为其神

——初识林清玄

吉林　黄坤

前些时候，我们会突然陶醉在某一种氛围里难以自拔，就像现在的我，一本《林清玄散文》已成了不肯释手的宝贝。

林清玄是不是很有名气，我不知道，但是他文章里的那种清新和浪漫及其独有的感伤却是真切的。

初识林清玄，是读他的《佛鼓》，清澈而空灵的文风奠定了他的文章在我心目中的位置。而当我真正拥有了一本他的散文集时，我才发觉，它所带给我的惊叹原来远不止这些。

猜想林清玄应该是一位虔诚的佛门弟子，在大街小巷都流行着余秋雨的文化散文的今天，具有佛学气质的林清玄散文则显得颇为飘逸和独树一帜。

佛学与文学的相遇注定了林清玄散文中唯美的情调。他在烟波浩渺的佛门中泅渡，用佛门哲学以及自己特有的安静和感伤的笔触来书写情感。他相信人生的轮回与转世，为传说中历经几世不变的人间情义而动容。但是，我并不愿因此而提及什么唯物唯心的理论。文学是最宽容的，林清玄使之与宗教融为一体，为文学套上了清雅、虚幻的外衣。他的《清净之莲》、《黄昏菩提》、《佛鼓》……

以及好多好多的优秀之作便都是如此，飘然脱俗，空灵流动，它所带给读者的感觉是其他作品所无法替代的。

当然，林清玄的皈依佛教并不代表他远离尘世，他依然注视着世俗的一切，注视着形形色色的大人物、小人物：以“文坛狂人”著称的李敖在林清玄的笔下却是智慧而可爱、倔强而平和的；鲜为人知的“民族歌者”陈达，其一生的凄苦和骄傲，亦因林清玄而跃然纸上……他用他独特而真实的笔触和眼光来书写他所尊敬的朋友们。当然，他的心思更多地倾注在那些最普通的人物身上：为送葬吹喇叭的街头艺人；在居民区叫卖馄饨的小贩；一生都不肯放弃耕种的农人……林清玄大概很喜欢与这些生活在社会底层的人物接触，感受他们优秀而淳朴的品质，也感受他们的艰辛与苦难。

林清玄是难以读尽的，正如他文中的那份佛门浩然之气，博大而清远。他善感、宁静的文风，使人不由得陶醉其间。楼肇明学者对他的一句评价颇为精妙：“林清玄能将如火如荼的激情化为透明的洁白的瀑布那样，瀑布和溪流没有高潮，它们的高潮即是它们整体的景观。”

【精彩读点】

①初识林清玄，是读他的《佛鼓》，清彻而空灵的文风奠定了他的文章在我心目中的位置。

②佛学与文学的相遇注定了林清玄散文中唯美的情调。他在烟波浩渺的佛门中泗渡，用佛门哲学以及自己特有的安静和感伤的笔触来书写情感。

③当然，林清玄的皈依佛教并不代表他远离尘世，他依然注视着世俗的一切，注视着形形色色的大人物、小人物……

【佳作赏析】

评价一篇散文对中学生来说，已属不易。要评价一本散文集，并且是颇有几分禅味的散文集，就更不易了。然而，本文在这方面迈出了探索的一步。小作者凭自己的感悟力从林清玄的散文集中读出了林清玄式的禅品，而这一点也恰恰是林氏散文空灵之本。从这个意义上说，小作者与林氏的交流是心有灵犀的。

本文文本引用楼肇明对林清玄散文的评价，使本文很有哲理的高度。

【点读名家】

林清玄（1953—），台湾高雄人。台湾著名散文家。著有散文集《莲花开落》《冷月钟笛》《温一壶月光下酒》《金色印象》等。

溶情于“根”，情真意切

——读余光中的《乡愁》

湖北 徐傲立

中国有句古训：人生一世，叶落归根。多少年来，这一古训一直在思乡的炎黄子孙中广为流传。

可见“根”一词在中国人的心目中已上升为一种极具凝聚力的东西。那些远离故土谋生的人们的“乡愁”就像一片吹不散的云，这片云随着岁月的流逝而越来越浓，令你时刻铭记着中华民族那延绵千里的“根”。由此，有关“乡愁”的诗词佳句一直在华夏民族中传诵。每当远在异地的人读起她就会浑身热血沸腾，一种对故乡的眷念之情便油然而生。

台湾著名诗人余光中先生的《乡愁》一诗正是遵循着这种感情基调所写的。无论你身为何人，也无论你身在何处，只要你是中国人，读着她，你就会被诗中所饱含的那种“离情别意”深深地感染。

《乡愁》中，诗人以“乡愁”为抒发情感的主旋律，以“时空”为基调，将“乡愁”比作一枚“邮票”，一张“船票”，一方“坟墓”，一湾“海峡”，从不同角度对“乡愁”作了“上楼梯”式的描写。读起来自然流畅，令人回味无穷。

儿时，诗人将乡愁作为一枚“邮票”，贴上它，捎去远方游子对母亲的无限思念之情。

随着时光的流逝，转眼间，母亲已离他而去，留给诗人的只有一方矮矮的坟墓。诗人此时视乡愁为一座厚厚的坟，将“我与母亲永远隔开”。取材独特，比喻新颖，不能不叫人为诗人的“大手笔”而赞叹！当读者正为诗人由失去母亲的痛苦以至陷入深深思乡之情而共鸣时，诗人却笔锋一转，将“乡愁”更进一层，比做一湾浅浅的海峡，而托出了一个重大的主题——海峡两岸骨肉同胞分离之苦，道出了诗人盼望骨肉团聚、祖国统一的急切心情。特别是诗人在这里形容海峡时仅用了“浅浅”二字，说明诗人对人为障碍的藐视，对骨肉团聚的祈盼，从而使得“乡愁”得到进一步的升华。

全诗语言朴实无华，但字字句句都饱含着血浓于水、难舍难分的骨肉亲情，读罢令人不禁热泪夺眶。

附：余光中《乡愁》

小时候／乡愁是一枚小小的邮票／
我在这头／母亲在那头／
长大后／乡愁是一张窄窄的船票／
我在这头／新娘在那头／
后来啊／乡愁是一方矮矮的坟墓／
我在外头／母亲在里头／
而现在／乡愁是一湾浅浅的海峡／
我在这头／大陆在那头

【精彩读点】

①人生一世，叶落归根。多少年来，这一古训一直在思乡的炎黄子孙中广为流传。

②《乡愁》中，诗人以“乡愁”为抒发情感的主旋律，以“时空”为基调，将“乡愁”比作一枚“邮票”，一张“船票”，一方“坟墓”，一湾“海峡”，从不同角度对“乡愁”作了“上楼梯”式的描写。读起来自然流畅，令人回味无穷。

【佳作赏析】

余光中的《乡愁》隽永而清丽，作者反复咏之，感受到诗中的内涵：乡愁绵绵，溶情于“根”，进而又展开联想，将“根”具体化，道出了诗人急盼骨肉团聚的思乡情，体味到了诗中所烘托的意境。

【点读名家】

余光中（1928—），福建永春人。台湾著名诗人、散文家。著作多达30余种。其诗作《乡愁》、散文《听听那冷雨》《我的四个假想敌》《莲恋莲》为文坛所瞩目。

推翻历史三千载，自铸雄奇瑰丽词

——我看毛泽东诗词

湖北 任晓宇

在我心中，毛泽东不但是一个伟大的领袖，更是一个伟大的诗人。

少年的心是敏感的，它需要一个依靠，一个寄托。于是，那些美丽的、脍炙人口的诗词便闯入了我的生活。你可以跟古人一起品尝失意的滋味，同他们一道黯然销魂，你更想在月明之夜，焚香抚琴高唱“大江东去”，但，更多的却是“少年不识愁滋味，为赋新词强说愁”。说不完的风花雪月，道不尽的离人愁苦，使得本来年轻而快乐的心变得忧郁起来，以致对人生产生怀疑，这一切我都体会过——整天唉声叹气，多愁善感，恨不得“剃去满头青丝，伴着古佛青灯了却残余一生”。现在回想起来是多么可笑啊。原本沉溺于诗词而消极悲观的情绪，现在却同样被诗词抹杀得一干二净，这，就是毛泽东诗词的魅力。

最早接触毛泽东诗词是在中学课本上，一首《沁园春·雪》现在吟哦起来还犹如身临其境——“北国风光，千里冰封，万里雪飘。望长城内外，惟余莽莽；大河上下，顿失滔滔。山舞银蛇，原驰蜡象，欲与天公试比高。”这是怎样的一个境界啊，而下阙气势更加磅礴——“江山如此多娇，引无数英雄竞折腰。惜秦皇汉武，略输文采；唐宗宋祖，稍逊风骚。一代天骄，成吉思汗，只识弯弓射大雕。俱往矣，数风流人物，还看今朝。”

毛泽东诗词以豪放见长，但又与豪放派的苏轼、辛弃疾有所不同，他们的诗词是豪放中有伤感，是一种消极的豪放。而毛泽东的诗词却是豪放而乐观，是积极向上的。读他的诗词，使人感到荡气回肠，仿佛成了一个巨人，站得高了，看得也更远了。这种“安得倚天抽宝剑”的气魄更是无可比拟的。

毛泽东是一个伟人，但他首先是一个常人，他也有普通人的情怀，这在他的诗词中也有所体现。在《虞美人·枕上》一词中他写道：“堆来枕上愁何状，江海翻波浪。夜长天色总难明，寂寞披衣起坐数寒星。晓来百念都灰尽，剩有离人影。一钩残月向西流，对此不抛眼泪也无由。”在这首词中，他表达了对“离人”也就是他的夫人杨开慧深厚的离愁别绪。那种月圆思团圆、月残伤离别的情怀，让人触“词”生情。

毛泽东的诗词中也有对未来的憧憬。在《水调歌头·游泳》中他写道：“风樯动，龟蛇静，起宏图。一桥飞架南北，天堑变通途。更立西江石壁，截断巫山云雨，高峡出平湖。神女应无恙，当惊世界殊。”他预测在巫峡附近将要建造一个水库。而今，三峡工程进展迅速，他老人家的愿望就要实现了。（编者按：成文时，三峡工程在建）这更让我们佩服他那超凡的眼光。

毛泽东，作为一个时代的伟人，值得人们敬仰。作为一个诗人，更令人怀念。

毛泽东诗词，我将永远读下去。

【精彩读点】

①在我心中，毛泽东不但是一个伟大的领袖，更是一个伟大的诗人。

②毛泽东诗词以豪放见长，但又与豪放派的苏轼、辛弃疾有所不同，他们的诗词是豪放中有伤感，是一种消极的豪放，而毛泽东的诗词却是豪放而乐观，是积极向上的。

③毛泽东是一个伟人，但他首先是一个常人，他也有普通人的情怀，这在他的诗词中也有所体现。

【佳作赏析】

古典诗词或哀婉或豪迈，但都缺乏一种积极乐观的进取精神，而这种精神正是毛泽东诗词的个性特征。这一特征，作者看到了，不仅如此，作者也从诗词中看到了伟人毛泽东作为一个普通人的情感流露。如果再深入开掘，还会有更多的体会。

【点读名家】

毛泽东（1893—1976），字润之，湖南湘潭人。中国共产党、中华人民共和国、中国人民解放军的主要缔造者，中国人民的伟大领袖。

毛泽东也是一位充满革命英雄主义和革命乐观主义的诗人。他的《沁园春·雪》《长征》《菩萨蛮·大柏地》《水调歌头·游泳》都是选入课本的必诵篇目。

我是山里的孩子

——读朱德的《回忆我的母亲》有感

福建 陈凌

我从山里来，我对家乡的山山水水、大伯大婶充满着深厚的感情。因此，每当我捧读朱德同志的《回忆我的母亲》时，就倍觉亲切、感人。城里人老说山里人土气，我愿说，我从山里来，我永远是山里的孩子。

我小时候是在群山环抱的一个偏僻的小山沟里度过的，我遇到了许许多多和朱德同志的母亲一样勤劳能干、任劳任怨、心地善良、通情达理的大伯大婶，拿城里有些人的话来说，是一群乡巴佬，没见过世面，愚昧落后。可是殊不知，中国正是由这千百万农民组成，他们创造了几千年的光辉灿烂的文化，创造着中国的历史。

以前，我也相信“英雄创造历史”这句话，对拿破仑、罗斯福、孙中山这些人物崇拜极了。我想，若没有他们的指导，愚昧的民众或许还不能觉醒，至今还在昏昏欲睡之中。我把英雄看成能左右历史的伟人，他们非凡的智慧和意志可以随心所欲地主宰历史的进程。

当我深深地了解了民众后，我才觉得我是那么幼稚。小时候，大人们在地里劳动，我们小孩就挑水送饭。在田头，我亲眼看见大伯大婶春天播种、夏天抢收，秋天把一车车的粮食送到镇上交公粮。试问，仅靠这极少数的英雄，能填饱广大群众的肚子吗？农民的生产劳动是社会存在和发展的基础，广大民众才是创造历史的主人。

是啊，正是和朱德同志的母亲一样的千千万万劳动人民，创造了和创造着中国的历史。朱德同志，这位中国人民的英雄，正是因为他扎根于群众的土壤中，吸取了人民的智慧才使他走上了革命的道路。正如他所说的，母亲“教给我与困难作斗争的经验”，“教给我生产的知识和革命的意志，鼓励我以后走上革命的道路。”朱德同志之所以成为英雄，正是因为他顺应历史的潮流，他终生不忘哺育他，给他以智慧与力量的千百万农民，时刻想着“报答母亲的深恩”，全身心地“尽忠于我们的民族和人民，尽忠于我们的民族和人民的希望——中国共产党，使和母亲同样生活着的人能够过快乐的生活”。我呢？也要像朱德同志那样非常自豪地向人家说：我是山里人，我是农民的儿子，我永远是人民的儿子。

在中国的土地上，农民用自己辛勤的劳动支持社会主义建设，但在我们之中，却有那么一些人不愿意承认农民是我们的父老乡亲。为什么？因为他们“土气”啊！前阵子，社会上不是很热烈地讨论：“张华的死值得吗？”其中就有这么一种观点：“用一个大学生去换一个老农，太不值得了。”他们还给自己的论点加上堂皇的理由：“国家多一个大学生，就多一份建设社会主义的力量。”言下之意，老农的力量是太微弱了，简直不屑一提。那些人是把哺育他们的父老乡亲看扁了！我想，当初张华能奋不顾身地跑下粪池救老农，这说明他的心里装着农民，他没忘记国家培养一个大学生是靠着几个农民的劳动。这是一个做人的公德啊！站得高，却没有忘记脚下的基石。朱老总、张华对待农民的态度才是我们应该学习的。我们不应忘记默默耕耘着的农民，他们理应得到大家的尊重。

我也曾经对农民有过不正确的认识，可当我学习了《回忆我的母亲》后，朱老总那句“正是这千百万人创造了和创造着中国的历史”的话却深深地教育了我。我在想：我这个山里来的孩子，该怎样报答恩重如山的人民？我没有朱德同志的雄才大略，但我愿用自己的双手同大伯大婶一起把山村建设得更加富裕，我要把自己的全部知识传播给山里的孩子们，我要用我的笔让更多的人了解我们的山里人。这是我能做到的，一定能做到的！

读了朱老总的《回忆我的母亲》，我要大声地告诉人们：我永远是山里的孩子！

【精彩读点】

①我从山里来，我对家乡的山山水水、大伯大婶充满着深深的感情……我从山里来，我永远是山里的孩子。

②读了朱老总的《回忆我的母亲》，我要大声地告诉人们：我永远是山里的孩子！

【佳作赏析】

有些同学写读后感或是“板着面孔”，议论一通；或是“痛心疾首”，自责一番。前者往往流于枯燥，后者则有应时之作不甚自然之嫌。我们应该力求把读后感写得入情入理，写得新鲜、活泼。要做到这一点，首要的是“言必由衷”，“情动于中而发于辞”，只有深受启发，确有所得，才能以理服人，以情动人。这篇读后感之所以写得感情洋溢而亲切可信，正是得益于此。

【点读名家】

朱德（1886—1976），四川仪陇县人。杰出的无产阶级革命家、政治家、军事家，中国共产党、中国人民解放军和中华人民共和国的主要领导人。他为中国人民解放事业和共产主义事业无私地贡献了自己毕生的精力、建立了丰功伟绩。

《回忆我的母亲》最早发表在延安的《解放日报》上。

方志敏的《清贫》读后感

北京　吕惠敏

人是要有一点精神的，一个共产党员为了追求革命的真理，为了共产主义信仰，可以牺牲自己的一切，直至献出宝贵的生命，何况舍弃金钱和安逸的生活呢！这就是我读了方志敏同志遗作《清贫》后，感受最深的一点。

文章的开头写道：我从事革命斗争，已经十余年了……一向是过着朴素的生活……经手的款项总有数百万元。但为革命而筹集的金钱，是一点一滴的用之于革命事业。这是多么崇高的思想境界，又是多么高尚的情操啊！我们的革命前辈之所以比资产阶级革命家高出于百倍，就是因为他们把自己的一生都献给了革命事业，在他们身上我们看不到任何利己的动机，他们就像无瑕的白璧一样。读着这一段朴素的语言，我觉得这里的每一个字都闪耀着理想的光芒。它像一面镜子照出了历史上一切剥削阶级的丑恶和卑污，又像一根鞭子狠狠地鞭挞了那充满铜臭的资本主义社会。

事实不正是这样吗？国民党统治下的旧社会，的确是一个充满铜臭的社会。在那里，金钱拜物教统治一切，一切都是为着发财，为着利己。

让我们再来看看逮捕方志敏同志的那两个匪兵的可恶行径吧：他们抓到方

志敏同志以后，千方百计地企图从方志敏身上搜出大洋来。可是，当他们只搜到一只表和一支钢笔时，竟厚颜无耻地说要把这两样东西卖掉换回钱来平分。然而这不过是小小的分赃，比这大得多的分赃在国民党反动派中间也是司空见惯的。他们的灵魂极其肮脏，手段极其卑劣。他们疯狂地掠夺人民的财产来养肥自己。为了过荣华富贵的生活，他们出卖灵魂，出卖祖国。正因为如此，他们被滚滚向前的历史车轮轧得粉碎，最后终于被抛进历史的垃圾堆。

方志敏同志曾说："我们革命不是为了发财！"这话说得多么好啊！这使我想到马克思、恩格斯这样一段话，资产阶级"使人和人之间除了赤裸裸的利害关系，除了冷酷无情的'现金交易'就再也没有任何别的联系了"。

我们共产党人搞革命，正是为了彻底消灭这种丑恶的关系。

不仅要消灭这种丑恶关系，而且要彻底改变人们在资本主义制度下被腐蚀了的精神世界！

方志敏同志在《清贫》一文中还幽默地提到了他的"唯一的财产"就是"几套旧的汗褂裤，与几双缝上底的线袜"。这段话又是多么发人深思！我仿佛从"叫那些富翁们齿冷三天"的"财产"后面看到了我们革命前辈那不可估量的精神财富——为实现共产主义理想而艰苦奋斗一生的崇高精神。这是真正的"传世宝"，这个"传世宝"，我们不仅在建设四个现代化的新长征途中需要它；就是在实现了现代化以后，仍将需要它。因为共产主义事业是人类历史上空前伟大而艰巨的事业，需要我们不断地克服各种新的困难，作出更大的努力。方志敏同志在文章结尾中写道："清贫，洁白朴素的生活，正是我们革命者能够战胜许多困难的地方！"让我们用它作为自己一生的座右铭吧！

《清贫》虽然只是方志敏同志的自述，但是它反映了我们千千万万个革命先烈闪闪发光的思想和崇高的品质，这种高贵品质是我们今天取之不尽、用之不竭的精神财富。

【精彩读点】

①人是要有一点精神的，一个共产党员为了追求革命的真理，为了共产主义信仰，可以牺牲自己的一切，直至献出宝贵的生命，何况舍弃金钱和安逸的生活哪！

②读着这一段朴素的语言，我觉得这里的每一个字都闪耀着理想的光芒。

③《清贫》虽然只是方志敏同志的自述，但是它反映了我们千千万万个革

命先烈闪闪发光的思想和崇高的品质，这种高贵品质是我们今天取之不尽、用之不竭的精神财富。

【佳作赏析】

本文作者对革命烈士的思想体会较深，写这篇读后感之时处处注意到革命烈士的精神世界。联系当前形势和自己的思想实际，运用记叙、议论、抒情相结合方法，突出了以方志敏同志为代表的共产党人的崇高思想和高尚情操。

【点读名家】

方志敏（1899—1935），江西弋阳人。1924 年加入中国共产党。曾任江西省农民协会秘书长。大革命失败后，领导弋（阳）横（峰）起义，创建赣东北苏区和红军第十军，历任闽浙赣省苏维埃主席，第十、十一军政委，第十军团军政委员会主席。1934 年 11 月率红军抗日先遣队北上抗日，在江西怀玉山、遭国民党军阻击，被捕。在狱中坚贞不屈，次年 8 月 6 日在南昌英勇就义。遗著有《可爱的中国》《狱中纪实》。

丹心溢美

——读《革命烈士诗抄》

浙江　冯歌斐

读罢《革命烈士诗抄》，不由感慨道：“壮哉！美哉！”

全书 158 首诗中，旧体诗整齐含蓄而有古风，新体诗激情流畅而不拘形式，民歌民谣质朴豪放而琅琅上口。还有些诗作杂糅三者于一身。它们都焕发着各自的美。默诵之间，都有诗人的意象从眼前浮出，久久不息。

李大钊，他的背影伫立于夜之旷野，坚韧，挺拔。从黯黑的深处传来一声长叹——“神州悲板荡，丧乱安所极！”天空幻化出他的面容，眉宇间透出忧思之刚强……

“仿佛有无数人在我周围哭泣呵！／……我的心碎了／热泪涌出眼眶来了／我坚决勇敢地道／是的，我应该援救你们／我同着你们去……”这诗句发自年轻的方志敏的肺腑。我好像看见他的眼睛，灼热，发光，倾泻着对劳动人民的深厚的爱。

有的诗锋芒毕露，血气方刚，透着贞烈之美。吉鸿昌怒对敌人："恨不抗日死，留作今日羞，国破尚如此，我何惜此头！"柔石在"阴森的夜"间伴着昏黄的灯光，伏案疾书："……从工厂的烟囱里喷出了火／在犁锄上／土地溅出了血／一切，你们的一切／都在崩溃了／都在收场了！"

有的诗因情感强烈而不拘泥于形式，好像一团团燃烧的火，表现出豪气冲霄之美。"壮，好汉！锄刀下，把话讲，土豪劣绅，一群猪党……休要太猖狂！"有的诗格调柔婉，蕴含着真挚的感情。即将就义的年轻母亲写道："你——我亲爱的孩子／从荒沙中来／到荒沙中去／今夜，我要与你永别了……"

从一些诗中，我听到了气吞山河的悲壮呼喊。试想，身边是豺狼，周围是黑暗和铁窗；炽热的心燃起了火，是勇士，又怎能不悲呼！"民族，苦难的亲娘呵／……为了你／已屈死了无数英烈／还要捐弃多少忠良！"这诗句含着怎样的雄壮和惨烈呀！"我伏在窗前／让黑夜快点过去／希望的梦呵／总是做不完的……"多么不寻常的情感！这是《红岩》里描写的那位刻五角星的战士的原型——余祖胜写的。革命者的乐观精神跃然纸上。

那些音韵铿锵，文辞儒雅的，如"太息斯民犹困顿，驰驱我马未玄黄"，"埋骨岂须桑梓地，人生到处有青山"，令人百诵不厌；那些句子短促，掷地有声的，则倾注着诗人更强烈的激情，洋溢着非凡的力度。"呵！战！／剜心也不变！砍首也不变！／只愿锦绣的山河／还我锦绣的面！"

翻阅全书，每一首诗都描绘出一个壮丽的生命。"悲"、"壮"、"信"，三个字贯穿于所有的诗篇。这其中，无论什么风格的诗，哪一首不渗透着悲呢？中华民族衰微之悲、祸乱之悲，哪位志士仁人不在黑暗中感悲而图强呢？同时又是悲中有壮：断头流血之壮，前赴后继之壮，天地共存、日月同辉之壮！何以有悲壮？"信"也！对革命之信仰，对自我之信任，试看蔡和森《少年行》中的两句诗：忠诚印寸心，浩然充两间。虽无兽阳戈，庶儿挽狂澜。"

万千皆出于此。再度潜心咏读，万般感念先烈留下的丹心之美。

【精彩读点】

①李大钊，他的背影伫立于夜之旷野，坚韧、挺拔。

②我好像看见他的眼睛，灼热，发光，倾泻着对劳动人民的深厚的爱。

③有的诗因情感强烈而不拘泥于形式，好像一团团燃烧的火，表现出豪气冲霄之美……有的诗格调柔婉，蕴含着真挚的感情。

④从一些诗中，我听到了气吞山河的悲壮呼喊。

【佳作赏析】

读罢《丹心溢美》，我不由得感慨道：“壮哉！美哉！”

这一方面是因为文中恰到好处地摘录了铿锵有力的革命烈士的诗句，另一方面也有作者语言上的原因。作者采用分类列举革命烈士诗句，并力求使自己的语言与诗句一样悲壮、炽热、豪放，使自己的风格与诗句协调一致。作者多采用短小有力的句子及对仗、排比、夸张的修辞手法。如“断头流血之壮，前赴后继之壮，天地共存、日月同辉之壮”；“他的背影伫立于夜之旷野，坚韧，挺拔”，“倾注着诗人强烈的激情，洋溢着诗人非凡的力度”等等，因而使这篇读后感犹如一篇散文诗，给读者以强烈的感染。

这说明作者在动笔之前，多次潜心阅读了《革命烈士诗抄》，对革命先烈有着深切的理解和深厚的感情。

【点读名家】

李大钊（1889—1927），字守常，河北乐亭人。中国最早的马克思主义者，中国共产党的创始人和早期领导人。1913年毕业于天津北洋法政学校，后去日本早稻田大学读书。1916年回国后任北京《晨钟报》总编辑，北京大学图书馆主任和《新青年》杂志编辑，积极参与新文化运动。俄国十月革命后，迅速接受和传播马列主义，发表《庶民的胜利》《布尔什维主义的胜利》等文章，创办《每周评论》，积极领导五四运动。1920年在北京发起组织马克思学说研究会和共产主义小组。中国共产党成立后，负责北方区党的工作。1927年4月6日被奉系军阀张作霖逮捕，28日在北京英勇就义。遗著编有《李大钊选集》。

一曲热血谱成的歌

——读《红岩》有感

北京　宋宝莹

“我们是天生的叛逆者，我们要把这颠倒的乾坤扭转！我们要把这不合理的一切打翻！今天，我们坐牢了，坐牢又有什么稀罕？为了免除下一代的苦难，我们愿——愿把这牢底坐穿！”这是《红岩》里面的一首诗，全书都透着诗中所述的精神，正是这种精神，这种激昂的语言吸引我读完了这本巨著。

罗文斌、杨益言的《红岩》是一部描写重庆解放前夕严酷的地下斗争，特别是狱中斗争的长篇小说。《红岩》的作者把反动派全局上不可挽回的覆灭命运，与局部上的气势汹汹、残酷屠杀，整个革命阶级的辉煌胜利和革命者个人的悲壮牺牲，构成鲜明对比。爱憎分明，气势磅礴。

《红岩》的情节以“重庆中美合作所集中营”的敌我斗争为中心，交错展开重庆城内的学生运动、地下斗争、集中营中斗争，以及川北农村的武装斗争，集中描写了革命者为保卫山城迎接解放、挫败敌人的垂死挣扎而进行的最后决战；真实地表现了这场在特殊背景上、特定环境中，革命者进行斗争的艰巨性的复杂性；深刻展现了垂死挣扎的敌人的极端凶狠残暴与外强中干，热情歌颂了革命者在黎明前的最后斗争中表现的浩然正气和视死如归的共产主义精神。

读完这本书，我望着封面上的“红岩”二字，心中久久不能平静。从小说中，我看到敌人对许云峰、江姐、成岗、齐晓轩等共产党人肆意进行惨无人道的血肉酷刑，直到把他们折磨至死。我对敌人深恶痛绝，同时我也被共产党人的一种至高无上的思想境界感动了。革命先烈用共产主义信仰筑成的铜墙铁壁，使敌人一筹莫展、一败涂地。无论是刘思扬还是许云峰，他们都有同一种精神——为革命舍生忘死，粉身碎骨在所不辞的共产主义精神。而这种精神又总是与革命理想主义、集体英雄主义以及非凡的机智和胆略糅合在一起。这表现在狱中绝食斗争的胜利和为龙光华烈士举行追悼会的悲壮行列里，表现在罕见的狱中新年联欢和寓意深远的牢房对联中，更表现在江姐临终前永恒的微笑里，和许云峰与徐鹏飞的最后一次交锋中。《红岩》被称为“热血谱成的歌”与“正气歌”是当之无愧的。

《红岩》以磅礴的激情塑造了一个在极端艰难的条件下，不怕牺牲，敢于斗争的集体。在本书中，给我留下印象最深的是许云峰。

许云峰是一位斗争经验丰富而又集中体现“红岩”精神的老革命家。在处理沙坪坝事件中，他果断冷静地帮助陈松林逃脱敌人的魔掌；诚恳严肃地与甫志高谈话(甫未叛变时)；沉着机智地在敌人到来之前烧毁了党的文件，保存了党的力量……这些事，许云峰给读者的印象很深。这是第一次正面描写许云峰，如果说通过这些事还不能了解他，那么通过狱中斗争等镜头，我们便看到了一位很有个性，有胆识，感情丰富的共产党员。

许云峰的事迹实在令人难忘：他沉着掩护李敬原脱险，在审讯中与“宴会”中机智地粉碎敌人的阴谋诡计，最后把越狱通道和迎接解放的希望留给战友，并大义凛然地给徐鹏飞以毁灭性一击。这一切不仅表现了他非凡的沉着、机智、牺牲精神和善于应付瞬息万变的险恶局势的才能，而且充分地显示了老一辈无产阶级革命家的本色和决不为敌人所屈服的伟大气魄和力量。

许云峰是一个平凡的人，然而从他身上却能看到不平凡的气质。他稳重安详，深沉而善于思索。为了民族的解放事业，为了下一代的幸福，为了美好的明天，他献出了自己的一切……书中有意把许云峰与徐鹏飞构成鲜明对比，宴会上，徐的奸诈狡猾与许的沉着机智，都给了读者很深的印象。这样对比更突出了许的“红岩”精神，使许云峰的思想性格更加丰满。

此外，齐晓轩的雄伟悲壮，江姐的大义凛然，华子良的忍辱负重，成岗的坚定顽强，刘思扬的充满革命热情和献身精神等等，都在我心中刻下了深深的印记。从他们身上，我看到了一种“红岩”精神：伟大、庄严、悲壮。

当我们坐在明亮的教室里读书的时候，可曾知道几十年前的今天，无数革命先烈为了后代的幸福，为了永久的幸福，勇敢地面对刽子手的屠刀？

当美丽洁白的和平鸽展翅飞向蔚蓝天空的时候，我们可曾知道烈士们为了世界的和平，地球上的安宁，毫不吝啬地献出了自己的生命，虽然他们也爱生活，也爱阳光明媚的春天！

当五星红旗在朝霞似锦的清晨中升起，高高飘扬的时候，我们可曾知道在解放前夕，在阴暗破烂的渣滓洞里，烈士们含着眼泪一针一线地绣着五星红旗?

《红岩》给予我很多启示，至少它教会了我如何去做一个中国人，如何去爱自己的祖国，如何去发扬“红岩”精神。无数革命者牺牲了，但是我们并没有忘记他们。因为，我们明白：当烈士们在党旗下庄严宣誓的时候，当烈士们被捕后遭受严刑拷打的时候，当烈士们从容赴死，面对黑洞洞的枪口的时候，当第一颗罪恶的子弹射入他们胸膛的时候，他们心中眷恋的两个字是“祖国”！而今天，我们——革命的继承人，也应用沸腾的热血和滚烫的心去迎接太阳升起的明天，去继承先辈的遗志，因为祖国也在我们心中！

从古至今，涌现出无数英烈豪杰，但也出现了不少民族败类。他们卑鄙、可耻，不惜用一切手段做着被众人唾弃的事情，以至于丧权辱国。同《红岩》中的无数烈士相比，他们实在是太渺小太可鄙了。他们愧对于祖先，愧对于今天的幸福生活，愧对于火红的国旗！

历史的车轮飞快地运转着，《红岩》的时代已经远离了我们，但“红岩”精神却在我们身边闪光。那么，“红岩”精神到底是什么呢？难道只是勇敢无畏，在敌人威吓下坚贞不屈吗？难道只是战友间互相关怀爱护，先人后己、大义凛然的无私精神吗？当然，这些都是“红岩”精神中不可缺少的组成部分。但我认为“红岩”精神中更主要的是：为了祖国，为了解放事业，为了实现共产主义理想而不惜牺牲一切的奋斗精神。正是由于有了这种精神，先烈们才能创造出如此伟大的功迹、光荣的历史。今天，先烈们把革命的火种交给了我们年轻一代，我们会接过这火种，用火热赤诚的“红岩”精神点燃它，使它发出耀眼的光芒，并把这燃烧的火炬传下去，传下去……

【精彩读点】

①《红岩》以磅礴的激情塑造了一个在极端艰难的条件下，不怕牺牲，敢于斗争的集体。

②当美丽洁白的和平鸽展翅飞向蔚蓝天空的时候，我们可曾知道烈士们为了世界的和平，地球上的安宁，毫不吝啬地献出了自己的生命，虽然他们也爱生活，也爱阳光明媚的春天!

③它教会了我如何去做一个中国人，如何去爱自己的祖国，如何去发扬“红岩”精神。

【佳作赏析】

这是一篇饱含激情的读后感。

作者怀着对革命先烈无限豪放的心情，一方面概述《红岩》的故事，一方面阐述其小说的深刻社会意义，有“面”的综述，也有“点”的评析，这“点”就是“许云峰”。作者热情赞扬他非凡的沉着、机智、牺牲精神以及崇高的理想和伟大的气魄，言简意赅。

【点读名家】

罗广斌、杨益言：当代著名作家。

涅槃

——读余秋雨的《千年一叹》有感

上海　陈晓蕾

因为家里装了卫星电视，所以凤凰卫视的“千禧之旅”我是知道的。开始只是憧憬于行程中希腊、埃及、印度等神秘美丽的文明发祥地，但跟随着这一路的颠簸，迎来的却是更多的思考。

《千年一叹》是根据随行的余秋雨教授的日记汇成的文集。虽然有不少人(如韩寒)认为他的散文可谓“文化甜旅”下的产物，不过是对历史的总结与再扩充罢了。对于他的前两部作品，特别是《山居笔记》，我也确有同感。但当我见到这本新出版的带着历史惊叹的《千年一叹》时，却情不自禁地买下来，即使最初仅是为了感怀纪念。

书的扉页上，最引人注目的莫过于那张密密匝匝地标满地名、国名以及行程的地图了。从希腊到埃及，转而以色列、巴勒斯坦，再到约旦、伊拉克、伊朗和巴基斯坦，然后是印度、尼泊尔，最后回到中国。这一路走过的并不是什么现代化都市，吉普车碾过的是具有古代文明的国家，同时，有的国家还在剑拔弩张，可谓危险重重，这一路丈量到的已不仅仅是文化的积淀。

希腊给人的感觉是蓝色的，无论是美丽的爱琴海或是作为希腊象征的帕特农神殿。但这只是最初的感受，至于那些大思想家，如：苏格拉底、柏拉图，

他们滞留在千百年前对人生的思考已无法用现代的词藻形容。余教授在《哀希腊》一文中提到在爱琴海边的石柱上找到了英国大诗人拜伦的刻字，令人吃惊的是：这些刻字在石柱的底部，而且是恭恭敬敬用小写字母刻上去的。较之后来那些张扬地用大写围绕在他四周的跟随者，拜伦的敬畏之心不更令人敬佩吗？希腊的文明是健康的、闲散的，当读到希腊人的快餐也要一小时后才能上桌时，我不禁笑了，为这种民族独特的生活节奏。可惜的是，这种文明衰落了，因为它过于闲散，过于与世无争。

埃及的土地绝大多数是沙漠，所以它应该是金色的。埃及给人的感觉是神秘的，无论是金字塔、狮身人面像或是木乃伊。仿佛埃及法老们一生所做的便是固守在高高的位子上，让无数人膜拜，神秘而古老。事实上，他们的确做到了让后代保有这份神秘，但这种自负的神秘也切断了自己得以延续的可能，失去了外界的理解。如果说希腊的街道还有一丝古今相融的惬意的话，那埃及就完全没有让人闲逛的兴致，仿佛除了数千年前留下的几座建筑便什么都没有了。

接着是象牙色的以色列，灰色的伊拉克以及黑色的伊朗。波斯文明几乎是依靠着居鲁士和大流士两位伟大君主的人格魅力支撑起来的，如果没有他们，巴比伦文明恐怕难以跻身古文明行列。

印度给我的印象根本就是从天堂坠入了地狱。泰姬陵那白色的优雅的圆顶竟成了印度唯一美丽的风景。我们常说中国人多，但印度人口的增长速度更快！当读到“三成摆摊，一成乞讨，六成闲站着”这样的描述时，该做何感想？一个国家贫穷落后还不是最可怕的，最可怕的是她的民众一个个无所事事，目光呆滞，每天所做的便是等日出等日落，最后等死！这种无序的生活状态怎能不令人不寒而栗呢？最触目惊心的是所谓的“恒河晨浴”，印象中那圣洁高尚的诗意画面竟被肮脏恶臭与愚昧代替。作为母亲河，恒河曾经抚育了多少两岸的子民，可如今，这些子民又是怎样对待她的呢？

以绿色的尼泊尔结束征途显然是明智之举，自然的魅力原来是大于人类自身所创造的。

当我随着余教授望见那万仞银亮的喜马拉雅时，不禁跟着他一同叹一声——回家，真好！

合上书页，觉得身心一同接受了一次洗礼，好似涅槃后的重生。读一遍《千年一叹》，仿佛连我的“千年”也厚重与悠长起来。

【精彩读点】

①希腊给人的感觉是蓝色的，无论是美丽的爱琴海或是作为希腊象征的巴特农神殿。

②埃及的土地绝大多数是沙漠，所以它应该是金色的。

③以绿色的尼泊尔结束征途显然是明智之举，自然的魅力原来是大于人类自身所创造的。

【佳作赏析】

凤凰卫视的“千禧之旅”曾吸引了无数观众追随的目光，余秋雨先生的《千年一叹》更因其“多重”意义而备受关注。

这篇读书笔记式的随笔站在人类文明发展的高度，处处着眼于探寻历史与现代的渊源关系，思考一个民族的过去与未来，具有较强的思想内涵。文中对各大文明古国的描述可谓特色鲜明，色彩浓烈，知识含量丰富，使人大开眼界。

【点读名家】

余秋雨(1946—)，浙江余姚人。著名学者、散文家。出版有文艺理论专著《戏剧理论史稿》、《戏剧审美心理学》、《艺术创造工程》；散文集《文化苦旅》《文明的碎片》《山居笔记》《霜冷长河》《千年一叹》等。

读宗璞的《紫藤萝瀑布》

北京　陈映波

读完《紫藤萝瀑布》，心情久久未能平静，一个感觉涌上心头：很美，真的很美。美在哪里呢？美在那不见其发端也不见其终结的浅浅的紫；美在那泛着点点银光，仿佛在流动着、欢笑着的朵朵白花；更美在作者对生活、对理想忠贞不渝地追求，作者希望之火的再一次点燃。

一片辉煌的颜色，一条美丽的瀑布，使作者再也无法迈开脚步，不得不停下静静欣赏这久违、灿烂的美。这里没有赏花人群，没有蜂舞蝶戏，却有一朵朵一串串活泼热闹，正在闪光盛开的藤萝花。好静！它们也曾与群花争芳斗艳，也曾与蜂蝶翩翩起舞，但一场风雨过后，群花谢了，蜂蝶走了，只有一条紫色的藤萝仍在努力，乐观地长枝、开花，它们无争无求，无怨无悔。

作者与藤萝花有着特殊的感情，好像是久别重逢的故友。十年浩劫，作者家的藤萝花遭了厄运，花的主人也在其间历尽坎坷。看着眼前的花，作者和我们都更进一步认识了生活的价值，一直压在作者心头的焦虑和悲痛被这紫藤萝瀑布一一化解了，幸与不幸对于一个健康坚强的人来说是没有区别的，因为我们对每一件事都会尽力而为，“不经历风雨，怎么见彩虹”正是这一个个不幸之后的静思，为我们人生的乐章，点上一个个休止符，紧接着的是更辉煌的旋律。

“花和人都会遇到各种各样的不幸，但生命的长河是无止境的。”是啊！也正是这一个个所谓的不幸为人生乐章奏出了高低起伏，弹出了抑扬顿挫，成为生命中不可多得的景致。每个人都应对生活有正确的认识，乐观的态度，在经历过种种不幸之后，仍能笑迎世界，将自己所做的一切看成一种宝贵的尝试，那样，你会发现生活中的美随处可见。

一片辉煌的颜色，一条美丽的瀑布，为作者指点了艺术的美，生活的美，使她，也使我们都加快了脚步。

【精彩读点】

①美在那不见其发端也不见其终结的浅浅的紫；美在那泛着点点银光，仿佛在流动欢笑的朵朵白花；更美在作者对生活对理想忠贞不渝地追求，作者希望之火的再一次点燃。

②只有一条紫色的藤萝仍在努力，乐观地长枝，开花，它们无争无求，无怨无悔。

③一片辉煌的颜色，一条美丽的瀑布，为作者指点了艺术的美，生活的美，使她，也使我们都加快了脚步。

［佳作赏析］

托物言志、借物咏怀是优秀作家间接抒情的常用笔法。宗璞的《紫藤萝瀑布》由紫藤萝的花而想到人世沧桑，想到生命的流转永恒，借景抒怀述志，写出了自己要扬起生命的风帆融入历史前进的洪流的真切感悟。

陈映波同学的文章，谈到读《紫藤萝瀑布》一文的独特感悟。开头概述了全文美在何处，即紫藤萝形美，神更美。中间详细分析了紫藤萝外形美在何处，又具有什么样的内在美，紫藤萝的遭遇与原作者的关系。结尾则呼应开头，总结自己读后的感受。小作者真正读懂了文章，领会了其真谛，从文中受到美的熏陶，获得美的享受，还从中得到教育和鼓舞，并把自己感悟到的这一切，用优美、明快的语言传递给读者。

［点读名家］

宗璞（1928—）北京人。当代女作家、翻译家。著有小说集《红豆》，散文集《丁香结》等。

一曲委婉优美的颂歌

——谈《茶花赋》的构思美

山东　栾秋辉

杨朔的《茶花赋》是一篇情文并茂的散文。它具有强烈的感染力，充满诗一样的激情。多少次读罢此文，眼前都仿佛出现了那一丛丛的茶花，那一位饱经风霜的育花人，还有那含露乍开的童子面茶花。一股赞美和敬仰之情油然而生，渐渐升腾，这难道不是一曲委婉优美的祖国母亲的颂歌吗？

《茶花赋》之所以有如此强烈的艺术感染力，除了文章具有优美的意境之外，还在于它有精美的构思。

文章开始，就起笔自然，似乎漫不经心，却别有用意，造成了有要托之情（怀念祖国）而找不到所托之物的悬念。读到此处，令人好不惆怅！紧接着，作者陪衬铺垫，开拓深意于一连串的映衬之中。当作者踏进昆明，看到清香扑鼻的梅花、略微有点儿残的白玉兰、娇黄的迎春花时，心都醉了。但至此作者仍没有找到所托之物。这时，作者的目光移向了茶花——那“油光碧绿的树叶中间托出千百朵重瓣的大花”，每朵花似乎都是“一团火焰”，那种种“春深似海”的妙处，怎不令人神往？

看见茶花，自然想到了创造美的育花人。于是，作者的笔下，一个普通的花农形象——普之仁便跃然纸上，这位育花人是那样的普通，以至走进人群里，“立刻便消逝了，再也不容易寻到他”。但就是这样的普通人，用结满茧子的双手，培植着花木，美化我们的生活。在此，作者一面写绚丽多姿的茶花，一面写精心的育花人，不仅把对茶花的赞美同对普通劳动者的歌颂水乳交融地结合在一起，相互辉映，使诗意更深，而且更显出作品的构思美。

几棵普通的茶花，一位饱经风霜的育花老人，都不能代表祖国欣欣向荣的面貌。作者笔锋一转，眼光转到一群看茶花的儿童身上，骤然想起了画一大朵童子面茶花，岂不正可以象征祖国欣欣向荣的新面貌，寄托自己对故国的情思？想托之情终于找到了所托之物，多惬意啊！文章行文曲径通幽，峰回路转，扑朔迷离，引人入胜。

文章结尾，柳暗花明，深含寓意，使全篇浑然一体。

总之，《茶花赋》艺术地再现了建国初期伟大祖国欣欣向荣、青春健美、多姿多彩的风貌，从心底唱出一曲委婉优美的祖国母亲的颂歌。

【精彩读点】

①《茶花赋》之所以有如此强烈的艺术感染力，除了文章具有优美的意境之外，还在于它有精美的构思。

②看见茶花，自然想到了创造美的育花人……作者一面写绚丽多姿的茶花，一面写精心的育花人，不仅把对茶花的赞美同对普通劳动者的歌颂水乳交融地结合在一起，相互辉映，使诗意更深，而且更显出作品的构思美。

【佳作赏析】

好的散文如行云流水，似断而连，且又看不出缀合的痕迹，这就要求作者有很好的构思。《茶花赋》的构思堪称一流。《一曲委婉优美的颂歌》的小作者正是抓住这一特点，对其作了较细致而深刻的评析。

写文章赏析不是件易事，于一个初中生来说，更不容易。但小作者善于选择突破口，紧扣“构思”二字，从思念入手，围绕着“情——物——情”来评述，把作者杨朔的构思脉络有条有理地展现出来，而且首尾照应。其间引述文中原话，叙写发表议论，文笔自然，行文有致，在短短八百多字的尺幅之中，将《茶花赋》的构思——精巧、曲折、有致，概括地再现出来，这是要有一番赏析功底的。

【点读名家】

杨朔（1913—1968），山东蓬莱人。现代作家。主要著作有通讯特写集《鸭绿江南北》《万古青春》和长篇小说《三千里江山》《洗兵马》（上卷）。1978年出版《杨朔散文选》。散文代表作有《荔枝蜜》《茶花赋》《雪浪花》等。

读臧克家《有的人》有感

四川 金南海

初读著名诗人臧克家《有的人》一诗，曾发疑问：为什么有的人活着，却如同死了一样；有的人死了，却活着呢？

后来，通过老师精讲点拨后才明白过来。像宋朝的奸臣秦桧，这样一个“他活着别人就不能活”的家伙，死后受万代的唾骂。他活着，同行尸走肉没有两样。

爱国文豪鲁迅“横眉冷对千夫指，俯首甘为孺子牛”，他仇恨腐朽的统治者，心甘情愿做人民的牛马，为人民鞠躬尽瘁，默默无闻地奉献。后世人民把他评价得很高，这是对“他活着是为了多数人更好地活”的最好报答；像鲁迅这样的人死了，虽死犹生，将永远活在人民心中。

如此比较，相映成趣，使我领悟了生命存在的应有价值。

近年来，社会上涌起了“拜金热”。在一些人心里，“人不为己，天诛地灭”的人生处世哲学又复活了。他们这样活着有什么意义？我们的战士没有因站一次岗或消灭一个敌人向人民索取什么；我们的教师没有因待遇低而不把学生教好；更有勤劳而伟大的人民，辛勤地创造着灿烂的明天……这些人都在默默实现自己人生的真正价值！

反复拜读《有的人》，我不禁汗颜起来。原来我的“利己主义”思想已被作者那犀利的笔锋剥得片甲不留；原来我只为自己的前途、荣辱而计较，更可笑的是我竟用“走自己的路，让别人说去吧”这句名言来掩饰自己的过失。

《有的人》这首优秀的诗篇，像一丝和煦的春风，吹入我那即将干涸的心田。从这里，我找到了人生希望的曙光！

【精彩读点】

①如此比较，相映成趣，使我领悟了生命存在的应有价值。

②《有的人》这首优秀的诗篇，像一丝和煦的春风，吹入我那即将干涸的心田。从这里，我找到了人生希望的曙光！

【佳作赏析】

本文夹叙夹议，以秦桧和鲁迅比照，贬褒分明，再联系现实，以一些先进事例与自身的一些狭隘利己的想法作对比，语言老练，文笔优美，结尾处以比喻收束，抒情味颇浓。

【点读名家】

臧克家，著名诗人，曾担任《诗刊》主编。代表作有《老马》、《有的人》，散文《老马》《炎夏吃瓜》；有《臧克家诗选》《臧克家散文选》印行。

搏击者之歌

——读舒婷诗集《双桅船》有感

四川　李楠

“舒婷”这个名字，是从我的语文老师那里知道的。从他那儿，我还得知不少人都认为舒婷的诗“晦涩”、“朦胧”、“看不懂”。正因为如此，我才阅读了她的诗集《双桅船》。

“也许旋涡眨着危险的眼，也许暴风张开贪婪的口，呵，生活，固然你已断送，无数纯洁的梦，也还有些勇敢的人，如暴风雨中疾飞的海燕……”这首《致大海》，使我感觉到舒婷的诗并不朦胧晦涩。它的每一行，都能唤起我心灵的共鸣，并且使我窥见了诗人的苦闷和追求、沉沦和探索，窥见了诗人在生活这个汹涌的海洋中是如何掌舵的。

起初，“凭着一个简单的信号，集合起星星、紫云英和蝈蝈的队伍，向没有被污染的地方出发”(《童话诗人》)。是的，童年是一个“没有被污染的地方”，是一个天真地认为自己将成为爱因斯坦的年代，是一轮带着金色光圈的太阳。然而，年龄一年年增加，童年也随着小沟里的溪水一起溜走了。

于是，“生活表面的金粉渐渐剥落，露出凹凸不平的真相来”。(《生活、书籍与诗》)。舒婷把生活化作大海，这样来描绘它：“大海的日出引起多少英雄由衷的赞叹；大海的夕阳招惹多少诗人温柔的怀想。多少支在峭壁上唱出的歌儿，还由海风日日夜夜地呢喃；多少行在沙滩上留下的足迹，多少次向天边扬起的风帆，都被海涛秘密、秘密地埋葬”(《致大海》)。生活是丰富而多变的，有日出和夕阳般美好的日子，也有奋斗被厄运冲垮的时候。当我解出一道难题之后，当我在球场上和伙伴们一起享受拼搏后的喜悦时，当我从自己制作的收音机中听到音乐声的一刹那，我感觉到了自己的价值，感觉到了生活中的日出和夕阳。然而，当我因为批评一位老师“照本宣科”而被批判时，当我看到一位女生帮助后进同学而遭到误解和打击时，我看到了生活的另一面：并非“不断朝前走去，就能把天边的彩霞搂到怀里”(《生活、书籍与诗》)。

从五光十色的梦想中回过头，突然面对变幻莫测的现实，有时难免会消沉。我夸大过生活的阴暗面，夸大过理想与现实之间的距离。这正像舒婷在《船》里写的那样：“一只小船……倾斜地搁浅在荒凉的礁岸上……满潮的海面只在离它几米的地方……无垠的大海纵有辽远的疆域，咫尺之内却丧失了最后的力量。”在这里，舒婷把船比作理想和奋斗。理想和奋斗有时会在生活中搁浅。但诗人好似对我的惆怅进一步提问：“难道真挚的爱将随着船板一起腐烂？难道飞翔的灵魂将终身监禁在自由的门槛？”(《船》)是啊，难道自己对生活的爱，对理想的追求，就这样因暂时的挫折而消失吗？难道它们从此就失去了瑰丽的色彩？不，我绝不能相信。

我开始更认真地读书，从鲁迅到王蒙，什么都读。我希望从书籍中把握生活，观察世界的全貌，经历我未曾经历过的旅程，品尝我未曾品尝过的甘苦。正如舒婷在《这也是一切》中写的：“不是一切大树都被暴风折断；不是一切种子都找不到生根的土壤；不是一切真情都流失在人心的沙漠里；不是一切梦想都甘愿被折掉翅膀。”是的，我开始坚信：在这敏感的大地上，一个真诚的人的嗓音，不论多么微弱，也会引起应有的反响。就是因为有了这种信念，才使得那“动人的热带阳光”和“最可靠的春风”回到我身旁，新的信念和新的追求再次产生。

【精彩读点】

①年龄一年年增加，童年也随着小沟里的溪水一起溜走了。

②从五光十色的梦想中回过头，突然面对变幻莫测的现实，有时难免会消沉。我夸大过生活的阴暗面，夸大过理想与现实之间的距离。

③在这敏感的大地上，一个真诚的人的嗓音，不论多么微弱，也会引起应有反响。

【佳作赏析】

本文摘录了《双桅船》的诗句贯穿全文，并以自己的成长历程为主要线索，两线交错展开。结尾，作者以搏击者的姿态放声高唱在现实中搏斗，向美好未来奋进的歌，突出了主题，构思新，语言简练。

【点读名家】

舒婷（1952—），生于福建漳州，“朦胧诗”的代表诗人之一。主要作品有诗集《双桅船》、《会唱歌的鸢尾花》，散文集《心烟》等。代表作有《致橡树》《神女峰》《祖国啊，我亲爱的祖国》等。

我爱读王蒙的《青春万岁》

北京 何筠

每当爸爸和妈妈向我讲他们的中学时代，他们简直就像换了一个人。看，他们的脸上泛起少年般的红润，他们的眼睛闪动着青春的光芒。有时候，他们竟兴奋地唱起几十年前的歌：“是那山谷的风，吹动着我们的红旗……”那种激越的情绪，每一次都感染了我，同时也令我惊异。

王蒙的《青春万岁》，写的就是爸爸妈妈那一代人的中学生活。读了它，我才明白爸爸妈妈为什么那么深情地怀念着他们的中学时代；读了它，我的心又一次被那种激越的情绪所感染。

《青春万岁》一书所表现的生活：那篝火旁热情的朗诵，那天安门节日夜晚的狂欢，那大路上银铃般的歌声笑语，那考试前紧张的复习，都叫我羡慕，向往。但是，最打动我的，还是那一代中学生之间，在党的关怀和老师们哺育下形成的团结友爱的关系，在十年浩劫后重新提出建设社会主义精神文明的今天，我们是多么需要恢复和发扬《青春万岁》所描述的那种团结友爱的同志关系啊！

一闭上眼，书中的那个可怜的小姑娘呼玛丽就站在我的面前。没有父母，没有亲人，从小在外国传教士办的育婴堂的苦水中泡大。解放了，上学了，但反动神父仍然继续在精神上毒害她，不许她接近同学，不许她参加集体活动，给她灌输了满脑子“共产党是魔鬼”的反动思想。对于这样一个精神上受了创伤的伙伴，是鄙视她，抛弃她，还是爱护她，帮助她？年轻的共产党员郑波和同学们向她伸出了热情的手，在自己母亲病重时，郑波还去给呼玛丽借书，帮助她提高认识；在自己身体很虚弱时，郑波还陪伴着苦闷的呼玛丽谈心……集体的温暖，终于化开了呼玛丽那颗因饱受毒害、摧残而麻木、冷漠的心，使她满怀对新社会的热爱，由衷地喊出了“感谢你，毛主席！”呼玛丽进步了，多么叫人高兴！十年浩劫，也产生了许多像呼玛丽那样精神上受创伤的青少年，我们要向郑波和她的同学们学习，用热情、友爱的集体去温暖每颗冷漠的心。

学生的主要任务是学习。可是，为谁学习，为什么学习的问题，我们并不一定总能回答得很好。书中另一个女孩子李春，就是这样。她聪明、用功，有抱负，深受老师的器重。可是她却骄傲起来，目中无人，只顾自己出人头地，甚至取笑功课差的同学是“肥猪”。对于李春这个缺点，同学们没有群起围攻，简单、粗暴地指责她一顿；也没有放任不管，让它发展成更大的错误。杨蔷云这个热情、坦率的姑娘，当李春有了缺点错误时，就严肃地向她指出，而当李春认识了自己的问题，愿意改正时，就立即热情向她伸出友谊的手，帮助她准备参加全校讲演比赛，为班集体争光。最后，李春感激地对她说：“小杨，你是我最可贵的朋友。”多么可贵的友谊啊！当同学们有了缺点，让我们像《青春万岁》里的杨蔷云那样，用赤诚的心向人们伸出友爱的手；当自己有了错处，让我们也用赤诚的心拉住同学们伸来的援助之手吧！没有嫉妒，没有隔阂，互相帮助，不正是我们今天学习生活中最需要的东西吗？

中学是人生的黄金时代，让我们像《青春万岁》一书所描写的那样，在团结友爱的环境中学习、成长，在团结友爱的环境中度过这个黄金时代吧！不让一个伙伴掉队，不让一个伙伴忧伤，团结友爱，快乐向前！

【精彩读点】

①看看他们的脸上泛起少年般的红润，他们的眼睛闪动着青春的光芒。

②那篝火旁热情的朗诵，那天安门节日夜晚的狂欢，那大路上银铃般的歌声笑语，那考试前紧张的复习，都叫我羡慕，向往。

③没有嫉妒，没有隔阂，互相帮助，不正是我们今天学习生活中最需要的东西吗？

【佳作赏析】

本文作者从《青春万岁》中选取一点来抒发感受。《青春万岁》中最能打动作者的是“那一代中学生之间，在党的关怀和老师的哺育下形成的团结友爱的关系”。作者在抒发感受时表达了自己渴望人与人之间没有隔阂，没有嫉妒，能在团结友爱的环境中学习，成长的情感。

全文紧扣原书又结合现实，有读有感。情感真挚，语言朴实。

【点读名家】

王蒙（1934—）河南南皮人。当代著名作家。著有小说集《冬雨》《蝴蝶》《木箱深处的紫绸衣服》《在伊犁》，评论集《当你拿起笔》《漫话小说创作》《红楼启示录》，散文集《桔黄色的梦》《访苏心潮》，诗集《旋转的秋千》等。另有《王蒙文集》（10卷）印行。代表作有《组织部新来的年轻人》《布礼》《蝴蝶》《春之声》《活动变人形》《失态的季节》等。

浅析《荷花淀》中环境

——描写的作用

北京　吴宁川

环境描写在《荷花淀》中占有相当重要的地位，它不仅增添了小说的诗情画意，而且对深化主题，展示人物性格起了画龙点睛的作用。

首先，小说的题目就已经开始了环境的描写。“淀”是“浅的湖泊”；“荷花淀”则是“长满了荷花的浅的湖泊”。由于文中对“荷花”这一景物独特喻意的揭示，因此“荷花淀”三个字不仅展示了故事发生的自然环境，而且也道出了白洋淀地区的抗日烽火真是“映日别样红”。

其次，当女人们撞见日本鬼子，拼命划向荷花淀时，那一段对荷花的精彩描写，揭示了荷花的喻意：“一望无边挤得密密层层的大荷叶迎着阳光舒展开，就像铜墙铁壁一样。粉色荷花箭高高地挺出来，是监视白洋淀的哨兵吧。”其中“一望无边”、“密密层层”摹写荷叶的繁盛；由“迎着阳光舒展开”联想到“铜墙铁壁一样”，给人以雄壮、恢弘的美感。用“挺出来”以及“监视白洋淀的哨兵”勾勒出荷花刚强、激昂的神韵。其中的“挺”字用得极妙，不仅是“荷花箭”挺，而且“哨兵”们也挺，一个“挺”字把人民捍卫祖国的精神和行动揭示得淋漓尽致。这一段文字不但与战争年代的白洋淀人民同仇敌忾，严阵以待的心情相吻合，具有深刻的象征意义，而且为下文“伏击战”的发生打下了伏笔，暗示游击队早已埋伏停当，随时准备消灭来犯之敌。

再次，小说开头三段对环境的描写，用诗一般的语言，描绘了白洋淀美丽的风光。这就为下文水生嫂等送夫参军并迅速成长埋下了伏笔——正是由于对祖国壮丽山河的热爱，她们才能毅然拿起枪走上革命的道路，从而深化了主题。

作者对月光下编席的水生嫂的描写，也别具匠心：“她像坐在一片洁白的雪地上，也像坐在一片洁白的云彩上。”作者饱蘸感情之墨，将劳动场面诗意化、浪漫化，使地下的苇席幻成了一张偌大的雪褥，一片悠悠飘浮的白云，水生嫂似成了“雪中仙”、“云里君”，熠熠生辉。这美好的比喻，烘托了人物美好的心灵，抒发了作者对抗日军民的赞颂之情。

“平中能见不平，则大家矣”——中国绘画的规律在孙犁手下得到了极好的体现。同样是环境描写，在不同人手中有不同的展现——即有高妙之手与凡庸之笔之分。要想在“吟咏之间吐纳玉珠之声；眉睫之前卷舒风云之色”，没有一定的文字功力是不行的，因此不仅要在平常有一定的词语积累，而且对诸如《荷花淀》一类的好作品要仔细咀嚼，细细品味，体会其超凡的手笔，这对于提高自身的文学修养是会大有益处的。

【精彩读点】

①由于文中对“荷花”这一景物独特喻意的揭示，因此，“荷花淀”三个字不仅展示了故事发生的自然环境，而且也道出了白洋淀地区的抗日烽火真是“映日别样红”。

②小说开头三段对环境的描写，用诗一般的语言，描绘了白洋淀美丽的风光。这就为下文水生嫂等送夫参军并迅速成长埋下了伏笔——正是由于对祖国壮丽山河的热爱，她们才能毅然拿起枪走上革命的道路，从而深化了主题。

【佳作赏析】

本文没有泛泛评析《荷花淀》的主题思想、人物形象刻画，而是着眼于《荷花淀》一文的环境描写，品味作者的超凡手笔，体味环境描写所蕴含的深意，“平中能见不平，则大家矣”，一语道出了《荷花淀》作者孙犁的高妙之手笔，好！

【点读名家】

孙犁（1913~），河北安平县人，现代著名作家。著有中短篇小说集《白洋淀纪事》，长篇小说《风云初记》，散文集《晚华集》《秀露集》等。

《荷花淀》、《山地回忆》、《铁木前传》、《嘱咐》是其代表作。

我爱平凹

上海　郑毅俊

活着的、死了的作家喜欢的不少，然而真正热爱的，唯陕西丹凤人贾平凹。

初闻平凹大名时正念着初中。是某堂语文课上，女教师教着我们。当时惭愧自己并不曾听说有这样一位人物，就等着答案，不想满课堂的同学们竟一齐张大了嘴巴嚷："哇(凹)——!"音拖得老长。这给了我不小的打击，因为在当时我算是年级里的语文尖子。所以就红着脸回到家，把这番刻骨铭心记载于我的日记本，又在后头默写了五遍"贾平凹"，这才下功夫记住了。初中是1995年毕业的。升学考试的语文成绩竟然要比数学高，这是极不正常的。那次考试使我从一所普通中学进入了一所"重点学校"，而日子却从此变得乏味和单调起来。高中的学习生活没有给我太多值得笑看的色彩，我也没怎么放心思在学习上，主要原因是我迷上了写作。

当我觉得该找一位作家的书来读，并且以之为范本的时候，我是被他的样子打动了！于是好说歹说让营业员阿姨帮忙给取一下，谁料她却硬是不肯，似乎我在教唆她犯什么错误，一再强调："样品概不出售!"立场颇为坚定。我猴急了，软硬兼施地采取各种手段以达到目的。结果女人没被打动倒是里面走出一位领导派头的先生主动作出让步，说："摆着也是摆着，卖给他了!"我终于是得到了它！这次的经历使这本集子升值不少，若干年后又在我的"藏书目录"里坐上了头把交椅，编号是"又掌类"里的0001。我总觉得它的出现对我的一生将有非常的意义。

以后就看呀！坐着看，躺着也看，课堂上看，马桶上也看。一着眼总是不愿轻易罢手，觉得这书怎么这样好看呢，写文章像讲故事，而且故事讲得像写文章。看完一篇便把书翻到扉页，亲眼目睹作者的那张黑白相片，而第一印象竟是“不像”！当然日子一长便也惯了。以后自觉提高了欣赏水平，把他那颗头当毕加索的画来细细琢磨，渐渐接受了他的模样，认为虽不及阿兰德龙的魁伟，却也是群丑中之尤物——美过头而已。

读贾平凹，我是从散文起步的。这直接导致了我对他的一见钟情。一见钟情的意思有点像阿Q的爱谁便是谁的意思，高压电线一般的威力，粘住不肯放了。以至于平日耳朵里飞进些关于他的褒贬之词，我是一贯都采取了听蹩脚报告的态度，即不反驳、不较真、不拆穿、不笔录，或而一笑，或而沉默。我现在明白，这便是爱着的缘故。懒得抄来作引用了，记得他是有过这样一句话讲鱼把坟墓修筑在人的肠胃里而他的光荣就在于读者的臧否中。能说这话真难得，平凹算是大彻大悟的了。读过一点他的散文，总的感觉是一个“大”字。什么题材在他笔下似乎总被安上了放大镜，发育成为正宗的气势，从没矫揉造作的嫌疑。一切都来得浑然一体，好像一块硕大的陨石囫囵囵“轰”地掉在看官眼前。我从他的文字里常能见到他的肉身，还不是忸怩地躲在字里行间的那种，而是直直地立在纸面上——一米六几的身材挂一个鼓鼓的肚皮外加宽宽的臀，就站在我的跟前，为我朗诵着他的文章，韵律十足，且掺乡音，每每教我生出想与之亲近的冲动来。我想我是在心中欣赏他的。

欣赏之余，我也骂他。曾在一篇散文里提到了我的偶像，乐滋滋在骂他是“迭只赤佬”！——这个“迭”字是沪语的发音，此文有幸转载时却被山西老编误作了“这”而一改为快，实在辜负我骂情之酣畅哩！我对平凹如此之随意，主要道理是我从未把他当个大人物看待，总觉得咱俩熟识得很呢，似乎昨晚他还踩着月光送我踱出好几条街，会写头的高贵在于“只许看而不许摸”①，却又伸出手来摸我的脑袋说声：“再会，就欺负我尚没变秃么?!”

言而总之，对平凹的一切态度皆建筑于爱慕之上，怪我不敬，无理取闹了。

平凹是个高产模范。有的时候，我听着音乐凭几假寐，就想，他也在打盹吗，不可能，准又在写字，要赚干净我口袋里不多的这几个银子他才甘心哩！但买书是自然的。中国人写的，除去鲁迅、钱钟书一类和就全要他的。现今书价之高，是令全体书民所遗憾的：也有过看中了一本好书而“爱莫能掏”的尴尬局面，遂自摸遍身上口袋，顺时针一遍，再逆时针半圈，找到了三块五块，但总缺四角六角。幸而书店老板认得我，还记录了我的宅电，所以就不怕我赖账，“有种你今后不来呀！”老板常与我打趣。我没种，第二天总要第一时间乖乖地把钱送到，满脸堆笑地感激老板，而且是真心的。我的电话派上订书的用场。我对老板讲，有这个人的书，全要。说着摊开手心亮出三个被手汗化开的黑字“贾平凹”。老板很高兴，嘴里念着“贾平奥，贾平奥”，就记下了我的电话，说：“便宜你了，一律八折！”我谢谢老板，说您良心真好，满足地小跑回家。然而即使每月有父母保证的固定收入，但若除去天天中午参观“食家庄”的门票，便也就剩不了跑几趟“高老庄”的盘缠了。但好在钱是“宜散不宜聚”之物，那就掏尽了吧！得知《贾平凹文集》十四卷付梓开印的消息，我挺高兴的，思量着终于能够补上漏掉的几课了，却又为经济而苦恼感伤。后来想出的办法是：用春节里的压岁钱买去，岂不是名正言顺、理直气壮！于是我天天盼望着兔年的来临，开始了倒计时。

我的志愿是当个作家。其实这个梦做得挺实际。子曰：“君子不器。”但除了作文，我无他计，所以是按理评不上“君子”的；就只能勤奋写作，争取也拿个“飞马”、“费米娜”什么的大奖，作颗螺丝钉，为国争光。高中里的数理化会考怎么我就通过了呢？这我今天想到还后怕着。语文课虽然矛头直指考试，也崇拜分数论英雄的理论，但是毕竟要有趣自由得多。课堂上念自己的作文给大家听，这很爽，让我得意。也每每在校外发表些小诗短文什么的，那是我当时唯一的骄傲。

我读平凹的书，把它们当作范文伺候着，琢磨词句的派遣，研究标点的使用，更要体会的是通篇的元气。一位作家的书看得稍多些，大抵都能获得作家些许为文的特色规律，区别在于有的能被道出写下，有的只能凭你的第六感觉，当然也有让人摸不着纹路的圣手，这就要看作家的各自的造化了。在平凹的文字里徜徉了这些年月，不敢讲自己得了精髓，沾了文气，却也多少被熏陶，会了点作文的基本方法。读着看着，竟也捉牢平凹先生一些“雕龙”的手段。比如某篇小说里的笑料参与了另一篇散文，而一首诗里的妙语又被小说的女主人公反复吟味。斯时斯刻，我就觉得自己和他的距离近了许多。

我曾许愿要超过贾平凹的！不是个头，个头我已稍得优势；而是写作，是笔力，要作出比他更潇洒的大文章来，要勇为先驱，自成一派！这个梦做得其实也不荒谬，谁让兄弟风华正茂来着！

近日闻讯，平凹又有大作出世，是篇自传体的东西，拿去给云南《大家》发了。当然我要义不容辞庄严地购买一册才对。价格不便宜呵！不过那是个长篇，还值。文章里平凹透露了他的一点“个人材料”，像申报户口一样，其中竟然交代了他家的电话号码！当然，我先是持怀疑态度的，猜他老贾老贾该老是假话当头的；但之后我考虑他这是在设计“空城计”呢，就索性“一不骂二不休”——偏打！遂在纸上潦草写下几个提示性的词组，以应万一语塞之急。那头的铃终于是响起来了：“嘟——嘟——嘟——”我的肚子里咕噜一阵，开始憋足了气预备喊他一声“贾老师”。那边却不见有人接听，任凭我在东海之滨向着古都西安遥控铃声“嘟——嘟——嘟、嘟、嘟……”等我把这个号码一直拨到是夜12点，胆子渐渐大了起来，姿势也由站立改为危坐再倒卧如弓，估计平凹先生不像是在考验我，这才罢手。我迷信“天意不可违”的道理，往后也就再没拨过那个号码。但那一晚，我确定自己是失了睡眠的。

到底还是个孩子的，就总也摆脱不了一些不争气的天性。我不崇拜摇滚歌星，所以不会没早没晚抱一把破琴声嘶力竭地狂呼空虚；可我太爱贾平凹，便也免不了模仿一些他的玩意儿。平凹有个房间唤作“静虚村”，就琢磨也该为我的写作室起个中听的名字才好；我既乳名“蛋蛋”，蛋又定是母鸡所生，而我每写一篇不也好比母鸡生产一样有酝酿、有孵化吗？如此，那么每篇佳作该称作是一枚“好蛋”的。就有了“好蛋产房”。落成当晚凭着学了数年的书法，我把四个大字掉在了宣纸上，是从右往左的旧格式，落款敲上刻有笔名的图章，精神地上了房门。以后有朋自外面来，进门就看见，念道：房产……蛋……好？接着便打趣问：最近搞房地产做生意吗？最显著的是效仿平凹的文笔，常常是举笔揣摩这个意思要他讲该是个什么样子；当然更要加之以我的才情，不能没了自己呀，此乃作文为人的第一要素。所以不说“春天来了”，要讲“春正发生”；弃用“茶叶在杯子里膨胀”，改写“茶叶在杯子里发展”。即是要还词语以本来面目，释放它们的原始能量，来张扬方块字的气度与包容。还有一点，但这实在不是我刻意仿效所致。那是我的身高——我几乎停止长个，竟然久久定格于168厘米！过去别人笑我矮，我回敬别人说：“邓小平也矮，可他是个巨人！”挺有力。如今虽然再没人来揶揄我的身材长短，但我在心里总对自己说着：“没事，大作家没高个的！再退一步，我总比平凹先生高点！”这才安静下来。

我不是个“追星族”，而平凹亦非什么“星”什么“星”的。假借我写在《高老庄》扉页上的两行小字，那是：闯老庄，要做先锋；出小斋，不赴后尘。我爱平凹，源在我心，我人生大写意的——为文之心！

如是而已，足矣。

【精彩读点】

①读贾平凹，我是从散文起步的。这直接导致了我对他的一见钟情。

②读过一点他的散文，总的感觉是一个“大”字。

③我读平凹的书，把它们当作范文伺候着，琢磨词句的派遣，研究标点的使用，更要体会的是通篇的元气。

④闯老庄，要做先锋；出小斋，不赴后尘。我爱平凹，源在我心，我人生大写意的——为文之心！

【佳作赏析】

已经消歇了一阵的贾平凹在作者的笔下又活泛了起来，既显示了作者与作家之间的某种默契，又表达了当代青年的特殊风貌，有个性，有追求，也有自己的思考。

文章散而不乱，一气呵成，在娓娓的叙谈中，自有灵气流贯，不愧平凹文笔神韵的熏陶和浸染。几个细节，信手拈来，皆楚楚动人，尤其是打电话一节，令人回肠荡气。缱缱深情，熠熠文采，平凹有此私淑弟子，不失为一种幸运。

注：①语出平凹散文《秃顶》。作家以幽默的笔调讲述了其作为秃顶男人的心得与体会，同时影射世态炎凉及其为人之道。在文章最后平凹有言：“……但秃顶男人的高贵在于这颗头是只许看不许摸的！”

【点读名家】

贾平凹（1952—），陕西丹凤人。当代著名作家。著有长篇小说《商州》《废都》《浮躁》，中短篇小说集《山地笔记》《腊月·正月》等，散文集《月迹》《爱的踪迹》《抱散集》等。

活着

——读余华的《活着》有感

北京　许玲玲

一位老人最终失去了所有的亲人，只剩下一头年迈的水牛伴其左右。他也曾经拥有：曾经拥有富裕的家境，曾经拥有贤淑的妻子、乖巧的女儿、聪明的儿子，但他却失去了所有的一切：父亲气死了，因为他赌博输光了田产；母亲死了，因为没钱治病；儿子死了，因为献血过多；妻子死了，因为不治之症；女儿死了，因为难产；女婿死了，因为意外事故；直至年仅七岁的外孙也死了，因为吃蚕豆噎死了。一切都走了，所有和他有关的生命活体都死了，死得合情合理，但是，唯有他活着，在这触目惊心的“死”中他活着，用他的韧性承受千斤的重压，走过一茬又一茬的光阴。

活着，不是降临于尘世潇洒走一回，也不是只做生命的过客。活着，充满力量。它的力量不是来自于喊叫，也不是来自于进攻，而是忍受，忍受现实的精彩和平庸，忍受生命的苦难。活着，因为有希望，希望拥有，希望创造。一个人一生下来就注定要走向死亡的边缘，无论他有多么大的财富和权势都无法改变这幕悲剧，于是，只有带着希望，为希望努力创造，活着才有意义。

莎士比亚走了，但他的生命在他的37部剧作中，在他曾经的“希望”中永远活着；罗丹去了，他的思想却在他努力创作的《思想者》中永放光彩……

就像那位老人，他并不刻意地追求什么，也许他并不懂得什么生命的责任，他只是默记着“鸡养大了变成鹅，鹅养大了变成羊，羊养大了又变成牛”的古训，并默默地实践着，生活就让他在充满希望的努力中充实，即使生活中有艰难险阻，他也会咬咬牙走去，因为他的心中有不倒的希望。结果，他不是果真拥有了一头老牛吗？虽然此时上苍已残酷地夺走了他所有的亲人。

活着，从某种意义上比死更需要有勇气。死只需一时的冲动，活着却需要一世的胆识。活着，是严峻的，它是阳光与风雨的搏击，是欢乐与痛苦的交替。

在生死两难的境地，在苦难临头时，有人选择了活着，因为他善于寻找希望，这种人就叫做强者。在阳光明媚、前途灿烂时，有的人仍不懈地为希望而努力，这种人就叫做智者。强者就如创造出“无韵之离骚，史家之绝唱”的司马迁，智者则如成功编纂《资治通鉴》的司马光。

既然你我选择了活着，那么就选择为希望而创造吧，只有创造才能让生命熠熠生辉，我们不奢求自己的创造能惊天动地永垂青史。平凡中的点点滴滴的创造不正是一种“活着”的证明？一项小发明，一篇小文章，看似微不足道，在微不足道中又“道”出了你活着的意义。

选择活着，拥抱希望，努力创造。因为生命有限，创造无价。

【精彩读点】

①唯有他活着，在这触目惊心的“死”中他活着，用他的韧性承受千斤的重压，走过一茬又一茬的光阴。

②活着，充满力量。它的力量不是来自于喊叫，也不是来自于进攻，而是忍受，忍受现实的精彩和平庸，忍受生命的苦难。活着，因为有希望，希望拥有，希望创造。

③选择活着，拥抱希望，努力创造。因为生命有限，创造无价。

【佳作赏析】

这篇读后感写得好。读、议、联、感，层次分明。读，简述原文，要言不烦；议，观点鲜明，见解深刻；联，莎翁罗丹，光照千秋；感，活与死比，更需勇气。由此作者指出，“既然你我选择了活着，那么就选择为希望而创造吧，只有创造才能让生命熠熠生辉”。生命有限，创造无价。愿众人都选择活着，拥抱希望，努力创造！

【点读名家】

余华（1960—），原籍山东高唐，生于浙江杭州。当代作家。著有《十八岁出门远行》《现实一种》《世事如烟》《河边的错误》《许三观卖血记》《活着》等。

读《傅雷家书》

上海　顾智敏

《傅雷家书》是一本经久不衰的畅销书。三联书店出版不到一年，就印发了近60万册，数量之多确实惊人，究其原因，主要是书中选辑的家书体现了做父亲的一颗拳拳之心。

《傅雷家书》摘编了1954年至1966年间傅雷夫妇给傅敏的信176封，给傅聪的信2封，附录傅聪致父母的信1封。尽管这些信件寄北京、寄波兰、寄英国……时移境迁，写信者的心情受到客观制约，或高远，或低沉，但爱心的恳切，情感的流淌，是始终如一的。大凡爱子女的父母，表达的方式各有不同，教育方法也各有所异。《傅雷家书》中表现的是平等的对话，宽容的谅解，敞开肺腑作心灵的交流。作为翻译家的父亲，与音乐家的儿子谈论的话题，涉猎的领域是无比宽广的。举凡古今中外的文学、音乐、绘画、雕塑、戏剧、宗教、哲学等，或娓娓而谈，或意到笔来，引人深思，流畅圆熟的笔端每每闪烁真知灼见。“学问第一，艺术第一，真理第一”的思想，自然熨帖地寓于字里行间，无形中陶冶着子辈的心灵，开启着子辈的心智。为了便于子辈达到人生艺术化、艺术人生化的和谐境地，傅雷在演奏姿态、技巧处理，导师选定，爱人的寻觅，家庭经济安排上，细致入微地给予子辈以无微不至的关心，指导，充当了子辈忠实的“警卫”。傅雷在努力诱导子辈在人生和艺术的大海中遨游的同时，还唯恐自己落后于形势，希望儿子能经常交流些新学术思想，希望父子间“能保持这样互相帮助的关系”。对自己不自满自足，是清醒的自审意识的反映，对子辈负责的表现。他因为怕自己的思想行为中的过失影响子辈，因此就不想将自己的过失曝光。他曾说过：“万一有一天，你们觉得我这根手杖是个累赘的时候，就会感到，我会销声匿迹，决不来绊你们的脚。”傅雷是以好学不倦的求知态度，坦荡宽广的胸襟，作为子辈的“镜子”的。傅雷多次自豪地声称，经由一片拳拳心哺育出父子间的心心相印的果实，实是“人生莫大的幸福”。如今，这“幸福”不只属于傅雷一家，只要你愿意，你也可以分享。

【精彩读点】

①《傅雷家书》中表现的是平等的对话，宽容的谅解，敞开肺腑作心灵的交流。

②经由一片拳拳心哺育出父子间的心心相印的果实，实是“人生莫大的幸福”。

【佳作赏析】

“无情未必真豪杰，怜子如何不丈夫。知否兴风狂啸者，回眸时看小於菟。”鲁迅先生的这首《答客诮》寄托了他对下一代的深情，而《傅雷家书》也表达了傅雷先生对子女“拳拳”爱心。本文作者可说是傅雷先生的小知音，他选取这本书的内容来进行评论，是十分正确的，评得也恳切得体。这一封封的家书，无不体现傅雷先生与子女“平等的对话，宽容的谅解，敞开肺腑作心灵的交流”；无不体现傅雷先生的良苦用心，“无形中陶冶着子辈的心灵，开启着子辈的心智”，傅雷先生的确是“以好学不倦的求知态度，坦荡宽广的胸襟，作为子辈的‘镜子’的”。作者对《傅雷家书》的理解是深刻的，也能准确把握这本书内容上的特点来进行评价。可见，要写好书评，除了要真正读懂这本书之外，选准评论角度也是必不可少的。

【点读名家】

傅雷（1908—1966），上海人。著名艺术史家、翻译家。曾翻译巴尔扎克小说《欧也妮·葛朗台》《高老头》《贝姨》《邦斯舅舅》。尤其是其翻译的法国作家罗曼·罗兰的《约翰·克利斯朵夫》，影响了几代人。

学会珍惜

——读张洁的《世界上最疼我的那个人去了》

北京　汪岚

对于世界，我们不过是纤芥尘埃，但在爱我们的人心目中，却是那样重要。

——程乃珊《灯光》

一

那个日子，对张洁来说，一定是刻骨铭心了。

1991 年，10 月 28 号，星期一。

在离天亮只有几个钟头的时候，她的母亲趴着床沿，赤脚跪在地上，左膝稍稍往前，右膝稍稍往后。

——她走了。想必，死前还有过痛苦的挣扎。

四天后，张洁开始动笔回忆，回忆母亲去世前四个月的点点滴滴。

她说："纵使我写尽所有的文字，我能写尽妈妈对我那报答不尽也无法报答的爱吗？"

于是，十年后，我意外地得到了这本书——《世界上最疼我的那个人去了》。

在图书馆那个晦暗的角落里，我泪流满面。

第一次把它从书架最底层抽出来，翻到最后一页，她写道：

妈，既然您终将弃我而去，您又何必送我到这世上来走一遭，让我备受与您离别的怆痛？妈，您过去老说：'我不能死，我死了，你怎么办？'妈，现在，真的，我怎么办呢？"

在我的大脑还没有深刻抓住这句话的同时，我的眼睛却对它做出了本能的反应。

二

恐怕我这一辈子也再不会像那天在图书馆里这样不能自已。

那天我回家时，已是华灯初上。

我肩上负着沉沉的背包，如同荷着甸甸的寄望；在前方，还有星星灯火和两双期待的眼光；我把书抱在胸前，在黑夜里前行。

我愈来愈感到自己的反复和暴躁，是在这个学期开始——我的第一个高三的开始。母亲开始对我百般迁就，父亲会非常做作地取悦我；然而对于这种可以被称作幸福的东西，我却油然而生一种厌恶。

更要命的是与张洁一样，我们都会为了别人牺牲母亲的利益。

她是牺牲了与母亲团聚的时间去应酬。

而我，时间是尚充足的，然而，总有些情绪是不便与外人发作而只能向至亲宣泄的了。

其实，她应该提醒我的。她怎么能不敲敲我的小脑袋问问我有什么资格对一手把我拉扯大的人指手画脚的呢？

我怎么没能控制住自己？怎么能够发和几年前一样的臭脾气呢？我不是已经自诩“没有人比我更爱我妈了”吗？

我就是这么深爱着我的母亲吗？

在那一场变故之后，张洁顿悟了，母亲平日生活里那些举止背后的情感：那是母亲深沉宽容的爱；那是她从小寄人篱下尔后生成的自尊；那是在自知时日无多之际，向女儿发出的微弱的呼唤。我们多少总能感受到爱，或者也能看到母亲身上的自尊背后的阴霾，然而我们何尝能够听到哪怕是一声来自于母亲的召唤呢？

我，从来没有。

“女儿已经不再需要我的庇护了。”张洁写道，“只有年迈的、不能自立的妈才是最需要我的。需要我为之劳累，为之争气，为之出息……”

“树欲静而风不止，子欲养而亲不在。”这大概就是我之所以每每看到这句诗，总有莫名之痛的原因吧。

还有父亲。

我的生活紧张而忙碌，母亲总是先我起床，为我操持：在清醒时，我也时常内疚；我早出晚归，而父亲，是全家最晚起床而最早回家的人；我甚至不知道，当我与他对坐而视时，应该说些什么。

“今天的菜还可以。”也许只能这样。

由于种种原因，我常常向他发火，我们经常是吵得面红耳赤，最后是我摔碗而去。

我不知道他的心里在淌血，可是他又哪里知道，我的心何尝不是呢？

为什么会这个样子呢?!

我曾经想父亲应当不要做一块石头，沉默的石头尽管保留了岁月和大地的所有激情，可是谁又看得到呢？责任在父亲。我想我要拯救他，我要让他开口。

张洁在母亲永远地闭上嘴之后，倏忽之间就好像回到了无数次遗憾的时刻。有多少次母亲是想要千诉衷肠，而遗憾的是，她始终没有带上聆听的耳朵。

“我们只想到自己无时无刻不需要妈的呵护、关照、倾听……从来也没有想到妈也有需要我呵护、关照、倾听的时候。”

原来，真正需要被拯救的人，是我。

普鲁斯特说：“无论记忆用哪一种笔法，都无法把失去多年的感触，在记忆的版画中重现。感触使我们相信，他们是独一无二的。”在我们现在看来，过去的每一个画面都是珍贵的，都是决定性的。因此我们总是习惯了假设。

如果当时能够……或许现在就……

然而张洁用她和母亲的经历告诉我们：“生活哪里经得起假如？”

“生命并不比一斗烟丝延续得更长久，而命运却把我们像敲烟灰一样给敲落了。”

在命运把我敲光之前，我只想学会珍惜。

【精彩读点】

①我肩上负着沉沉的背包，如同荷着甸甸的希望；在前方，还有星星灯火和两双期待的眼光；我把书抱在胸前在黑夜里前行。

②原来，真正需要被拯救的人，是我。

③在命运把我敲光之前，我只想学会珍惜。

【佳作赏析】

文章以温婉的笔调描绘出读了《世界上最疼我的那个人去了》之后的感受，以别人的痛楚反思自己的种种不是，从书中的点滴之处体味分析日常生活中“我”的疏忽与为己独尊；最真实的感情成为液化心底的良药，相信品读此文，会使灵魂净化。

【点读名家】

张洁（1937—），原籍辽宁抚顺，生于北京。当代著名女作家。出版有《张洁小说剧本选》，小说散文集《爱，是不能忘记的》，中篇小说集《祖母绿》，长篇小说《沉重的翅膀》《无家》（3卷）等。

《爱，是不能忘记的》《从大森林里来的孩子》《祖母绿》《沉重的翅膀》是其代表作。

追寻岁月的脚步

——读王安忆《寻找上海》

上海 何雅君

我们喜欢解读陌生的地方，却很少追究我们所生活的城市的历史。陌生的地方是一道客观的风景，游客置身事外，很容易地评论着人和事传递给我们的感觉；用来生活的城市容纳了24小时的全部，主人公忙着感受眼前的完整和琐碎，以至忘记了生活背后的风景。

我们的记忆在现实中沉睡，迷糊中听见了一个人的脚步声，那就是王安忆。她站在两个世纪的分界线上，面向过去，将流逝的岁月连成了电影。当外籍人士和“海归派”把目光投向上海的明天，当全国各地的移民忙于探索上海的今天，城市的主人公们跟着安忆，摊开昨天的账本，寻找一路走来的风尘，顺便思索：这是怎样的历史和现实。

上海，“古吴之裔壤也，然负海枕江，水环山拱，自成一都会”。四千年以来的冲击形成了一片新大陆，临海的条件又为它提供了便利。各地移民在此安家落户，上海从荒芜演变为繁盛，与哥伦布发现的美洲大陆是否有异曲同工之妙？

可惜没有人能跨过如此之久的岁月，从上海立县开始，穿过隆隆炮火和战争的硝烟，走到今天的黄浦江畔，眺望金茂大厦的辉煌。就连王安忆，她也只能从视野的尽头开始，为我们传递相隔几十年的历史。

寻找：上海风韵掠影

她的故事是在淮海中路开始的。

它是这座城市著名的街道，两旁排列着树冠覆顶、浓荫遍地的法国梧桐。法租界的叫嚣消失在了过去的岁月里，她指给我看的是一些欧洲风格的老房子夹在美国派头的高楼大厦中，如同前后两个时代在对抗。想在金融世界中争得一席之地的华商和外商，认定了淮海中路黄金地段的身价，先在这条被楼房占据得不很宽阔的马路旁划地造楼，“欲与天公试比高”，将头上的蓝天裁剪成和纽约华尔街一样的长条状，显然是精于商业的美利坚风格。那个已经过去的时代则用坡状尖顶的三层建筑物，还有附近被法国人辟建的顾家宅花园（今复兴公园），维护着上个世纪的风格。

同为商业街，南京路的霓虹绚影很大程度上维护的是旧上海的风花雪月。虽然著名的“四大公司”曾让富商们兴致勃勃，让未涉尘世的孩子憧憬游乐，终究是灯红酒绿的销金窟，是只能图热闹的俗艳之地。后来我徜徉中央大街、王府井……那些代表哈尔滨、北京等等城市的商业街，首先想起的是淮海中路而非南京路，原因之一便是淮海中路的格局颇具戏剧性。谁说上海“汇集了五湖四海的作品，唯独没有自己的风格”？对于一座不断更新的都市，不一定固守上百年的历史，两个时代的对比与连接正是上海的风韵所在。

回首：我们的故事

历史的寻根者们，包括我，往往穿梭于理论性质的概念中，满足于了解地理情况或历史史实，似乎我们可以依靠这些概念来明白自己的生活。

安忆却给我们指出了一个方向。在她的回忆中，不少内容是关于她和同龄人的成长历程，配上 Yesterday Once More(《昔日重来》) 的背景音乐（对于面向整个世界而不止中国的上海，也许并不一定要用民族音乐来表示这座城市流淌的旋律），昨天的画卷逐渐被推开。

我仿佛站在淮海中路与重庆路交接处的天桥上俯瞰下面的风景。石库门和法国式的老房子经历数十年风风雨雨后沉静地矗立在淮海路两旁，任晚霞给自己的周身镀上一层蒙蒙的深红色。房子里的灯亮起来了，点亮了安忆的回忆。女孩子们抱着漆皮娃娃在弄堂里玩，转眼便长大了。不同时代的人在不同的历程中成长。“文革”来临的时候，50 年代出生的安忆他们还是单纯的少年，却开始了成人般的担忧和无奈。他们在老式的弄堂里走过少年，走进青年时代，期间穿插了上山下乡，经历抄家变革，然后踏进国营企业工作，成家，有了自己唯一的孩子，又在早晨七点的钟声里将孩子送往中小学校……这是安忆家的故事，是董小苹家的故事，是阿大、阿二家的故事，也是我们的父母辈人人经历过的故事。这样的回忆使我们明白，我们的父母是怎样成长起来的；而在他们的生活中，哪一些又和我们今天的一样，是真实的、有意义的或者虚假的、无聊的。

我从天桥上走下来。我的青少年时代已经是另一个好天了。灿烂的阳光从法国梧桐层层叠叠的叶子中间遗漏下来，在彩色石板路的地面上，铺上一层均匀的金色碎屑。马路两旁的楼房依旧沉静地立着；弄堂里的幼儿如父辈们当年那样，群聚着玩爸爸新买的玩具；穿校服的学生从矮门里匆匆走出，捏着父母的辛苦钱去老师家补课，为了重点学校的录取通知书，为了一个美好的前程；主妇们系着围裙给高三的儿女炒爱吃的菜，为了增加营养……

我们的开始是相同的，到学生时代便有了不同的奋斗目标。上一辈把他们的期望传递给我们，尽力让我们得到比他们那个时代更加美好的童年和少年。

而这些点点滴滴升华成了带着温情的烟雾，弥散在我们的生命中。

尾声

背景音乐还在继续，这是往昔的回声。很多时候我们忙于生活琐事，以为过去的一切终将被前进的时间忽略，不经意间扬起往事的尘埃，看它们纷纷扬扬，我们才明白，那是生命中不能隔绝的旋律。

古老的建筑物证明着历史，新的改造带动着现实，而我们的生活，就夹在旧与新的变迁中。寻找上海，不仅是寻找一些理论和概念，更要寻找我们触手可及的生活。城市的风韵是生活的外壳，它的色彩传递给我们生活的理念。与此同时，我们也感受着完整或琐碎中的一个点、一条线、一个面，让它们拼成一段磨灭不去的岁月，告诉我们生活的内涵。

【精彩读点】

①陌生的地方是一道客观的风景，游客置身事外，很容易地评论着人和事传递给我们的感觉；用来生活的城市容纳了24小时的全部，主人公忙着感受眼前的完整和琐碎，以至忘记了生活背后的风景。

②背景音乐还在继续，这是往昔的回声。很多时候我们忙于生活琐事，以为过去的一切终将被前进的时间忽略，不经意间扬起往事的尘埃，看它们纷纷

扬扬，我们才明白，那是生命中不能隔绝的旋律。

【佳作赏析】

读王安忆的散文作品，我们并不惊异于她对题材的选择，而惊异于她对事物认识的独特视角，尤其更惊异于她的语言文字的独特风韵。这就是一代代上海人写上海，而唯独王安忆的《寻找上海》能打动富有潜质的一位高三文学青年的所在。也许作者早就在思索和认识上海了，但总找不到一个角度、一个突破口，或是找不到一个灵感袭来把上海融入她的视野、她的心灵中。而王安忆的《寻找上海》却给了她一个角度、一个突破口，让她眼睛一亮，如一个灵感袭来，让她沿着王安忆的视线，把上海拥入她的笔端。

【点读名家】

王安忆（1954—），原籍福建同安，生于南京。当代女作家。著有小说集《雨沙沙沙》《尾声》，长篇小说《69届高中生》《流水十三章》《米尼》《长恨歌》《富萍》等。

最美懵懂少年时

——读曹文轩的《草房子》

安徽　王昆

回望过去，每一个人的回忆都是不连贯的，然而如同曹文轩笔下的描述一样，在那些近乎支离破碎的片段里，喜悦是美，忧伤是美，欢聚是美，离别也是美，甚至连同印在脑海里的苦难也都充满了美的特质。

曹文轩说："那里的每一粒沙尘，每一个场景，每一个人物都是可以进入到文学世界里去的。"在喧嚣的都市里，读一读《草房子》，想一想乡野纯净的天下，微风翻卷着荷叶，又把清香吹得四处飘散，懵懂的少年奔跑在夕阳里，那少年是你，是我，是我们心底永恒的美丽。

我不知道现在还有没有一本能让成年人掉泪的书，曹文轩的《草房子》却不止一次让我和爸爸湿了眼眶。

第一次读到《草房子》，我还在这个城市的一所小学里，是爸爸跑遍了大半个城，从十余家书铺里为我寻来的。在毕业典礼那天，我用这本书完成了与红领巾的告别，也结束了自己的小学生活。

岁月已经老去，情感依旧鲜活。每次想到“草房子”这三个字，我的心都好像被故乡奶奶冲的红糖水滋润着、熨烫着，许多回忆像风吹拂着的水面波纹一样，轻轻地散开，最后又了无痕迹。

书中桑桑和纸月那种少男少女间毫无瑕疵的纯情最让人感动。一个少年对女孩子的喜爱，表达方式虽然多种多样，但大都包含了调皮、胆怯、逞强……害怕直接接触却又时时挖空心思地想引起对方的注意。喜悦与忧伤都积淀在少年朦胧的片断里。我上小学时，跟我最要好的朋友小果喜欢上一个同班姓董的女孩。小果人高马大但学习不好，因常常抄我的作业而对我充满了感激。有一天他偷偷问我“董”字怎么写，我写在一张纸上递给他。中午放学时，大家都发现教室前的白杨树上贴着一张纸条，上写着：“董某某针票凉(真漂亮)。”所有围观的孩子都笑疼了肚皮，那个女孩脸红得掉下泪来。下午老师没费什么劲就把小果查了出来，我也被叫到办公室。老师问我是不是帮小果了，我说没有。老师说凭小果的“针票凉”绝对不会写“董”字。小果承认“董”字是我教给他的。我们俩还是被罚站了整整一个下午。这让我想起书中桑桑为了吸引纸月的目光，夏天穿着大棉袄在操场上走来走去；想起桑桑为了纸月不被欺负，悄悄起个大早去打架。

《草房子》给你的美感就是常常带你到梦一样的氛围里，那散落在竹丛与杂花间的草房子，那个被河汊与荷花包围着的校园，充满了无尽的情趣与诗意。在桑桑并不连贯的印象里，野草散发着神秘，河水流淌着淡淡的忧伤。纸月似画，杜小康如诗，细马和秃鹤更怀着俊美少年的梦。甚至连桑桑自己的痛苦都在淡雅的文字中透着温馨的色彩。

回望过去，每一个人的回忆都是不连贯的，然而如同曹文轩笔下的描述一样，回忆的片断甚至脑海里的苦难也都充满了美的特质。

【精彩读点】

①喜悦是美，忧伤是美，欢聚是美，离别也是美，甚至连同印在脑海里的苦难也都充满了美的特质。

②岁月已经老去，情感依旧鲜活。

③《草房子》给你的美感就是常常带你到梦一样的氛围里，那散落在竹丛与杂花间的草房子，那个被河汉与荷花包围着的校园，充满了无尽的情趣与诗意。

【佳作赏析】

这是一篇饱含深情的书评。作者对曹文轩教授的《草房子》理解得透，爱得也深。文章紧扣该书充满了“美的特质”来谈感受，并回忆少年时的境遇与作品主人公的生活经历相比照，让人觉得此情此景分外真实感人。

【点读名家】

曹文轩（1954—），江苏盐城人，当代作家。北京大学教授，博士生导师。著有作品集《忧郁的田园》《红葫芦》《三角地》，长篇小说《山羊不吃天堂草》《草房子》《根鸟》《红瓦》等。2003年作家出版社出版《曹文轩文集》（9卷）。

得民心者得天下

——读二月河的《雍正皇帝》

江苏 阮瑶琳

《雍正皇帝》是作家二月河所著的一部历史长篇小说系列，包括《九王夺嫡》、《雕弓天狼》、《恨水东逝》三部。洋洋洒洒140万字，从阿哥逐鹿，明争暗斗，雍正险胜；到整肃吏治，体恤民心，粉碎政变；再到严惩兄弟，邪病缠身，归赴尘土。这部恢弘的历史画卷涉笔广泛，“以思想为经，艺术为纬”，鸟瞰历史，探究人生，全方位地向读者展示了那一历史时期的社会状况，给人以美的享受。正如一位评论家读后所言：是一部“难得的历史小说佳作”。

读史，总会让人明白些什么。这一套《雍正皇帝》同样也使我获益良多。而我最深的感受还是：得民心者得天下。这一道理在书中所描述的许多事上都被很好地反映出来。

康熙朝后期，紫禁城内展开了一场争夺太子位的斗争。阿哥们拉帮结派，明争暗斗，都想登上太子宝座，从而有朝一日能人主龙庭，号令天下。当时，阿哥们大致分为两派：一是以八阿哥为中心的“八爷党”，一是拥护太子的“太子党”。八阿哥素有“八贤王”之称，平日暗结人心，联络兄弟，不但在朝臣中一呼百应，就是大阿哥、十四阿哥也是同党，际会风云，文武兼备，能够左右朝局，呼风唤雨。而太子昏庸无能，又优柔寡断，时而壮志凌云，时而又悲观绝望，并且一意孤行，不纳忠言。一番勾心斗角之后，太子被废，康熙则宣布不再另立太子，待他百年之后，再取出乾清宫正大光明匾后的金册，国家即有新君。朝臣们大都猜测会传位于八子或十四子，总之会是“八爷党”的人。谁知当康熙驾崩后，遗诏上竟写明“传位于四子”！四子就是后来的雍正帝。他当时因为清理官员积欠库银，整顿刑部等政务得罪了不少官员，还得了个“冷面王”的称号，出了名的“尖酸刻薄”，谁也没想到康熙会传位给他。那么，究竟为什么一呼百应的“八贤王”没能继位，朝内怨声载道的“冷面王”反倒被选中呢？我想，很大的一个原因就是因为他得了民心。他巡视黄河防务，收缴库银，平反冤案……无不尽心尽力，为国为民。虽然得罪了官员，却得了民心；而八阿哥只会笼络“官心”，不为民着想，当然不配做一国之君。

雍正登基后，“八爷党”死而未僵，仍咄咄逼人，欲取而代之；年羹尧居功自傲，拥军干政；连托孤重臣隆科多也起了谋反之心。面对这重重危机，雍正依旧以民为重。他整肃吏治，重用贤才，不顾安危，巡视河防，体恤民心。一时间，官场腐败之风有所收敛；人民也不再受水灾之苦。雍正随即借青海大捷之利，一举粉碎了“八爷党”和十四弟的政变阴谋，圈禁隆科多，赐杀年羹尧。试想，如果雍正不顺从民意、治理国家，而是先忙于内廷之争，那一定会手忙脚乱，坐不稳龙椅了。

由此看来，即使在封建时代，赢得民心也应是一国之君的立身治国之本。一代明主唐太宗就曾说过：“水能载舟，亦能覆舟。”讲的就是这个道理。其实，古今一理，为官又何尝不是如此呢？只有一心为人民服务，才算是个好官，才能得到人民的尊敬和爱戴。可惜，如今不在少数的国家工作人员并不明白这一点。像为歌女一掷千金最终贪污 40 多万元的某外贸公司的业务员唐明辉，像两年多挥霍公款 150 万的山东淄博临淄区东张村的村干部们，像为拍所谓“标准像”花掉纳税人 23000 加元的前加拿大外交部长麦克杜格尔……他们不但不为民服务，还凌驾于人民之上，他们即使获得了一时的乐趣，也只会遗臭万年，遭人唾骂，因为他们激起了民愤。

雍正及其王朝的官员们当然不可与我们的政府官员同日而语，但他们的历史又毕竟可以是一面面镜子，我们每一个官员都该常常临镜自照，正衣冠，明得失，进而塑造令人民满意的人民公仆新形象。

【精彩读点】

①这部恢弘的历史画卷涉笔广泛，“以思想为经，艺术为纬”，鸟瞰历史，探究人生，全方位地向读者展示了那一历史时期的社会状况，给人以美的享受。

②而我最深的感受还是：得民心者得天下。

【佳作赏析】

作者紧紧地抓住了“得民心者得天下”这一点，组织材料，展开论证，观点鲜明，论证有力。文章大肆渲染雍正登基前后的不利处境与对手的强劲，而最终还是雍正得了天下，作者深刻分析了其中原因——得民心，不用雄辩，而观点自明。后文与现实的联系更显示了“得民心者得天下”的现实意义。

【点读名家】

二月河（1945—），本名凌解放，山西昔阳县人。历史小说家。40岁起开始小说创作，以“帝王系列小说”为主。已出版《雍正皇帝》《康熙大帝》等。《雍正皇帝》曾荣获河南省政府文学奖，并被改编成电视连续剧。

谈武论金庸，论侠谈古龙

江苏　李华杰

不论承认与否，武侠小说是我们接触较多的一类小说。而提起武侠小说就不能不提两个人：金庸和古龙。这两个人是武侠小说的两座高峰，代表了经典与现代、现实与浪漫的两种不同风格，对武侠小说的发展产生了巨大的影响。这两人的迥异之处很值得玩味。

先说背景。金庸最善于将历史事件推衍开来，以整个社会发展为主线，如其代表作《射雕英雄传》就是以宋、辽、金三国之间的矛盾冲突为大背景的。金庸有着深厚的历史文化知识，能巧妙地将人物安放到社会背景下，真实与假设相结合，既不违背历史事实又能吸引读者。而古龙的书大多没有提到朝代皇帝等，事实上也没必要，因为他的书很少与皇帝挂上钩。论知识古龙远比不上金庸之渊博，但古龙很聪明地回避了这些问题，而且回避得很好，如《楚留香》等名作就是明证了。

再谈情节。金庸的情节要伴随历史的发展，主角也是由弱到强的基本路子。之所以称其经典，主要是他将一个“侠”字定了较好的位置，正如其笔下人物郭靖所说：为国为民，侠之大者。金庸笔下的大侠，不仅是飞墙走壁、杀富济贫，更要想到民族、国家的利益。在他笔下，郭靖为保大宋死守襄阳；萧峰为免生灵涂炭而自尽于阵前都能体现这点。可以说，金庸让武侠小说上了一个档次。而古龙有着极丰富的想像力，其情节往往是一个悬念接一个悬念，高潮迭起，扣人心弦。主角一般是破一件公案，但谁是主谋，结果怎样，你永远猜不到。不到最后你怎么也猜不出结果，吸引得你不肯释手，非得一口气读到底不可。其情节之曲折回环、独出心裁非金庸所能比。换句话说，古龙打破了主角由弱到强的固定模式，把武侠小说带入了一个新的境界。

三议人物。金庸力求将人物来龙去脉交代清楚，他写的很多书都互有牵连，如杨过、郭靖等人差不多是从生到死都交代得一清二楚。他对人物的刻画注重性格，如郭靖之憨厚老实、黄蓉之聪明调皮、洪七公之嫉恶如仇，人物形象很突出。而古龙的书很少提及人物的身世，大家熟悉的楚留香、陆小凤、小李飞刀等，身世都是谜。他对人物的刻画注重于精神。主角顽强、坚韧、不怕困难而又不盲目蛮干的精神让人佩服；对朋友两肋插刀，为知己出生入死，其大无畏的精神常令人热血沸腾。总之，这两人均善于对各种人物形象进行刻画塑造，而且都很成功。

最后看看写作技巧。金庸对中国文化很有造诣，他书中的武功也较杂，有内功、外功之分，又有拳脚、刀剑之别，并且与佛家、道家的某些思想交融在一起。金庸善写人物搏斗过程，一招一式非常明了，招式名称层出不穷，让人如亲临战事一般有切身体验。而古龙善写决斗，他先烘托气氛，将紧张的气氛一推再推，让读者紧张得喘不过气来，却又强烈地想看结果。决斗过程很短，一般只一招，没有让人眼花缭乱的招式，只有一招，比速度、比力量、比判断力，刀光一闪而胜负立判，将精神力量发挥到了极致。这两种风格各有韵味、相得益彰。金庸还擅于写情，尤其爱情，他的看法和写法有独到之处；古龙更擅长写友情，对友情的描写可谓淋漓尽致了。至于写景等方面，两人又有不同之处，但都具很高的欣赏价值。他们两个在书中体现的一些做人思想和人生哲理都值得我们去探索、体会。

我之所论亦不过皮毛而已。金庸、古龙的经典之作有很多值得学习、欣赏的地方，闲暇之时，不妨捧上一本。

【精彩读点】

①金庸有着深厚的历史文化知识，能巧妙地将人物安放到社会背景下，真实与假设相结合，既不违背历史事实又能吸引读者。

②金庸的情节要伴随历史的发展，主角也是由弱到强的基本路子。之所以称其经典，主要是他将一个“侠”字定了较好的位置。

③他们两个在书中体现的一些做人思想和人生哲理都值得我们去探索、体会。

【佳作赏析】

金庸、古龙是公认的“新派武侠小说”大家。金庸的作品消泯了严肃文学和通俗文学之间的界限和分野，使武侠小说登上了纯文学的艺术殿堂；而古龙的作品，在语言上自创一格，号称“古龙体”，并影响了言情派小说家的创作。李华杰同学的这篇文章，对这两位武侠小说大师作了粗略的比较，言之有物，言之有序，可以看到武侠小说的积极影响。也可以说，这篇文章是“有感而发”的。有的人之所以对武侠小说怀“偏见”，实在是因为对它无知或者知之甚少。

【点读名家】

金庸(1924~)，原名查良镛，浙江海宁人。香港著名记者，社会活动家。金庸著述丰富，著有15部长篇小说，有《神雕侠侣》《书剑恩仇录》《射雕英雄传》《笑傲江湖》《鹿鼎记》等，其《绝代佳人》获文化部全章奖。现兼任浙大文学院院长、博士生导师；英国牛津大学汉学研究员；香港明河集团有限公司总裁。

青少年因何对金庸作品情有独钟

北京　侯文魁

中华民族历史悠久，文化灿烂，拥有5000多年光辉的文明史。其中，文学占了相当大的比例。中国文学总体上可分为正统文学和通俗文学，而通俗文学更为群众喜闻乐见，有它独特的魅力。武侠小说作为一朵奇葩，在通俗文学中有非常重要的地位。

早在宋代，武侠小说的雏形就出现了，但一般都是通过戏剧、评书等形式表现出来。直到明清时期，小说创作掀起了一个高潮，伴随着四大名著的诞生，武侠作品的经典之作也都涌现出来，例如《七侠五义》、《大八义》、《小八义》、《杨家将》等。而五鼠闹东京、聂隐娘智斗空空儿、薛红线夜走千里飞刀传书这些精彩片段也在街头巷尾津津乐道。以上这些被我们统称为旧派武侠小说。直到几十年前，梁羽生先生以一部《大唐游侠传》一举冲破了几百年的旧模式，开创出了新派武侠小说，使武侠作品进入了新的时代。除了梁派武侠之外，诸葛青云、卧龙生等侠坛四客的作品也各有千秋。而“金庸”这个名字出现在武侠文坛上，使武侠创作涌起千百年来空前的高潮，达到了巅峰。

金庸出道不久，其作品就风靡全国各地，不但在港、澳、台及内陆地区赢得了大量读者，而且广泛流传于东南亚地区，甚至被译为各种文字畅销海外。为什么金庸作品能有如此巨大的吸引力而且持久不衰呢？下面我就以一名青少年的眼光来谈谈对金庸作品的一点浅薄认识。

武侠小说是通过主人公离奇曲折的江湖经历，着重人物刻画与情节描写，融武、侠、情于一体，赞颂真理与正义的一种通俗文学作品。从其作品内容来看，十分适合青少年的口味；就其主人公来看，都是血气方刚、侠骨柔情的少年侠客，与青少年都是同龄人，因此更容易产生共鸣；就其情节来看，环环相扣，悬念套悬念，更驱动少年的好奇心，想一睹为快；再加上金庸精彩的文笔，青少年们自然与金庸武侠结下不解之缘。

但为什么金庸的武侠作品更有吸引力呢？下面就来对比论述一下。

首先，武侠怎样写“武”，又怎样写“侠”？在梁羽生笔下正邪之分严重，从一言一行、衣着服饰乃至名字都可一看便知孰正孰邪。而套路也过于死板，总是邪派一开始武功走邪路进境迅速，而正派则稳扎稳打、进境缓慢，两派相斗，邪虽恶却总逊正一筹，最终正派大获全胜。其他武侠作者呢？有的循梁派而行，有的把武侠变成了神仙、鬼怪，甚至还有的走上邪路，以庸俗下流的色情来赢得书痞。金庸则不同。他的侠既不像孙大圣那样三头六臂，也不是完美无缺的大花瓶，而是有血有肉，有情有感的人。这些侠客也许并非名门正派，也许并不武功盖世，他们拥有的是真诚、善良、侠胆雄心，为真理、正义不懈追求奋斗，经历无数艰辛的江湖坎坷路后，成为真正的侠客。这一曲折离奇又充满了风雨的成长历程才是最吸引读者的。使读者溶入小说中，使读者与主人公共悲共喜。

其次，武侠作品中的“情”。“爱情”是永恒的主题，是最难表现也是最吸引读者的地方。为什么琼瑶作品赢得了那么多少男少女的心呢？因为她能将一个“情”字写得淋漓尽致。金庸虽写武侠，但他笔下的“情”比起琼瑶来更有一种韵味。梁羽生写的“情”未免太理想化，比起生活来更像童话。其他作品中的“情”，不是理想化就是刻意逃避，甚至“情”“色”不分。而金庸丝毫没沾染上俗气，他的作品才道出“情”的真谛。若即若离，患得患失；初尝鲜美，细品苦涩，情果百味；是山盟海誓，或负心薄幸，让多少有情人神为之困，心为之醉！

那么千百万迷金庸的青少年们又是抱着什么样的心理去读金庸武侠作品呢？

第一，作为通俗文学，读起来易懂，而且娱乐性强。文学巨著虽好，但闻其名而生畏，观其书而费脑，多数人还是选择了金庸。金庸的博学多才在其作品中表现得淋漓尽致。在打斗的同时，涉及到天文、地理、琴棋书画、历史、科普、政治等许多知识。满足了青少年的好奇心与求知欲，令人读而忘倦。且其作品与史实相连，真真假假，成为一部野史。通常，野史比正史更新奇、更刺激、更有吸引力。如：《神雕侠侣》中襄阳大战；《射雕英雄传》中草原驰骋、沙场鏖战；《鹿鼎记》中平三藩、收台湾、签订《尼布楚条约》……无一不为史实。在金庸笔下千军万马的大场面、两军混战的图画仿佛就在眼前，耳边仿佛人喧马嘶、战鼓齐鸣，使人进入这部野史中，目睹成吉思汗弯弓射雕、亲自征战沙场，黄尘古道，使人遐想连篇。真正达到融文学、艺术、知识、娱乐于一体，这样的作品怎可乐而不读哉？

第二，青少年特有年龄阶段的特点决定的。处于这一年龄阶段的年轻人，充满了幻想与好奇，武侠作品中离奇曲折的情节正是青少年所需要的。多少梦幻，多少好奇，离奇与刺激，冒险与探险，所有一切在梦中才能得到的东西在武侠作品中使读者得到了满足。读者们常常将自己想像成为作品中的主人公，主人公不平凡的经历仿佛也成了读者自己的亲身经历。这种快慰，也只有步入金庸武侠中才能享受到。而且青少年半大不小，情窦初开，金庸作品中传神的“情”一下就抓住了青少年的心。对“情”既好奇又害怕的青少年在书中与主人公共同尝试“情”的滋味。滋味如何？一尝即知。三分感慨、三分安慰、三分怅惘，更多是从中获得的满足感。

第三，读武侠小说也是人感情的一种宣泄。花季、雨季，青少年多愁善感的季节，往往因为一件小事而愁思烦扰，也常会触景而生情，而且年轻人还有无数的心里话无人倾诉。忍吗？忍到一定程度也需要发泄。读武侠，体会惊险刺激，为主人公悲惨经历而牵肠挂肚，为正义必胜而欢呼雀跃。感情找到了寄托，思想有了依靠，因此武侠小说又以精神支柱的姿态吸引了青少年。

第四，对金庸先生和主人公的崇拜。近年来，“追星”成为一种时尚，无论歌星、影星、笑星，只要是“星”，必有人追。而金庸作为“天下武林盟主”，其发烧友亦多多，人们慕名而来，搜集金庸作品，一睹为快。此外书、报、杂志乃至电视、电影及计算机网络等各种媒体将金庸及其作品大力宣传，这也使其知名度一下子大大提高，而赢得了无数忠实的读者。

金庸名“庸”实不庸，他用卓越的“文功”描绘出绝世的武功。他的武侠作品并不多，只有 15 部，但质量极高，可谓是武侠作品中的经典之作。我们从他的作品中可以看出他的创作旅程。金庸的第一部作品《书剑恩仇录》并未完全跳出梁派武侠的套路，但我们从其人物造型、情节刻画中已能体会到一种新鲜感。继而，伴随着《天龙八部》、《鹿鼎记》、《笑傲江湖》和“射雕三部曲”的诞生，金庸作品已形成了自己的风格。而“射雕三部曲”中的《神雕侠侣》是金庸创作的顶峰。这部书写尽武林之侠，溶入刻骨之情，无论论“侠”还是言“情”，都可谓颠峰绝唱。从此之后，虽也不乏佳作，但再也无法跨越巅峰。细品之，仿佛已有雷同之处。到最后一部作品《越女剑》时，已无前日之辉煌，开始走下坡路。难能可贵的是金庸先生能急流勇退，在力所不逮之时悄然封笔。如此，这 15 部作品就成为仅有的金庸著作。

迄今为止，金庸先生已收笔近 20 年，但其作品仍如日中天，吸引着港台内陆千百万青少年武侠迷。究其根本，是因为金庸先生卓越的文采和广博的知识溶入作品中，一个个有血有肉、有情有义的少年侠客才成为少年人心中不坠的英雄偶像，而金庸武侠作品也将作为当代文坛中的一朵奇葩永不凋谢、大放异彩。

【精彩读点】

①金庸名“庸”实不庸，他用卓越的文功描绘出绝世的武功。

②而“射雕三部曲”中的《神雕侠侣》是金庸创作的顶峰。这部书写尽武林之侠，溶入刻骨之情，无论论“侠”还是言“情”，都可谓巅峰绝唱。从此之后，虽也不是佳作，但再也无法跨越巅峰。

③迄今为止，金庸先生已收笔近 20 年，但其作品仍如日中天，吸引香港台内陆千百万青少年武侠迷。究其原因，是因为金庸先生卓越的文采和广博的知识溶入作品中，一个个有血有肉、有情有义的少年侠客才成为少年人心中不坠的英雄偶像，而金庸武侠作品也将作为当代文坛中的一朵奇葩永不凋谢、大放异彩。

【佳作赏析】

文章洋洋洒洒，流畅生动，全面中肯地分析了金庸作品的独特魅力，以及具有独特魅力的缘由，金庸迷阅读金庸作品的心态。有理有据，入情入理，表现了作者敏锐的眼光，较强的思维穿透力和较高的文学评论水平。

【点读名家】

金庸 (1924—)，原名查良镛，浙江海宁人。香港著名记者，社会活动家。金庸著述丰富，著有 15 部长篇小说，有《神雕侠侣》《书剑恩仇录》《射雕英雄传》《笑傲江湖》《鹿鼎记》等，其《绝代佳人》获文化部全章奖。现兼任浙大文学院院长、博士生导师；英国牛津大学汉学研究员；香港明河集团有限公司总裁。

那一剑的风情

湖南　程俊奕

我的梦里有一颗种子
我催它发芽我催它长大
可我不敢
我不知道它开的花是否有梦里的绝代风华

——写在前面

梦里花落离殇

夜。灵堂，48 瓶 XO 静静地散发着醇香。

我终于到了。我看到了他，在遗像里：胖胖的，头发凌乱，眼神犀利，淡色的陆小凤式胡子，可是笑容温暖，徐徐如涟漪般散开，融化在春风里。时间定格在 1985 年 9 月 21 日。

有液体自眼眶中滑落，我终于见到了古龙——我最崇敬的人，可他已醉了，永不复醒。他是个重义多情的豪客，我却终不能成为他的朋友，我们的时间错开了整整 1725 天。

可我是你的知己，古龙，你可知道？你可知道，你长眠后大约 5 年，有一个女孩出世？而现在，她已自认是了解你的人，你未曾一交的朋友。不错，我们本该是好友，只是你走得太早了。

你给我一滴眼泪，我便能看到你心中全部的海洋。我如是对你说。于是我看到了你的书，你一部分的生命为我敞开。

于是你看到了我的泪，为你而洒。

从梦里醒来的时候，我已无泪。有的地方应该已经鲜花满楼了，比如说天堂。我想。可惜长沙是冬天，在凛冽的风中，所有的花都死了。

长沙没有如李园一般开得寂寞而热烈的红梅，长沙也没有那多情的剑客和那无情的剑。

天涯流星

你最喜欢写天涯，还有流星。

你说：天涯不远，因为人在天涯。你又说：流星的生命虽短暂，可它那一瞬间的炫目却远非恒星可比。所以，你人在天涯，你的生命迅疾如流星，光彩亦复如是。

古龙的笔下走出了许许多多的人。古龙写作的目的是稿费，他并不忠于写作，他永远只忠于自己，他需要钱。坦白说，他的小说良莠不齐，但其中好的，却真正能使人荡气回肠，不可忘怀。

因为他写的是和他一样的人，真正的浪子，被使命、被情感所纠缠，狂放而执著。潇洒而沉郁。我曾经狂热地想看《多情剑客无情剑》，之后狂热地喜欢李寻欢，虽然现在已不喜欢了，但仍将他看作一位最好的朋友。实际上，李寻欢的优柔寡断、误人误己本该是让我讨厌的，只是他的博爱、大度、坚韧、多情无法不让我动容：他一次次被打击，一次次自风雨中站起；他为情消沉，却又为义重生；他永远只记得别人的好——他纵酒狂歌，落拓而多愁善感，他和阿飞、林诗音的一切，都令我为之震撼为之感动。“此情可待成追忆，只是当时已惘然。”可敬可爱的花满楼、风流倜傥的楚留香、潇洒重情的陆小凤，还有沈浪淡淡的微笑，还有傅红雪寂寞的刀——这一切的一切，如这句诗，潜伏在我单薄的少年时光里，而后又悸动着在梦里苏醒。我明白，其实，古龙自己就是他们的真身，所有的他们在一起能拼成个活生生的古龙。

古龙又有在小说里讲道理的嗜好，那些阐述生命、友谊、权力、金钱的格言，精辟短小，很有意思，发人深省。只是它们也都带着古龙式的风格：天涯的沉郁、流星的华丽。

所以，到如今，我在梦里常常会看到辽阔无边的天涯，我在天涯里一个人奔跑着追逐流星，追逐古龙逝去的声音，遥远的背影。

喜欢，只是一种感觉

很小很小的时候，就无可救药地喜欢武侠。读武侠其实是一种感觉，过瘾的感觉。读金庸，半醉半醒；读梁羽生，清醒；读古龙，却是醉生梦死的疯狂。

金庸的色彩是绚丽，如凤凰般华美大气；梁羽生的调色盘黑白分明，单调素雅；但古龙的画布上却是繁杂地布满了矛盾的色彩，喧嚣明亮，却是支离破碎的。古龙的小说里没有神，没有魔头，只有人，各色各样的人，从绝色的少女到冷酷的杀手，还有白衣胜雪的浪子，独自穿行在令人绝望的寂寞里。每每我是那么执著地追随他们，从他们的酒里看到古龙的笑一点点化开。

看你的小说很少是快乐啊，古龙。你总是用一把钝钝的小刀慢慢划过我的心。接着就看到我与你的人物同笑同哭，直到泪流满面。我想，在我试图走近你的那一刹那，你走进了我的心。

很早以前，我看到有人说古龙很俗。不错，他不乏尸横遍地与玉体横陈的描写，但他描绘得很坦然，只是为了凸现气氛还有人体的美。有人看出邪气来，只能说他的心不正。古龙的江湖确实也是人心险恶，诡异危险，但所谓的江湖人却时刻奋斗着，拥有着多姿多彩的生活。我喜欢这种没有虚幻的大志的世界，正如李寻欢所说："人活着，就是要有理想，有目的，就是要不顾一切地去奋斗。"至于奋斗的结果是不是成功，是不是快乐，他们并没有放在心上。江湖人奋斗的目的就是要出人头地，很俗，是不是？但也真实得可爱，透出凡世的温暖与美好，就像他自己的目的就是为了有钱，有钱和朋友一起喝酒而已。什么是俗？什么是雅？放浪形骸，对酒当歌不正是真正的大雅之士吗？豪侠尚义、侠情盖世、才华惊天的吉龙，活得轰轰烈烈、潇潇洒洒，本就不是世间凡人所能管窥的。他是我平生仅知的有魏晋名士风度的人，所以我崇拜他，迷恋他，没有过多的理由，只有感觉，强烈的感觉。

古龙是一把剑，异形离别钩，我站在耀目的剑光下，怅问：谁识这一剑的风情？

【精彩读点】

①你给我一滴眼泪，我便能看到你心中全部的海洋。

②你最喜欢写天涯，还有流星。

③你说：天涯不远，因为人在天涯。你又说：流星的生命虽短暂，可它那一瞬间的炫目却远非恒星可比。

④到如今，我在梦里常常会看到辽阔无边的天涯，我在天涯里一个人奔跑着追逐流星，追逐古龙逝去的声音，遥远的背影。

⑤古龙是一把剑，异形离别钩，我站在耀目的剑光下，怅问：谁识这一剑的风情？

【佳作赏析】

作者是一个小古龙迷，他有一双明亮的、敏锐的眼睛，能够真正读懂古龙，理解古龙，这是一种心灵的感悟，一种智慧的飞扬，一种情感的倾泻。

文章洋洋洒洒，富有文采。作者的三篇短章角度不同，但每一种角度都是走进古龙世界的方式，从情感、想象到作品，到人生，都是向心中偶像古龙皈依的过程。这种浓烈的情感、飞扬的想象，睿智的分析，开阔的视野，都给人留下深刻的印象。

【点读名家】

古龙（1938—），原籍江西，生于香港，毕业于台湾淡江大学。

1960 年起，古龙尝试创作武侠小说《苍穹神剑》《飘香剑雨》，技巧一般，未能引起人们注意。1964 年后转而著“新武侠小说”，完成《浣花洗剑录》，引起香港文坛注意。之后，他创作的长篇武侠小说《绝代双骄》《多情剑客无情剑》《小李飞刀》《楚留香传奇》《萧十一郎》《天涯明月刀》等，大多受到读者欢迎。

第三部分

外国文学名著名篇读后感

大海及其细涛

——读雨果《悲惨世界》有感

浙江　闻迅

我问自己：你怎么竟敢写下这样的题目，仿佛真能弄懂眼前这部半尺高的书是怎么回事似的？你怎么竟敢在无数研究得法的学者、专家背后探出头来，好像在他们丰硕而精深的研究成果面前还想再评头品足似的？真的，你怎么敢？

我回答说，哦！我敢，是因为激情。心灵撞击心灵，语言呼唤语言。在那柔软的书页边上拿铅笔写附注多么费力，我要另找一张纸。我敢，是因为谦卑。我懂得怎样看待自己想法中与学者们重合的那部分：倍加珍爱。走进先辈的境界是我的幸运。我没有妄想在那儿看见异象。

这书是什么？它的外观正如一座石窟，坚硬的花岗巨岩层层垒筑，其花纹和堆叠方式变化无穷。那些深厚的石体、凹凸的石面和玄妙的石缝都饱含稳固、沉郁而肃穆的风格。它对景仰欲进的观者说“可以”。于是不想猎奇的人看到了真正的奇观，不想求思的人碰见了思想的狂潮，不想动容的人变得面目失色。洞里，是一片汪洋大海。这就是石窟的内涵。那坚实缜密地包容着这汹涌澎湃的，前者是语言，后者是思想和内容。

这又是什么样的海呢？波澜壮阔。有礁石，有暗流，有狂风巨浪、断樯裂橹，有沉没的朽物、飘浮的尸骸、惊恐的眼睛、无声的呐喊，有幸存者，有最后庄严升起的圣歌。

那是浩大的；那是历史。

能有人再像雨果那样书写历史吗？没有了！伟大的诗人和作者都是历史学家。脱离历史、浮于虚空的文字即使能流行，也不会流传。因为文学是一种记录文明的高超手段：而文明呈现于历史。1789 年到 19 世纪中期的法兰西是伟大的，它孕育出多少不朽的作品！历史到了激流急湍的地方，成了杰出创作的源泉。但是，没有人能像雨果那样。

《基督山伯爵》是属于那个时代的，法国社会风云隐约可见。但历史只是被涂抹在传奇故事背后充当底色，皇帝和王朝全作了故事的引子和线索。庞大的《人间喜剧》使凡人惊讶，动荡时代的精神内核无所不现，但历史消隐在芸芸众生之后，主宰一切而默无声息……雨果怎样做？他把五分之一的笔墨完全抛掷在历史上！

整整一卷的“滑铁卢”，有两卷关于修道院的哲学意义和变迁史，再一卷题为“几页历史”，谈论七月革命后的法国，还有一卷讲“一八三二年六月五日”的巴黎起义。接下去有将近一部的篇幅描绘街垒斗争；因为它属于故事情节，我们还没算入那五分之一里去。

这种大家手笔令人想起《巴黎圣母院》中单是关于市貌和建筑的长达二万余字的专卷描述。

这些篇章对于情节，当然起到烘托、补充的作用。但是，难道需要那么多吗？圣母院的氛围需要整个建筑史吗？德纳第和彭眉胥之交需要整个滑铁卢吗？不！情节算什么！它只是著者伸展笔触的理由。社会和历史是绚烂的画卷，召唤着伟大作家的伟大意识。

这位思想活跃、目光深邃的观察家，这位自由和人道的提倡者，这位专制王权的反对派，这位正直、仁爱和智慧的法兰西之子，他曾借国民公会代表之口说：“正义是有愤怒的……从法国革命的极猛烈的鞭挞中产生出一种对人类的爱抚。”“人类受到呵斥，但是前进了。”他又曾在滑铁卢平原上徘徊，看着“当年溃乱的幻景”，伤心低语。他望见“暴君的黑暗和统帅的荣光进行斗争”。拿破仑，那“梦游的巨人”在溃退的浪潮中往前走，“去追寻那崩溃了的幻境”。他侧耳听见康布罗纳最后那个“屎”字的怒吼而放声大笑，赞美这是“以霹雳回击雷霆”，“把最鄙俗的字和法兰西的光辉糅合在一起”，“就是埃斯库罗斯也不过如是”。他抬头看见“时代从滑铁卢头上跨越过去”，武力毁灭王座虽被制止，思想的革命却一如既往……

假如这些文字竟使你厌倦，那么但丁的诗句也会使你睡着，《奥德赛》里女妖的歌声也唤醒不了你！

法国资产阶级革命的风暴和围绕它的一片硝烟延续了半世纪之久，这时期的人们真是幸运！说真的，战争锻造天才。战争为后世留下荒冢、纪念碑和著作，关于最后这点，《荷马史诗》《悲惨世界》《飘》等都可为证。

现在让我们回过头来。假如你刚才确在那光辉森严的石窟里见到了整个翻腾不息的海、整个恢弘壮观的画面，那么你是否还特别感到了它的真实和清晰呢？你是否看见了水纹的变化和白沫的形状？分辨出了桅尖的颜色和水珠的咸味？估测出了波峰的高度和浪头劈向岩礁的角度？

啊，是的！语言的神力抚着你的翅膀，使你从容目睹人类社会的每个细节，居高临下！

浩大的东西被描绘得如此细腻，正如著者自己所说："人类没有小事，就如植物没有小叶，世纪的面貌是岁月的动态集成的。"

他在名为"一八一七年"的那章里，从贵族扑了粉的假发写到卢浮宫刮下的墙皮，从报界的排印错误写到了右派领袖的口头禅。他在滑铁卢一段狂乱的混战中还不忘提到一双苏格兰吹笛士兵的愁郁的眼睛；在漏风的破屋里又顺便摹下了一张保王党纸币的图案……

在这支无所不在的笔下，时代和它的一切特征变得多么真实啊！而且它又是怎样伸入了人的内心的呢？它描绘出最剧烈的波折和最细微的颤动。那些使我在这本书里受到第一次震动的篇章，我们不免要拿它作个例子：商马第案件中冉阿让"脑海中的风暴"被刻画得怎样卓绝啊！"他在黑暗里坐下来"，于是开始了。在良心逼迫下的沉思，对离奇形势的认识，苟且逃避的本能的最先出现；接着良知开始愤怒，他被引领到牺牲的荆棘路上去并逐渐立稳，突然间潮水复泛，他大声反悔；之后是对"反悔"产生的反悔——好像又回到了悲惨的原处……起码总有七个层次，二十多页，高昂低回而渐趋激烈，令心弦绷绷欲断。一切是如此清晰、具体，浓墨重彩，从容缓叙，没有浪漫主义的虚化和抽象空洞的譬喻。那奇怪的创作者的思想是如此细致、周密而完整！他甚至在冉阿让像梦魂一样游移在牺牲和逃避之间的当儿，叙述了在那可怜人的脑海里突然出现一口破钟名字的事——这是怎样细微的手笔！它必是从一种密切的体察和天才的设想得来的。

当历史使我们惊诧时，细节使我们落泪。

浩大和细微一旦结合，便生出完美。

为了说明这点，我曾想用森林和它的无数枝叶来比喻。但是，有什么比得上大海和它的万千细涛呢？有什么事物的变幻无穷和色彩斑斓能像这两者的结合体一样呢？——除了雨果笔下的《悲惨世界》。

【精彩读点】

①当历史使我们惊诧时，细节使我们落泪。

浩大和细微一旦结合，便生出完美。

②为了说明这点，我曾想用森林和它的无数枝叶来比喻。但是，有什么比得上大海和它的万千细涛呢？有什么事物的变幻无穷和色彩斑斓能像这两者的结合体一样呢？——除了雨果笔下的《悲惨世界》。

【佳作赏析】

这是一篇相当深刻有独立见解的读后感。

作者行文之际，就“文”而言，既有大处，从客观上感受“大海”——人类历史的震惊；又有小处，从微观上感悟“细涛”——社会细节的共振。这样就从根本上把握住了“这部半尺高的书”的经纬，而且为立论打下了很好的基础。议论深入浅出，颇有见地。

【点读名家】

雨果（1802—1885），法国作家。1840年发表小说《巴黎圣母院》，运用善与恶，美与丑对比法，揭露教士佛罗洛在道貌岸然的外衣掩盖下，对一吉卜赛女艺人的罪恶企图，相貌丑陋的撞钟人却本着善良心愿力图保护女艺人。1962年，发表小说《悲惨世界》，通过主人公华尔强的自我牺牲，表达了作者的人道主义思想。

爱的思考

——读雨果的《巴黎圣母院》

上海　牧野

我轻轻地合上《巴黎圣母院》，不禁被这个悲惨的故事深深感动，一首美丑交叉的梦幻之曲，在我的耳畔久久回荡……

爱之伟大

女主人公埃斯梅拉达的母亲巴格特历经人间苦难，受尽各种折磨，且屡遭社会的唾弃。当女儿一出世，她就认定“女儿是生命的全部”，全身心地爱她。在女儿被吉卜赛人偷走之后，她悲痛欲绝，最终成了可怜的隐修女。这种满怀深情的爱，是一位妇女最纯洁感情的付出，是伟大的崇高的母爱。

爱之无私

当奇丑无比的敲钟人卡西莫多在广场上受侮辱、嘲弄、鞭笞的时候，心地善良的女主人公埃斯梅拉达不计前夜被劫之仇，送水给可怜的卡西莫多喝。卡西莫多感动了，“有生以来流出了第一滴眼泪”，感恩化作了爱情。从此以后，他用最淳朴、真诚的感情待她，无私而谦卑地爱她，冒着生命危险去护她，甚至压抑内心的嫉妒，帮她寻找自己的情敌腓比斯。这种爱，是纯真感情的倾注，是感恩的、奉献的爱。

爱之可怕

恶贯满盈的副主教克洛德·孚洛罗为了达到自己无耻的欲望——占有美丽的埃斯梅拉达，采取了极为卑鄙下流的手段：抢劫、威逼利诱……他一方面意识到自己所做的一切会把自己推进罪恶的深渊，另一方面又在这条歧路上越走越远。最后，希望化为了泡影，在女主人公誓死不屈的态度面前，他彻底绝望了，他阴暗的心理产生了一种恶毒的报复，不惜把这位美丽的姑娘送上绞刑架。这种爱，是自私的、罪恶的爱。

爱之可怒

浪荡的花花公子腓比斯被女主人公埃斯梅拉达的美貌吸引，同时女主人公也深深地爱上了这个俊俏的青年军官。女主人公对他一片痴情，可他却薄情寡义，逢场作戏，诱骗女主人公的一片纯情。这种爱，犹如一堆废料燃起的火焰，燃得快，熄得也快，是无情、无果的爱。

“爱”就一个字，雨果笔下的四个人物对女主人公埃斯梅拉达的四种不同的“爱”，紧紧地勒住了我的心，引起了我深刻而沉重的思考。生活中有着千百样的爱，每个人爱的方式也各不相同。但到底是为什么爱，爱什么，怎样爱，

每个人都要作出认真的思考。

【精彩读点】

“爱”就一个字，雨果笔下的四个人物对女主人公埃斯梅拉达的四种不同的爱，紧紧地勒住了我的心，引起了我深刻而沉重的思考。

【佳作赏析】

《巴黎圣母院》是雨果先生的名作，作者对其“爱”的主题进行深入的剖析，并且通过细致分割：爱之伟大、无私、可怕、可怒，实现了对立意的细致剖析，让读者对“爱”有了更加深刻的认识。

为了更深刻地认识世界

——读小仲马的《茶花女》有感

辽宁　蒋杰诚

读完《茶花女》这部世界名著，我和许许多多的读者一样，被深深地感动了。可是，它为什么具有如此巨大的感染力呢？我自己也觉得有点奇怪。但是，我的的确确被它感动了。

故事的主人公玛格丽特既是资本主义社会中千万个堕落女子中的一员，又是她们的典型代表。正如鲁迅笔下的祥林嫂是旧中国受压迫、受剥削的妇女典型一样。由于作品深刻的社会性，使它成为了世界文苑中的珍宝，而作者通过细腻的笔触，沟通了读者的心灵，使我们能更深刻地认识世界，并深为它的故事情节所感动，这也是这部巨著的成功之处。

作品以玛格丽特和亚芒的爱情故事为主线。在玛格丽特周围，有很多热烈追求她的人，其中有腰缠万贯的老公爵，有财雄势大的N伯爵，有地位显赫的G伯爵。可是，她与亚芒的爱情却是那么纯真、圣洁。这是为什么呢？因为这是由巨大的同情心形成的伟大的爱，他们一个是堕落女子，一个是无钱无势的穷青年，在资本主义社会中，他们都是受欺凌、受压迫的人，不幸的遭遇，共同的语言，是他们产生纯真感情的基础。可是在那人吃人的社会中，他们的故事只能像封建制度下的贾宝玉和林黛玉一样以悲剧结局。小说的作者小仲马无情地揭露了资本主义社会的极端腐朽，控诉了资本主义制度的罪恶。是资本主义制度，使玛格丽特失身，使她养成了挥霍无度的恶习。玛格丽特精神麻木，直到亚芒出现，她才感受到什么是人生的幸福。而纠缠着她的那些达官贵人，随着故事的发展，越发显得卑鄙和丑恶。从前狂热追求她的N伯爵，在她生命垂危之际是那样冷酷无情；那不惜把一年数万法郎花在玛格丽特身上的公爵，得知她与亚芒相爱，立刻便反目相向；还有那些债主们，在玛格丽特还未断气时，就抢占她的财产，准备等她一死就进行拍卖。所有这些，都激起了我们对资本主义制度的无比憎恨，从而更深刻地认识世界。小仲马不愧为一位伟大的现实主义作家。

在读完这本书后，我细细琢磨，自觉视野开拓了，思想活跃了，知识、感情丰富了。为了更好地认识世界，今后，我还要多读世界名著。

【精彩读点】

由于作品深刻的社会性，使它成为了世界文苑中的珍宝，而作者通过细腻的笔触，沟通了读者的心灵，使我们能更深刻地认识世界，并深为它的故事情节所感动，这也是这部巨著的成功之处。

【佳作赏析】

本文是写读名著的读后感。作者通过“茶花女”的不幸遭遇深刻解剖、分析了产生悲剧的社会原因。最后一段结束语揭示了“我”的收获。虽然文章写得还不够深，例证不够丰富，但一位中学生能理解名著，受益于名著，已难能可贵了。

【点读名家】

小仲马（1824—1895），法国小说家、戏剧家。1848年，他发表反映现实生活的处女作小说《茶花女》，描述一个贫苦少女、堕入娼门不能自拔的爱情悲剧，顿时名扬遐迩。他接着又写了《狄安娜·德·利斯》，同样取得轰动效应。1852年起，他用两年时间将《茶花女》和《狄安娜·德·利斯》改编成描写风俗习惯的剧本，上演后获得极大成功。

小仲马是法国文学由浪漫主义向现实主义过渡时期的重要作家之一。

意料之外，情理之中

——评莫泊桑《项链》的结尾艺术

江苏　频频

莫泊桑是19世纪后期法国最负盛名的中短篇小说家、批判现实主义作家。他发表于1884年的短篇小说《项链》，是他众多脍炙人口的名篇之一。

《项链》原题为《首饰》。它讲述了令人发笑又让人同情的故事：小职员的妻子玛蒂尔德为了参加一个舞会丢失了借来的项链。为了赔项链，含辛茹苦地过了十年艰苦生活。最后才发现借的项链是假的。整个故事构思精巧，独具匠心，情节发展波澜起伏，引人入胜。尤其是小说最后出人意料的结尾，更让人拍案叫绝。

小说的后半部分写路瓦栽夫妇为了偿还买项链的债务，辞退了女仆，迁移了住所，租赁了小阁楼。路瓦栽夫人每天像一个穷苦的女人，一个铜子一个铜子地节省。当所有债务还清时，她也已经变成粗壮耐劳的妇女了。她付出了如此巨大的代价，然而得知结果，项链却是假的。这是怎样一个让人发笑又让人难以接受的现实，这似乎是个巧合，但仔细斟酌一下，这个出人意料的结局又是在情理之中的。这个结局的产生同路瓦栽夫人极度的虚荣心分不开。路瓦栽夫人的性格特点构成了巧合的必然性。

莫泊桑笔下的路瓦栽夫人出生在一个小职员家里，生活朴素平淡。但她却梦想过高雅、奢侈的生活。序幕部分写了她七个梦想与现实生活的对比。这七个梦想淋漓尽致刻画了路瓦栽夫人追求享乐、渴望被人追求的虚浮心理。这样的变化为借项链、丢项链等情节打下了伏笔。

如果当时所借的项链是真的钻石项链，价值昂贵，佛莱思节夫人会毫不犹豫地说“当然可以”吗？

晚会上，路瓦栽夫人陶醉于……陶醉于……陶醉于……这一连串的“陶醉”再次反映了她追求享乐的心理。晚会后，她怕别人看见披在肩上的家常衣服，想赶快逃走。这个“逃”字，从另一个侧面再次反映了她的虚荣心。同时这个“逃”字也使项链的丢失成为可能。

项链丢失后，路瓦栽夫人不但不为此感到后悔。可悲的是：竟然还津津有味地回忆起那个舞会，发出“多么令人倾倒”的感叹。由此可见，她受资产阶级享乐主义腐朽思想的毒害之深。正是她那种爱慕虚荣、追求享乐的性格特点，使小说的结局成为完全属于情理之中的事。

一个多世纪来，莫泊桑的这篇小说一直被人们所喜爱。因为它的构思特别精巧，尤其是最后出人意料，而又寓于情理之中的结尾，成为中外小说艺术的典范。

【精彩读点】

一个多世纪来，莫泊桑的这篇小说一直被人们所喜爱。因为它的构思特别精巧，尤其是最后出人意料，而又寓于情理之中的结尾，成为中外小说艺术的典范。

【佳作赏析】

这篇读后感显著特点有三：

第一，评论的视角小，而涵盖面大。作者评的是结尾，而涉及的却是全篇，这样写笔力集中，易于发挥，主题也很鲜明。

第二，读得细致，评得精当。阅读是评论的基础。读得细，想得深，才能评得恰当。如作者抓住晚会后玛蒂尔德披上家常衣服，想赶快逃走的细节，把“出乎意料之外，寓于情理之中，点缀得更为鲜明，这是粗心的读者往往忽视的。

第三，语言朴实、自然、畅达，能真切地表达作者的感受。

【点读名家】

莫泊桑（1850—1893），法国小说家，出身于诺曼底省埃迪普小城附近一个没落贵族家庭。舅父是诗人和小说家，母亲也极有文学修养，因此他从小就与文学结缘。他的文学成就以短篇小说最为突出，有“世界短篇小说巨匠”的美誉。从1880年至1890年十年间创作短篇小说300篇，长篇小说6部。《羊脂球》1880年发表在左拉主编的《梅塘晚会》上，使他一举成名。莫泊桑极擅长从平凡琐碎的事物中截取最有典型意义的生活片断，侧重描绘人情世态，充分显示出他那种描写社会风土人情的画家才能。特别表现在构思布局上别具匠心，简短精炼，细节描写惟妙惟肖，人物语言生动，故事结尾耐人寻味等方面。

敬畏生命

——读《昆虫记》

北京　张颖妍

蝶螈？我瞠目结舌地凝视着这两个简简单单的汉字，脑海里一片茫然。红色肚皮、宽尾巴能像舵一样摇摆的蝶螈，难道你从没见过？法布尔老师摇着头，不甘心地追问道：那么被管虫呢？舍腰蜂呢？面对这位19世纪的昆虫学大师，我只能吞吞吐吐地道歉：对不起，我从没见过它们。

抱歉，亲爱的法布尔老师，也许我可以告诉你各种生物酶的分子式、空间结构分布图；也许我可以告诉你细胞分裂的过程与DNA的复制；也许我还能娴熟地持着解剖刀，以“庖丁解牛”般的技巧游刃有余地解剖蚯蚓、蜗牛、蝗虫以及诸如此类的生物。然而，除了知道“四害”中属于昆虫类的那“三害”，一个生长于城市、整日埋头于学习“科学知识”的孩子是不可能有更多的机会去亲近昆虫的。因为对于我们而言，人类以外的生命太过于渺小了。

可是，您却以奇迹般的耐心，在小小的“荒石园”以及家乡的肥沃田野上观察昆虫，为它们谱写一曲曲赞歌或悲歌；您让这些美丽或丑陋的昆虫们自己登场，展示一幅又一幅生动旖旎的昆虫生活浮世绘；您用30年的光阴巡视它们的劳动、婚恋、生育与死亡；您首次正确地解释了这些我们不屑一顾地用双脚踩踏的虫子们的生命奇迹。

人类是自然迄今最完美的造物，也是它最狂妄的孩子。人类不仅不懂得敬畏生命，甚至不懂得敬畏自然本身。我们叫嚣：“所有生物的诞生只不过是为人类的出现做好铺垫。”这种轻蔑当然也波及虫子们。我们的实验室是这样研究昆虫的：首先雇人捕捉它们。然后，无论是金光闪闪的甲虫、婀娜多姿的蝴蝶、流浪歌唱家蟋蟀，还是黑丝绒般神秘的蜘蛛、手持大刀昂首挺胸的螳螂等等，都无一例外地被运用现代科技制作的恰当毒药杀戮；我们会精心保存它们的尸体，把它们了无生气的躯壳置于漂亮的玻璃棺材内，骄傲地放在陈列架上供人赏玩。或者我们会残忍地剥下虫子们泛着幽幽蓝光的甲壳，砍下它们威武雄壮的闪耀着紫红色光辉的大螯，撕碎那些薄如蝉翼的翅膀，经过一番研磨、提炼后，我们欣喜地宣布：某昆虫的甲壳素对某某疾病有显著功效，某种生物分泌的体液有延年益寿的作用，而某些昆虫的器官还会帮你美肤驻颜，使你美若天仙。难道一切鲜活的飞禽走兽、花鸟鱼虫在我们的“科学”的眼中只是一根根森森白骨、一条条健壮的肌肉、一团团神经与血管的混合物？抑或只是一瓶瓶能换取大量美元的药片、补品？还有家庭中美丽的装饰品？

如果不是生态的天平逆转，形势对人类越来越严峻，我们也许根本就不会注意这些生命；虽然一个物种的灭绝，往往令我们唏嘘不已，但更多的情况是因为食物链的混乱威胁到我们自己，才使我们注意到这些生命，才开始认识到环境对人的重要性。

也许，把环境保护等同于拯救人类这种肤浅的互利理念抛开，我们可以从另一个角度看待自然，看待生命。

生命有其内在的独特的美。经历了几十亿年的进化发展才组成了今日多姿多彩的世界。现今的物种身上的每一根毛发、每一个器官、每一个细胞、每一组 DNA 中都刻满了适应自然、适应生命法则的烙印。它们是自然最有资格，也是最优秀的阐述者。遗憾的是，我们缺乏对这些自成系统的生灵法则的敬意，我们无法理解生物们内在的和谐与优美。所以，我们无法倾听昆虫们的喜怒哀乐，无法为它们的精湛建筑所倾倒，更不会被它们精彩绝伦的表演所吸引。所以，为了一点儿蝇头小利，成千上万的民工大挖发菜，丝毫不顾土地的沙化；所以，为了巨额利润，偷猎者将枪口对准已濒危的藏羚羊。于是，沙尘暴席卷而来了，青藏高原上的一种美丽也消逝了。

人类在自然面前不该扮演一个干涉者，一个自以为是的支配者，或者一个狂妄自大的保护者的角色，相反，我们应该成为一个敬畏生命者。学会关心所有的生物，不要过多打扰它们的生活，把一切交给自然吧，它会以自己的方式照顾它们。学会发现并欣赏生命内在的和谐与优美吧，因为只有学会关心，学会欣赏，我们才会真正拥有敬畏生命的动力。

敬畏生命，敬畏那些即使只是一些微不足道的虫子的生命。

据说法布尔先生弥留之际最后一次巡视他珍爱的“荒石园”时，所有的昆虫都来与他道别。我无意去揣测这个传说的真假，但法布尔先生无疑是敬畏生

命的先驱者。

【精彩读点】

①人类是自然迄今最完美的造物，也是它最狂妄的孩子。人类不仅不懂得敬畏生命，甚至不懂得敬畏自然本身。

②生命有其内在的独特的美。经历了几十亿年的进化发展才组成了今日多姿多彩的世界。

③敬畏生命，敬畏那些即使只是一些微不足道的虫子的生命。

【佳作赏析】

作者与生命的守护神对话，作者也与渺小又庞大的生命对话。前者是法布尔，后者是法布尔的昆虫乃至所有微不足道又崇高的昆虫。一本书竟然有这么大的能量煽起作者的激情？当然！因为法布尔用了自己全部的心力去描述生命的状态，用三十年的光阴去解析渺小生命的奇迹。本文以亲切的对话导入情感，其对话内容为后文作了敬畏生命的铺垫。接着用富有哲理性的议论文字来抒发感情。给人以深刻的启示。

我以为，本文作者对生命存在的方式的认识是相当深刻的。比如对各类昆虫被人类用于不同领域后的描述，看似对生命消解方式的解释，其实是对人类残酷行为的反讽；比如因为生命的消亡而导致食物链混乱、导致生态平衡被残酷的破坏——这又从敬畏生命本身上升到人类自身的存亡的高度，从而升华了情感。

【点读名家】

法布尔（182—1915），19世纪法国昆虫学家，以研究昆虫解剖学、行为学而闻名于世。他出生于法国南部山区一个贫农家庭，自幼喜爱动物和植物，尤其是昆虫。他没有上过正规大学，主要靠自学成才，后来当中学教师。法布尔刻苦研究昆虫，晚年对昆虫研究几近痴迷。他将观察和研究所得陆续写成《昆虫记》10卷，向人们介绍了400多种昆虫和小动物的生活习性。

读《卡门》

北京 刘扬扬

我过去喜欢读喜剧性的故事，故事的结局不外乎是大团圆啦，大欢喜啦，当时给人以欢乐和满足。长大一些以后，我发现悲剧性的故事更震撼心灵，让你久久地回味那苦涩和悲哀，从而能悟出更深的道理。卡门就是一个悲剧性的人物，她死在爱她的朋友的刀下。尽管我读这个故事感到吃力，但是却舍不得放下它。我模模糊糊地感到激动、震惊，我追逐着这位放荡的波希米亚姑娘的各种奇特的思想和行为。

卡门像一股不肯循规蹈矩的流水，愿意奔向哪里就奔向哪里。她狂放到了荒唐和邪恶的地步。她由于讨厌一个女工夸耀自己有钱，竟然在那位女工的脸上用刀划了十字。她行骗、劫物，随心所欲地取笑人，捉弄人。她可以为所爱的人而献出一切，又可以随随便便地抛弃他，就像扔掉一块破布。她不顾一切地帮助朋友反抗死亡的命运，但同时又专横地把他拉上了一条罪恶的道路——当强盗。

是的，她像一股惊心动魄的祸水，把动乱和死亡带到它流经的地方。但是，多少年来，读者并不把卡门当作一个批判的对象。相反，卡门这个故事被改编成歌剧广为流传，它甚至是我们伟大的革命导师列宁最喜爱的歌剧。我也被卡门深深地吸引住了。这是因为卡门的所作所为恰恰与那个伪善的社会对立。我不断感到卡门对当时社会束缚的突破，感到她的逆反中充满向上追求。她对深深爱她、而她已经不再爱的朋友说：“跟着你走向死亡，我愿意，但是不愿意跟你一起生活。”她是多么诚实啊。对于卡门，理想远远高于生命，她轻抛生命来追求自由！卡门的性格，她的行为，她的为人做事，正像作者所描写的她的外貌那样：“她的每一个缺点总有一个优点作为陪衬，而这个优点在对照之下，变得格外显著。”

我对卡门感到惊奇，又不会忘记。我合上书时在想，我们生活在一个高度文明发达的社会，生活在道德和法制不断完善的今天，我们还能像卡门那样野蛮地去追求个人的绝对自由吗？我思索着，答案是否定的。

但是，卡门不断向往和不断追求新生活的精神今天适用吗？我思索着，答案是肯定的。

【精彩读点】

①我不断感到卡门对当时社会束缚的突破，感到她的逆反中充满向上追求。

②卡门不断向往和不断追求新生活的精神今天适用吗？我思索着，答案是肯定的。

【佳作赏析】

“喜欢”、“同情”、“但又不断地反对”，这就是刘扬扬同学看完《卡门》后的复杂感受。在这篇读后感里，他有理有据，表达了感情。

《卡门》是法国著名作家梅里美的代表作，完成于资产阶级处于上升时期的1847年。主人公卡门美丽坦诚、热情豪放，具有一种灿烂的野性美。特别是卡门“不获得个人自由毋宁死去”的精神又正好强烈地反映了资产阶级个性解放的思想，这就使卡门在富有迷人的艺术魅力的同时又有了相当积极的社会意义。评价作品，要把它放在一定的历史时期去考察，用我们今天的是非标准去评判古典作品中的人物是不够公正的。如果刘扬扬同学试用历史的、唯物的观点看作品，或许就不会奇怪为什么《卡门》会被广泛流传，并成为列宁“最喜爱的歌剧”了。

【点读名家】

梅里美（1803—1870），法国作家，生于巴黎伏尔泰派画家家庭。1825年发表《克拉拉·加索尔戏剧集》，伪称译自一个西班牙女演员的作品，一举成名。1840和1845年，发表《高龙巴》和《卡门》。《卡门》生动地描写了吉卜赛人的风俗习惯、民族性格。女主人公卡门为了追求自由，宁愿面对死亡。这部作品语言简洁，构思精巧，人物性格鲜明突出，具有文艺复兴时期古典派艺术的特征。

1844年，梅里美当选法兰西学院院士。

他不是英雄

——读《哈姆雷特》有感

上海　袁文婕

假期中，我拜读了戏剧大师莎士比亚的名著、四大悲剧之一的《哈姆雷特》。本来，我是带着寻找英雄的目地来读这本书的，可是，说来遗憾，读完之后，我对哈姆雷特其人深感失望。我觉得，哈姆雷特实在是个无勇无谋的懦夫！

按说，身为丹麦王子的哈姆雷特，自他从父亲的亡魂口中得知真相：是他那无耻的叔父觊觎权位，借着天赋的奸恶，用卑鄙的手段毒害了自己的兄长、哈姆雷特的父亲、正直的丹麦王；又凭着阴险的手段，诱惑了哈姆雷特的母亲，那外表非常贞淑的王后；再使用诡诈，骗过了丹麦全国的人，堂而皇之地占有了这一切。面对这些事实，面对着眼前的乾坤颠倒，哈姆雷特实在应该担负起重整乾坤的责任。

可是，哈姆雷特除了口口声声“嚷”着要复仇之外，却没有干过一件实实在在的事，他所谓的复仇计划，除了装疯卖傻就再没有一项具体有效的措施。

我无法理解他装疯卖傻的用意何在。如果说是为了掩人耳目，为他的复仇计划放烟幕弹，倒也可以理解，甚至要为他的聪明才智叫绝。但是，他的装疯卖傻除了帮他进一步证实亡魂的话，使他确信眼前的这个丹麦王正是杀死了他的父亲、奸污了他的母亲、篡夺了他的王位的禽兽外，我实在看不出还有什么其他功效。即使这样，他还是没有魄力展开他的复仇计划。

如果说这是他竭尽所能想出来的“最为高明”的谋略，那么我无话可说。但是，既然他不能很好地利用思维的能力，就应该像个勇士那样运用出众的剑术，结果那个奸贼的狗命。虽然这样做不够明智，但是却很悲壮，起码像个男子汉，可是，他又没有那样的勇气，甚至还为自己的怯懦加上“审慎”的桂冠。看到这里，我真是失望透顶。

正如莎士比亚通过哈姆雷特之口所说的那样：“真正的伟大不是轻举妄动，

而是在荣誉遭遇危险的时候，即使是为了一根稻秆之微，也要慷慨力争。”

然而哈姆雷特呢，他的父亲被人惨杀，他的母亲被人污辱，他的理智和情感都被这种不共戴天的大仇所啮噬，可他却因循隐忍，一切听其自然。

虽然最终，那奸王确是死在哈姆雷特的剑下，但是，按当时的情形来分析，哈姆雷特是乘着景况的混乱，看着母亲中毒身亡，又知道自己也已身中剧毒，无药可救，如果再不下手报仇就再也没有机会了，这才举起了他那迟迟疑疑、犹犹豫豫、几次想举而又终未举起的复仇之剑。我认为，如果当时没有这些外部因素的刺激，哈姆雷特还未必下得了决心实现他蹉跎未就的复仇大愿。

我实在不欣赏他凡事左思右想的优柔寡断，当然，我不是反对做事考虑周详，只是他那拖泥带水的懦弱性格着实要误大事，也着实让人丧气。

世上没有一种痛苦大于对自身的鄙视和痛恨；世上没有一种可悲大于忽略自身的尊严和荣誉。

我始终不觉得哈姆雷特是个英雄。

【精彩读点】

世上没有一种痛苦大于对自身的鄙视和痛恨；世上没有一种可悲大于忽略自身的尊严和荣誉。

我始终不觉得哈姆雷特是个英雄。

【佳作赏析】

作者以 20 世纪中学生的观念来看待莎翁笔下的哈姆雷特，用现代人的处世方式重新审视了哈姆雷特的个性缺陷，由此得出了“他不是英雄”的结论，这迥异于传统的见解有一定的道理，其批评的尖锐也是可以理解的。但是，对文学作品的鉴赏不能忽略特定的历史背景对人物个性形成的决定作用。莎翁之伟大，就在于他写出了那个时代的真实，在于他所塑造的人物形象的典型性。哈姆雷特的装疯卖傻、迟迟疑疑、婆婆妈妈的鲜明个性正是那个时代所造就的，哈姆雷特作为早期具有人文主义思想的、封建社会叛逆者的形象，其个性的弱点是一种无法避免的客观存在。因此，用现代人的眼光去苛求他并不合适。

【点读名家】

莎士比亚（1564—1616），英国杰出剧作家、诗人。生于英国中部小镇埃汶河畔的斯特拉福德。1592 年，他在伦敦剧坛就享有盛名。1593 年首次发表长诗《维纳斯与阿都尼》。此后，他的创作更加活跃、丰产，一生创作 37 个诗剧和150多首十四行诗及杂诗。他的剧本大致可分为喜剧、历史剧和悲剧三类。除《辛白林》《暴风雨》和《冬天的故事》三部刻意渲染机缘奇遇的剧本属于传奇剧外，《哈姆雷特》《奥赛罗》《李尔王》《麦克白》《罗密欧与朱丽叶》可称之为悲剧；《亨利四世》等可称之为历史剧；《威尼斯商人》等则可称之为喜剧。

莎士比亚从不拘泥“三一律”等剧作陈规，而是根据剧情需要在时间和空间方面作大跨度跳跃，采用双线交叉的故事线索，扩大剧本容量。他塑造的人物大多是个性化的性格形象，因此，他的剧作达到了同时代剧作家不可企及的艺术高度。

爱心精灵

——读《简·爱》有感

四川　罗娟

《简·爱》，一部很感人的小说。女主人公的理智机灵而固执的性格和男女主人公的至死不渝的爱情都给了我很大震动。那小小的瘦瘦的而又固执得可爱的“小精灵”——简·爱仿佛正站在我的面前，说实在的，我深深地感动了。

简·爱，一位讨人喜欢的姑娘，她长得并不漂亮，但是，毫无疑问，她很可爱。正如男主人公罗切斯特所说的那样，她身上有“很多预料不到的东西”，有“某些才艺不同寻常”，也许这正是她的可爱之处。不循规蹈矩，也不盲从。她就像一株小小的太阳花，只向自己的太阳开放，看起来它是那么弱，那么小，甚至根本看不到什么动人之处，但是当阳光照耀着它，它就会焕发出勃勃生机，那是一种坚定的信念加顽强的意志。正是由于她心中有爱，爱自己的恋人，爱世上一切热爱自己的生命，所以这勃勃的生机使她显得光彩耀人。她的目光那么热烈，那么坦诚，无时无刻不透露出内心的爱与憎。你根本不可能从她那苍白的脸上寻找到丝毫虚伪的印迹。她的身躯是那样的瘦小，仿佛根本不可能经受住风雨似的，但她却在一次次的波折困苦后终于找到了自己的幸福。应该说，她是个平凡的女人，但她的思想、她的才华、她的品质，无一不在向世人宣告着：简·爱，一位伟大的女性！简·爱之所以伟大，还不仅仅因为她的思想、才华、品质，也不仅仅因为她的爱，更主要的是因为她在生命的十字路口选择对了方向，终于和自己所深爱的而且也深爱着自己的罗切斯特先生幸福地生活在一起。

在世人的眼里，罗切斯特先生也许是“老于世故，放荡不羁，焦躁不安”的人，但这与罗切斯特的经历是分不开的。应当说，他和简·爱的恋情是完全合理，没有错误的——错只错在命运。命运无情地捉弄了简·爱和她的恋人，当这对幸福的恋人即将融为一体，结为永恒的伉俪的时刻，罗切斯特先生已有妻室的消息无情地传来，一切秘密揭开，年轻的简·爱陷入了所谓再婚的“骗局”中。尽管罗切斯特的妻子是位疯女人，简·爱还是毅然出走了，实在说，简·爱和罗切斯特之间的爱情根本就是无罪的，他们的爱情没有考虑名誉、地位、阶层，没有考虑年龄、外貌、金钱，比那些因为金钱而“爱”的爱情，譬如说英格拉姆小姐对罗切斯特的“爱”，要真诚、纯洁得多。简·爱和罗切斯特的“天性丝丝入扣”，他们的爱情是由心与心的交流、灵魂与灵魂的对话所激发的，他们之中无论是简·爱还是罗切斯特都不可能与另外的人产生同样强烈的感情，所以简·爱能在表哥圣·约翰向自己求婚期间前往桑菲尔德庄园寻找罗切斯特，并终于见到受命运惩罚而失去右手与双眼的恋人，上帝保佑他们——他们幸福地结合了，他们终于永永远远幸福地生活在一起了。

多幸福的结局。不过并不完美，我为罗切斯特先生的残疾而悲哀：他曾经是一位那么生龙活虎的人，如今却成为要人领着走路的残疾者，这能不让人痛惜吗？但有情人终成眷属，这又是多么令人兴奋呀。我想，简·爱这株小小的太阳花与自己的太阳在一起，她将开得更加美丽，和《简·爱》这本书一样更加光彩照人！

【精彩读点】

简·爱之所以伟大，还不仅仅因为她的思想、才华、品质，也不仅仅因为她的爱，更主要的是因为她在生命的十字路口选择对了方向，终于和自己所深爱的而且也深爱着自己的罗切斯特先生幸福地生活在一起。

【佳作赏析】

此文能写出读了《简·爱》后所感受到的简·爱和罗切斯特之间的“心与心的交流、灵魂与灵魂的对话”的爱，“永永远远幸福地生命在一起”的爱。简·爱并不把万贯家财和显赫门第放在眼里，她重视的只是在平等地位上的相互坦率真诚。罗切斯特呢，他对追求他的年轻貌美的贵族小姐无动于衷，而偏偏看中了出身贫寒，貌不惊人的简·爱，把她当作“我最爱的人”。他们之间的爱，是“除了相互的爱慕以外，就再也不会有别的动机”的爱，是平等坦诚的互爱。小作者满腔热诚地歌颂了这种爱。

【点读名家】

夏洛蒂·勃朗特（1816—1855），英国女作家。她和她的两个妹妹艾米莉和安妮都是英国文学史上著名的三姐妹作家。1847 年，她用一年时间完成了成名之作《简·爱》，轰动了当时的文坛。这是一部自传体小说，通过一个孤女一生坎坷不平的遭遇，成功塑造了一个敢于反抗、敢于争取自由和平等地位的妇女形象，提出了婚姻是心灵的自由结合，摒弃了地位、财力的主宰作用，同时也暴露了资产阶级慈善事业的虚伪性。

请珍惜你的痛苦

——读《呼啸山庄》有感

北京 张莹

暑假有暇读了《呼啸山庄》，这书讲述了一个感人肺腑、催人泪下的故事，书中人物的坎坷经历以及他们经受的痛苦使我有了很多感慨。

在生活中，人们大概都领教过痛苦的滋味。书中，深爱着对方的男女主人公被迫分开了。尽管他们那么希望能生活在一起，但是，事与愿违，希克利不得不远走他乡，卡瑟琳却挽着别人的胳膊迈进了教堂……这一切固然使读者心痛，而沉浸于痛苦中的恋人们更是难以自拔！

对于他们的悲剧，我想说：应该把痛苦视作一种精神财富来珍惜！古人云：“哀莫大于心死。”一个“心死”的人如同行尸走肉，是无法体验到痛苦的，而没有痛苦，才真正是人生最大的悲哀！就像书中的希克利，他在卡瑟琳死后变得精神麻木，对任何人、任何事都失去了兴趣，唯一想做的就是报复。最后，一个人在病痛中死去——心死，多么可怕的悲哀！

痛苦，是人类特有的精神活动，是一种深沉的感情体验。它随着对幸福的追求而生，为幸福的获得铺设道路。饱尝挫折的痛苦，成功才会使你倍觉欢欣。尼采有一句话："一切痛苦中都孕育着快乐。"没有痛苦这个台阶，快乐，激动人心的快乐也许就永远不会降临。奥运会上，每当中华人民共和国国歌奏响的时候，所有的中华儿女无不心潮澎湃。要是没有运动场上痛苦的磨炼，哪里会有领奖台上那激动人心的一刻？

痛苦中不仅孕育着快乐，而且孕育着创造。我国有句古语：蚌病成珠。价格昂贵的珍珠恰是牡蛎体内病痛的产物。德国诗人海涅曾发问："诗之于人是否如珍珠之于牡蛎？"法国作家福楼拜则说得更明确："珍珠是牡蛎生病所结，作家的文笔更是深沉的痛苦的流露。"我国历史上，"文王拘而演《周易》，仲尼厄而作《春秋》，屈原放逐乃赋《离骚》……"许多传世佳作都是作家在痛苦中写就。李煜"问君能有几多愁，恰似一江春水向东流"的不朽诗句，饱含了他亡国之痛的血泪；岳飞"仰天长啸，壮怀激烈"的《满江红》，抒发了他报国无门的悲愤。这一个个的痛苦之中无不闪耀着创造的光辉。痛苦是昨天的遗产，同时也是今天的起点，关键看你是否珍惜这份痛苦，能否在痛苦中奋起。

每一个人的出世，都曾伴随着母亲的痛苦，我们的成熟也离不开自己的痛苦经历。曲折，加速着人意志的成熟；挫折，培育着人性格的完善；坎坷，锤炼着人品质的升华。戏剧家莫里哀认为，痛苦是一位伟大的导师，它教会我们做人。确实，人生历程中的许多痛苦都在扮演着这样的角色。

由此可见，人生的痛苦不只是负面效应，它还可以分解为自省，可以转化为自强，可以升华为创造。

朋友，当你面对痛苦的时候，不要认输，不要低头，在痛苦中拼搏吧！这必将是奋斗中的幸福和人生境界的飞跃！

【精彩读点】

痛苦，是人类特有的精神活动，是一种深沉的感情体验。它随着对幸福的追求而生，为幸福的获得铺设道路。饱尝挫折的痛苦，成功才会使你倍觉欢欣。

【佳作赏析】

向往幸福的生活，本是人之常情，在追求幸福的过程中，又难免会有痛苦的经历。而对挫折、打击，不消沉，不气馁，"把痛苦视作一种精神财富来珍惜"，却实在需要一点勇气。正视痛苦，把它看作砥砺自己的砌石，在痛苦中磨炼自己，发展事业，将是一个有为青年完善自我，取得成功的必由之路。好的文章求新忌俗，立意新颖，强烈的思辨性是这篇读后感的突出特点。

【点读名家】

E·勃朗特（1818—1848），英国女作家，夏洛蒂·勃朗特之妹。她一生只著有一部小说《呼啸山庄》(1848)。小说刚发表时并不为同时代人瞩目，然而，自20世纪以来，对这部小说的社会意义和艺术评价越来越高。30年代的英国评论家福克斯称它是19世纪中后期"维多利亚时代"所产生的"三大巨著"之一，原因在于它代表受压抑的下层民众对资本主义社会发出了强烈的抗议，也是个人奋斗的真实写照。

走出阴影

——读《蝴蝶梦》有感

宁夏　赵晓洁

当重新翻开《蝴蝶梦》，再一次将自己的情感与之交融时，不觉身不由己地陷入了小说中人物情感的纠葛中。缠绵悱恻的怀乡忆旧，阴森压抑的绝望恐怖，书中的每一字句似乎都在暗示着我什么。

达夫妮·杜穆里埃的作品给人以神秘、恐怖的感觉，典型"康沃尔小说"风格的《蝴蝶梦》便是其成名作。她在书中成功地塑造了一个颇富神秘色彩的女性吕蓓卡的形象。她虽已死去，却似乎时时处处音容犹在。书中的"我"，虽成了曼陀丽的第二位女主人，却时时被吕蓓卡的阴影所笼罩，成为其陪衬。"我"的言行的前后变化，思绪的错综复杂，透视出人性的弱点：无意撞入了阴影，却无力再走出。这份痛苦的根源虽是外界的某种因素，而人心的懦弱却是它的催化剂。

战胜懦弱，才能走出阴影。试想，若女主人公对吕蓓卡的灵魂说："你走吧，我是这儿的女主人，而你已经死了。"她还会终日惶惶不安，甚至觉得"像得什么重病似的”吗？所以，当一个人对重压在心灵的负担坚决地说：“你快走开，我不会屈服于你”时，他走出痛苦的阴影还会那么难吗？问题在于，人有没有这份勇气、魄力说出这句话。做人难，难在战胜自己。信心与意志的配合，是人们驱走乌云、走出阴影的良方。

人类是在与各种恶劣条件的抗争中生存下来的，人也是在与生活的阴影的不断抗争中一步步走向成熟，成为强者的。小说的结局，是以“我”的胜利而告终的，“我”的心灵最终释然于怀，战胜了吕蓓卡阴影的包围。

战胜懦弱，才能摆脱阴影。当捧起《蝴蝶梦》，自己的心灵便又一次地被洗刷、启迪……

【精彩读点】

“我”的言行的前后变化，思绪的错综复杂，透视出人性的弱点：无意撞入了阴影，却无力再走出。这份痛苦的根源虽是外界的某种因素，而人心的懦弱却是它的催化剂。

【佳作赏析】

《蝴蝶梦》是部长篇小说，写书评时，可以涉及它的种种方面。本文只取其一点，即透过主人公“我”的性格分析，揭示了主题和意义，点明“我”之所以隐于窘境是因为“我”性格的懦弱，要走出阴影，就必须战胜自我。开掘得比较深，材料处理上能抓住主要之点，不蔓不枝。

【点读名家】

达夫妮·杜穆里埃（1907—1992），英国女小说家，生于伦敦。少女时代便开始写作，1938 年发表的《丽贝卡》（又译《蝴蝶梦》）是关于一个举目无亲的少女同一中年鳏夫相爱的故事。该书曾由作者改编为剧本，被搬上银幕，并译成多种文字畅销世界各地。

杜穆里埃擅长编织奇巧的故事情节，刻画人物性格和烘托环境气氛，其小说充满了神秘和凄凉。1977 年作家获美国神秘小说作家大师奖。

充满考验的生命旅程

——《雾都孤儿》读后感

山东 王晓丹

一个几经磨难，几经考验，名叫奥利弗·退斯特的孤儿流浪在伦敦街头，流浪在他的生命的旅程里。他在生命的旅程中曾遇到形形色色的人，但是小奥利弗对自由的追求和美好生活的向往永不会泯灭。

当我重重地把最后一页书合上，小奥利弗那真挚、淳朴的笑容总浮现在我的脑海里。他好像在向我倾心诉说："我是从贫民习艺所逃出来的，那是贫民的监狱。在伦敦我又被迫加入罪恶累累、堕落不堪的小偷、强盗、亡命之徒的行列中。但我没有丧尽天良，在好心人的帮助下，过上了幸福美满的生活……"我的心在流泪。啊！命运，你为什么这样考验小奥利弗？他还小，他没有理由承受这些不幸。为什么？为什么你要和他做对？

小奥利弗是不幸的，也是幸运的，因为好人总比坏人多。南茜小姐、查利、贝茨的心肠是好的，他们为什么要当小偷？这是他们的生活环境造成的。且不说教区干事班布尔先生的虚伪，也不说老犹太人费根的狡猾，更不说诺亚和夏洛特的自私，仅赛克斯的十恶不赦，就让你惊奇不已。还有可亲的布朗先生，露梓小姐……总之，这些人给小奥利弗带来了他那个年龄不该有的苦恼和欢乐。

在这部小说的作者狄更斯那个年代，英国是在军事上、经济上最发达的国家。但为什么有那么多像小奥利弗那样吃不饱、穿不暖的孤儿呢？这篇小说像一面明亮的镜子照亮了英国每个角落，有力地揭露了社会的黑暗、资本主义的不平等。这篇小说在抗议英国的法律置贫困潦倒的穷人和他们的孩子于不顾，英国政府正指望穷人千方百计逃避习艺所的命运，从而假惺惺地宣称：是穷人自己不愿接受救济！……

我的感受还有很多，就让它们化为我对小奥利弗的同情，永远存在我的心里。

【精彩读点】

一个几经磨难，几经考验，名叫奥利弗·退斯特的孤儿流浪在伦敦街头，流浪在他的生命的旅程里。他在生命的旅程中曾遇到形形色色的人，但是小奥利弗对自由的追求和美好生活的向往永不会泯灭。

【佳作赏析】

这是读初一的朋友写的一篇读后感，文笔朴实，感受真切，作者对《雾都孤儿》一书理解得很深刻，她带着感情去读世界文学名著，并善于抓住作品的精髓，有重点地谈了自己的看法，很有感染力。这说明读一本好书，会对自己的生活和学习都有很大的启迪作用。

【点读名家】

狄更斯（1812—1870），英国作家。1836年开始文学创作，次年发表了《匹克威克外传》，为他奠定了在文学界的地位。他一生写就14部长篇小说和许多中、短篇小说，代表作有《大卫·科波菲尔》《荒凉山庄》《雾都孤儿》《艰难时世》《双城记》等。他是英国文学批判现实主义的创始人和杰出代表，其作品创造了包罗万象的社会图画，揭露了社会的罪恶，显示了无与伦比的幽默和独具的想像和夸张能力，所塑造的文学形象具有鲜明的个性特征，令人难以忘怀。

籁于天成发乎自然

——读雪莱的《爱的哲学》

天津　董熠晶

涓涓的芳泉投入江河，
河水流入海洋；
天上的清风也耳鬓厮磨，
那情意多深长；
世上的一切都不孤零，
万物由于自然规律，
都必融汇于一种精神。

为何你我独不然？
你看那山峰吻着苍穹，

波涛互相偎依；
花朵儿也如姊妹弟兄，
姊姊决不能厌弃弟弟；
阳光拥抱着大地，
月光轻吻着海波；
这般的柔情有什么意义，
如果你不吻我。

——雪莱《爱的哲学》

爱情，是诗歌永恒的主题。抒情诗人雪莱，以多情、忧郁的笔触，假以自然和美的万物风光，生动地再现了这一主题。

淙淙细泉汇入江河，滔滔百川泻入大海；脉脉清风从耳边、鬓角轻轻滑过，拨撩起诗人深长的情丝。世界万物如此融洽、和谐，我们沉浸在诗人所勾画的旖旎风光之中。接下来诗人笔锋一转，景况便急转直下："为何你我独不然？"乍看，来得突兀，实则正巧、正妙，诗人的忧愁、慨叹，凭此一笔，全部展现出来。这不由使我想到了辛弃疾的一首词《青玉案·元夕》，词人用了大量笔墨，着力渲染上元佳景，流光溢彩；但结尾一句"众里寻她千百度，蓦然回首，那人却在灯火阑珊处"，原来，这所有景色都是为了那所谓"伊人"而设。这玲珑一点，足使我们忘却全部美景，而只为词人的痴情感动。两位诗(词)人，一古一近，一中一外，结构安排竟如此不谋而合，可见，诗(词)人的灵感是相通的。

诗人雪莱还运用了奇妙的想象，把山峰、波涛、花儿、日月全都拟人化。诗人把自己的情感付诸草木，显示了一种"博爱"精神。沉醉在幸福中的人，看周围的一切都是美丽的；困陷于悲哀中的人，看一切都是灰暗的；痴迷于爱情的诗人，看自然万物都是有情的。再联系下一句："这般柔情有什么意义，如果你不吻我。"不难看出诗人的弦外之音：如果心目中的爱人并非钟情于"我"，那么这份感天动地的柔情便毫无意义。诗人的情意借助于自然，表现得更富活力。匈牙利诗人裴多菲有诗写道："我愿意是虚墟，在峻峭的山岩上，这静默的毁灭，并不使我懊丧……只要我的爱人是青青的常春藤，沿着我荒凉的额，亲密地攀援上升。”由此，我们可以感受到诗人不老的情感。中国诗词中亦不乏这样的例子，李商隐的“沧海月明珠有泪，蓝田日暖玉生烟”，晏殊的“槛菊愁烟兰泣露”，李清照的“只恐双溪舴艋舟，载不动，许多愁”……皆以物喻情，创造了一种出神入化的意境美。

由于语言的阻碍，我们无法领略诗人遣词造句的炼字美，无法领略诗中一咏三叹的韵律美，这是一大遗憾。但通过译作，我们仍能感受《爱的哲学》中奇妙的构思、大胆的想象所带来的意境美。

雪莱的诗，感情充沛，富有激情，动人心弦。大家所熟悉的《西风颂》、《云雀歌》、《自由颂》等，无不弥漫着浓厚的抒情气息。虽然雪莱的生命似流星划过，但他的诗的精神却如恒星般光耀诗史，熠熠生辉。

【精彩读点】

①诗人雪莱还运用了奇妙的想象，把山峰、波涛、花儿、日月全部拟人化。诗人把自己的情感付诸草木，显示了一种“博爱”精神。

②爱情，是诗歌的永恒的主题。抒情诗人雪莱，以多情、忧郁的笔触，假以自然和美的万物风光，生动地再现了这一主题。

【佳作赏析】

对于当代许多中学生来说，雪莱的诗恐怕是陌生的，因为他们为“题海”所困，无暇阅读外国文学名著，然而雪莱的爱情诗确实值得中学生细细品味。本文作者真正读懂了雪莱的话，而且其鉴赏水平还是相当高的。其评析语言富含哲理，很美。

作者运用了“逆向”创造的手法，凭借想像，准确地把握住了诗人的艺术构思，丰富地再现了诗人的创造形象，能够让自己走进诗人所创造的意境中去，从而领略诗人抒写的情感，领悟诗歌所表达的主题。所以说，这是一篇有创意的鉴赏作文。

【点读名家】

雪莱（1792—1822），英国著名诗人。出身于贵族家庭，受教育于伊顿公学和牛津大学。上学期间，因发表反宗教的小册子《无神论的必要性》（1811）而被开除学籍。转而离家去爱尔兰，参加爱尔兰民族解放运动。他的第一首长诗《仙后麦布》（1813）揭露了剥削制度的不合理，鲜明地亮出与统治者完全对立的旗帜。他是英国伟大的浪漫主义诗人，诗作包括长诗、诗剧、抒情诗、政治诗等。主要作品有：长诗《伊斯兰的反叛》，诗剧《解放了的普罗米修斯》，政治诗《致英国人之歌》《1819年的英格兰》，抒情诗《西风颂》《云雀颂》。

雪莱的抒情诗笔调优美、明快，富于梦幻色彩，洋溢着乐观情调，充满了生命力和希望，而他的政治诗则是语言淳朴、具体，饱含激情。

关于《哈利·波特》的闲话

北京　孙雷

读到某刊物载的《给〈哈利·波特〉泼点冷水》一文，我对于文中关于对《哈利·波利》带有偏见的评论和对外来事物的抵触情绪颇不以为然。似乎作者所说的民族心理、民族文化就是戴上有色眼镜审视国外文艺作品。显而易见，一部外国文艺作品，我们不能因为它没有按照中国文化习惯和民族心理而创作就给予否定，毕竟作者不是中国人也不知中国读者之所想，更不会考虑只为中国人的意愿而创作。更何况大多数中国读者并未抱有偏见。

《木偶奇遇记》确实是教育诗，但《哈利·波特》无论如何也难为教唆犯。若去学校学习是错误的，那么现实中的学校呢？既然作者已经提到莫须有，他就必须认识到这仅仅是个虚构的世界，当然要按照虚构的方式运作。若霍格沃茨是充斥着阴冷和死亡色调的孤儿院，那么我们的学校呢？霍格沃茨有着现实校园存在的事物，那里有欢笑、友谊、忠诚、正直、善良、勇敢，虽然也有阴暗面，但却更加烘托出了某些可贵的东西。《哈利·波特与密室》中邓布利多有一句话给我很深的印象：“只有这里的人都背叛我时，我才算真正离开了霍格沃茨。你们会发现，在这里需要帮助的人总是能得到帮助。”这已深刻地说明了人性真诚的一面。我们在主人公身上能够发现很多高贵品质，但这些在葛维屏先生眼中却如无物。作者认为故事中不需勇敢、不需机智，只要掌握咒语，就会天下无敌。但是我们看到了罗恩牺牲自己以确保哈利阻止伏地魔所付出的勇气和赫敏机智的推理，甚至连伏地魔也要足智多谋才能为非作歹。没错，这是个荒诞离奇，背离科学的故事，那么我们的上古神话呢？盘古和女娲呢？又

Harry Potter

或者作为儿童文学经典之作的《格林童话》呢？《哈利·波特》中有孩子与怪兽，《白雪公主》中也有公主与王后。而《聊斋志异》的氛围更为阴森恐怖，却无人断章取义地说它也给人一种霉变的味道。作者不知怎么想起《木偶奇遇记》，我甚至没有看出二者有何联系。至于作者所说的玩物丧志及观念倒退更是风马牛不相及，令人费解。

关于《哈利·波特》的表现手法，我认为只是有些平淡，但这使其内涵更加含蓄，也许令某些人未领略其真义就妄加菲薄。此外打球与武侠片中动作毫无可比性，而且看电影不是为了看特技，特技优劣无关紧要。至于故事内容，我们是否要期待葛先生创作出比罗琳更优秀的作品？

我们拥护有民族文化特色的神话，但绝不支持排斥外国文化的行为。我只是个中学生，也许我的看法很幼稚浅薄，但是有些事物只有怀着一颗童心才能看透彻。我们需要的不是所谓符合国情的循规蹈矩的童话方式，因为那样就失去了童话的意义。难道中国味儿不浓就没有健康精神、不利于儿童心智发展了吗？这一点葛先生全文都未加有力阐明，只是一味向读者做《哈利·波特》一无是处的误导，令人感到作者未得其真谛就妄加批评，实在牵强。

【精彩读点】

我们拥护有民族文化特色的童话，但绝不支持排斥外国文化的行为。我只是个中学生，也许我的看法很幼稚浅薄，但是有些事物只有怀着一颗童心才能看透彻。我们需要的不是所谓符合国情的循规蹈矩的童话方式，因为那样就失去了童话的意义。

【佳作赏析】

读罢此文，不由得拍手称快。先不说文理，单就小作者敢于挑战、敢于发表自己意见的勇气，就值得提倡。此文是一篇驳论文。小作者针对葛维屏先生文章中的观点，逐一提出自己的反对论点，并用使人信服的事实加以反证，收放自如，可谓有理有据。文中对盘古和女娲的神话、《白雪公主》、《聊斋志异》等大家公认的佳作和《哈利·波特》的对比论证，大大增强了文章的说服力，体现了小作者深入的思考。看来，对于在中国小读者中引起强烈反响的《哈利·波特》，还真是如小作者自己所言："有些事物只有怀着一颗童心才能看透彻。"

【点读名家】

J.K. 罗琳（1966—），英国女作家，自小喜欢写作，当过短时间的教师、秘书，

24 岁那年，她在前往伦敦的火车上萌生了创作“哈利·波特”系列小说的念头。7 年后，《哈利·波特与魔法石》问世（1997），随后以几乎每年一部的速度创作了《哈利·波特与密室》（1998）、《哈利·波特与阿兹卡班的囚徒》（1999）、《哈利·波特与火焰杯》（2000），“哈利·波特”飓风席卷全球。其作品被翻译成 60 多种语言，在 200 多个国家和地区累计销售 2 亿多册。

平静之下的震撼

——读《牛虻》

上海　沙金

“如果语言能够淋漓尽致地表达出我们的思想，那么语言是强大的；如果语言不能表达我们的思想，那么语言是苍白的。”

或许，当你读过爱尔兰女作家伏尼契的小说《牛虻》后，你就会体会到强大的语言的力量。因为你已被作者的语言所触动，所折服，所感奋。

有力量的语言不总是拥有着华丽的词藻的。我们可以很清楚地感受到，作者总是试图用平静朴实的语言向读者诉说这个故事。即使在牛虻怀着极端的爱和刻骨的仇恨的矛盾心理与生父蒙泰尼里主教做最后告别时，也只让他痛苦不堪地说一句“如果您爱他（指上帝），您就选择他吧！”；即使在牛虻的生命即将走向尽头时，也只让他带着嘲讽对着因为害怕而不敢正视他的行刑士兵们，下达了执行自己死刑的命令“那么来吧！预备——举枪——”；即使在牛虻和他的恋人琼玛永别时，也只让他留下一封短信。

值得一提的就是这一封短信。它既是小说对牛虻精神和个性的最后一次张扬，也是全书语言表达最精彩的一段，可以说它使全书的语言提升到一个至高、完美的境界。

在信中，牛虻对自己的死做了这样的评价：“我已经完成了我这一份工作，死刑就是我已彻底完成了这份工作的证明。他们杀了我，因为他们怕我，我心何求？我非常快乐，非常知足，再也不能奢求命运作出更好的安排。”这是一种视死如归的精神，平静的语言显示了牛虻不凡的气概。在对革命的展望里，牛虻无比自信地写道：“我就知道，如果你们这些留下的人团结起来，给他们以猛烈的反击，你们将会见到宏业之实现。”牛虻以他的生命激励同志们战斗，指出革命前进的道路，如此乐观的革命态度绝非常人可比。最后，牛虻写出自己对琼玛的深深爱恋：“在你还是一个难看的小姑娘时，琼玛，我就爱你。那时你穿着方格花布连衣裙，系着一块皱巴巴的围脖，扎着一根辫子拖在身后，我仍旧爱你……”带着儿时的纯真回忆，带着对现实的依恋，带着对事业的执著，带着对恋人无比的爱，牛虻虽不忍说再见，但这种诀别时的坚强催人泪下。

可以说，作者在有意识地塑造牛虻这位英雄人物，但她没有一味地用赞美的语言把牛虻塑造成一位不沾一点儿灰尘的理想化人物，而是时不时地向人们暴露一些他身上的缺点。全书中，我们可以看到，牛虻有着与优点同样突出的缺点。但是，自始至终，我们都能感受到牛虻那种忠贞不渝的追求，那种不可调和的仇恨，那种感人肺腑的爱情。

正是作者笔下的这位有血有肉的英雄，感染并影响了一代又一代的青年读者。牛虻生活的时代早已过去，而牛虻的精神却得到了永生。就像他喜欢的一首儿歌中写的：“不管我活着，还是我死去，我都是一只牛虻，快乐地飞来飞去。”

亲爱的同学，读一读《牛虻》吧，它会激起你一种高尚的情操；品味一下《牛虻》的语言吧，它会以一种平静的声音震撼你的心灵。

【精彩读点】

①值得一提的就是这一封短信。它既是小说对牛虻精神和个性的最后一次张扬，也是全书语言表达最精彩的一段，可以说它使全书的语言提升到一个至高、完美的境界。

②正是作者笔下的这位有血有肉的英雄，感染并影响了一代又一代的青年读者。牛虻生活的时代早已过去，而牛虻的精神却得到了永生。

【佳作赏析】

《牛虻》是一部震撼千百万读者心灵的书。怎样来评析这样一部名著呢？作者只选取一个方面——从人物语言的评析入手，来研读探求。文章抓住人物语言看似矛盾的“平静”与“震撼”来阐述，揭示了在表面平静的语言下，牛虻内心深处那种对信念的执著追求，对敌人强烈的仇恨和对爱情的至真至诚，从一个侧面揭示了人物能感染和激励一代又一代读者的原因。

文章语言朴素、简练，富于情感，在作者平静朴素的叙述语言下，我们却能隐隐感觉到，她在阅读小说和写作这篇简评时那激荡起伏的心潮。

【点读名家】

伏尼契(1864—1960),英国女小说家。生于爱尔兰科克市,后全家迁往伦敦。1885年毕业于柏林音乐学院。代表作《牛虻》发表于1897年，它以19世纪意大利爱国志士反对奥地利的统治，争取祖国独立与统一的斗争为背景，成功地描述了一个出身资产阶级的青年在现实的教育下觉醒起来，成长为一个革命勇士，最后英勇就义的故事。“牛虻”是英国文学史上一个光辉的革命志士形象。1898年由萧伯纳改编成剧本。

与勇气和智慧同行

——读《鲁滨孙漂流记》

陕西　孙可凡

一直都想从一本书中寻找人生的勇气与智慧。终于，老天不负有心人，它终于被我在《鲁滨孙漂流记》这本书中发现。那时我的确有一种如愿以偿的感觉！

小时候，我就幻想着有一天自己背着行囊，踏上出海冒险的路，寻找一直都属于我的梦，我的世界，我的未来！可是，那时的我似乎无暇顾及，也无法估计这许多的危险。也许，他——鲁滨孙也想不到将会有怎样的考验在等着他吧！我想，是一次一次的探险，使鲁滨孙一步一步走出自己的圈子，走向世界，走向成熟。我们太像温室里的花朵，被家人宠着，一点也经不起风雨。有句话说得好：“不经历风雨，怎能见彩虹？”我们应该松开那只抓住父母衣角的手，用事实证明，我们可以独自去闯！只有那样，我们才能体会到雨后彩虹的美。

我想鲁滨孙首先展现给我们的是“勇气”。他不甘于像父亲那样平庸地过一辈子，一心向往着充满冒险和挑战的海外生活，于是私自离家出海航行，但每次都历尽艰险。有一次，风暴将船打翻，鲁滨孙一个人被海浪抛到荒岛上，度过了28年孤独的时光。喜欢鲁滨孙，也正是因为他在这段经历中所展现的勇气！

他从来都不会逃避、畏缩，而是勇敢地面对。面对着这个荒岛，面对着野人的威胁，他从来都是抱着“勇者不惧”的心理。我喜欢他的勇气。勇气是他的特性，勇气是他的所有，勇气也是他的目标。他喜欢冒险，这是他独有的一面。一次又一次的冒险，一次又一次从险境中挣脱。我想他是在寻找，寻找更多的勇气，将勇气视为目标。

我想，除了勇气外，作者还要向我们展示“智慧”。他孤身一人，克服了许多常人无法想象的困难，以惊人的毅力活了下来。没有房子，他自己搭建；没有食物，他尝试着打猎，种谷子，驯养山羊，晒野葡萄干；他还自己摸索着做桌椅，做陶器，用围巾筛面做面包。鲁滨孙，总会用自己的智慧，将一切问题解决。智慧对于我们来说太重要了。

当然，有人会说，勇气和智慧都存在，不矛盾吗？我会告诉你，当然不。勇气和智慧是并存的，它们就像是你的双手，缺一不可。与勇气和智慧同行，圆自己的梦，未来会更美好！

【精彩读点】

①有句话说得好：“不经历风雨，怎能见彩虹？”我们应该松开那只抓住父母衣角的手，用事实证明，我们可以独自去闯！只有那样，我们才能体会到雨后彩虹的美。

②勇气和智慧是并存的，它们就像是你的双手，缺一不可。与勇气和智慧同行，圆自己的梦，未来会更美好！

【佳作赏析】

读后感必须先读后感，将要读的书读透，再从中找出自己感触最深的东西。本文从书中找到两点自己的感触——即勇气与智慧，并结合书中的实际加以阐述。学会生存，需要勇气与智慧同行，面对困难，更要保持乐观自信的生活态度，体会真切，言简意赅。

【点读名家】

笛福（1660—1731），英国新闻记者、小说家。18世纪英国四大著名小说家之一，被誉为“英国与欧洲小说之父”。鲁滨孙是欧洲文学史上第一个资产阶级正面主人公。他是一个新兴资产者、殖民主义者形象，不顾危险去海外经商，面临绝境，他坚毅顽强，征服大自然！开发荒岛，表现了一个劳动者的优秀品质。

笛福的作品还有《鲁滨孙漂流续集》、《辛格尔顿船长》、《杰克上校》等。

用心去体味这个世界

——《爱的教育》读后感

王玉纯

一本书囊括了一个少年对整个世界的热爱；一本书将父母的殷切期盼呈现；一本书将世界上最真挚的友谊描述。《爱的教育》一书告诉了我们关于爱的主题。

本书以日志体裁向人们讲述了一个 10 岁孩子生活的故事，这其中的“亲情、友情、师生情”无处不在，就连素不相识的人们之间的爱也一一呈现在每一个章节的故事里。故事给我们以启示，教会了我们“宽容、感恩、友爱、互助”。书中的“每月故事”在意大利已经成了人们最熟悉的亲情故事而广为流传，家长教育孩子也常常引用其中蕴含的深厚哲理。

本书主人公安利柯家境较好，父母对其更是关爱有加。他的父母时常以书信的形式与安利柯沟通，进行教育。这样，安利柯品德修养得到了极大提高。有一次母亲给安利柯写信，批评了安利柯对于那些穷苦人急需帮助时的冷漠，母亲在信中写道：“善良的施舍，只是从你手里撒下了铜板。同情的施舍，在铜板之外，还如同从你手里撒下的花朵一样。铜板只能一时留在他们的手中，而花朵将永远留在他们心中。”

这句话我印象最为深刻，我的母亲也曾对我说过类似的话，这两句话使我明白了同样的道理：对于一个穷人来说，施舍只能改变他们一时温饱的问题，如果你带着鼓励和希望去给予他们“施舍”，那改变的可能是他们以后的人生道路。那些穷人内心所需要的，不仅仅是冷冰冰的铜板，同时也需要语言上行动上的鼓励，这会让他们从意识上相信，他们完全有能力改变现状。相信，这个道理会使我终生受益。

安利柯父母对于他“爱国精神”的培养也是非常重视的，他们认为“国家的尊严，比自己的生命更重要”。

父亲曾经对他说：“假如有一天你从国外久客归来，当你站在船的甲板上，望见水天汇合处横着一抹祖国的青山时，那时候你会热泪盈眶的。安利柯！父亲从小每逢国庆日，就向祖国献词发誓，你的母亲也不例外，你必须坚守诺言，立志报国。”

每次看到这几句话，我心中便激动万分。对于自己的祖国，我们要为她感到骄傲和自豪。我们现在学习知识，往小了说，是为了自己的将来，而我们是祖国的未来，所以往大了说，是为了祖国更加富强。我母亲是一名医生，她治病救人；我父亲是一名警察，他保四方平安。虽然他们都没有做出轰轰烈烈的事情，但是他们都是为了祖国的幸福和富强而默默地工作着，每个中国人都有这个义务。

一本小小的书，蕴含了人世间所有的真情。我们的世界，充满了爱；我们的未来，由爱铺垫。用心去体会这个充满真爱的美好世界，用心去呈现人性之美吧。

【精彩读点】

①一本书囊括了一个少年的整个世界的热爱；一本书将父母的殷切期望呈现；一本书将世界上最真挚的友谊描述。《爱的教育》一书告诉了我们关于爱的主题。

②一本小小的书，蕴含了人世间所有的真情。我们的世界，充满了爱，我们的未来，由爱铺垫。用心去体会这个充满真爱的美好世界，用心去呈现人性之美吧。

【佳作赏析】

本文作者真正读懂了《爱的教育》这本书，而且是用心，用真情去读，字里行间饱含着深情。“用心去体味这个世界”，文章的题目具有高度的概括力，开头结尾把《爱的教育》这本书的真髓点透，把自己的读后感想点明。这是一篇不可多得的写得相当简洁、相当深刻的读后感。

【点读名家】

亚米契斯（1846—1908），意大利著名作家。《爱的教育》是他的代表作。《爱的教育》是一部小说，也是一本生活的教科书，这部作品是世界公认的优秀少年读物，由著名作家夏丏（miǎn）尊先 生翻译介绍到中国来。

从怜悯到深思

——再读《卖火柴的小女孩》

上海 顾崢峰

童年的时候，我有一个穷苦的伙伴：没有过冬的衣服，没有可口的食物，更没有疼她的亲人。她唯一的财富只是旧围裙里兜着的火柴。在一个寒冷的除夕，在火柴燃起的幸福幻觉中，她飞走了，飞到一个既没有寒冷饥饿，也没有烦恼忧伤的地方——飞到她永久的幻境中去了。

这，就是安徒生笔下的卖火柴的小女孩，一个在我无忧无虑的童稚生活中投下阴影的小女孩。对于我，一个生活在幸福温馨家庭中的孩子，那小姑娘的命运是多么不可思议！我这才知道，世界上的孩子原来是很不一样的。除了我，我们，还有那么多的孩子生活在另一种天地里。即使他们周围就有欢乐，他们身边就是富有，可那是永远不属于他们的东西。就像那个卖火柴的小女孩，尽管那个除夕充斥着富家的欢笑，那条大街上飘逸着烤鹅的香味，然而女孩儿拥有的，只是一个阴暗的墙角。我幼小的心灵中充满了怜悯，多希望那些和小女孩一样遭受着苦痛的孩子不再流泪，多希望用自己的力量去改变他们的生活，哪怕只是一小点儿。

渐渐地，我长大了，然而小女孩的命运，一直牵动着我的心。每当我漫步在校园的林荫道上，每当我仰望着清澈明丽的天空，便会情不自禁地想起那个卖火柴的小女孩，想起那个安徒生笔下凄婉悲凉的故事。在日益成熟的思考中，我不再只有童年天真的梦、幼稚的心。除了深深的同情，我更多地问自己：为什么同样是女孩，我有朝气蓬勃的校园，幸福温暖的家庭，而她只能在幻想中拥有漂亮的暖炉、喷香的烤鹅和美丽的圣诞树？当我真切地感到自己是个幸运儿，自己的生活充盈着爱和温暖的时候，我便在这爱和温暖的氛围中学会了珍惜。在知识的海洋和书籍的宝库里，我不断地汲取，不断地求索。阳光灿烂的时候，我还有什么理由不抓紧时间好好念书呢？是卖火柴的小女孩，教我懂得了这生活的来之不易，同时，也不断鼓励着我努力学习。

于是，在安徒生含蓄的笔调里，我继续努力寻找答案；在现实生活中，我深深地用心去体会。即使在今天，小女孩的悲剧已经过去了许多年，我已经拥有了更多的成熟，这世界也已经发生了沧海桑田的变化，但这条深深的鸿沟仍然存在着。也许因为先进的地铁、飞机早已代替了当年的四轮马车，也许因为豪华的现代设施早已代替了当年壁角的暖炉，有的人不禁困惑了。于是，小女孩的遭遇在他们眼里成了遥远的故事，甚至美丽的谎言。然而，我很清楚地看到：当我们享受着公费医疗和劳保时，有不少别国公民为了昂贵的医药费而忍受着病痛的折磨；当我们享受着朴素的天伦之乐时，有许许多多的亿万富翁为了填补空虚而制造着无聊。所以，我很明白为什么当有的人盲目地徘徊在外国领事馆门前的时候，我依然自豪地走在拥挤的南京路上。因为我必须珍视这里的一切，同时，我也必须承担起建设这里的义务。

如今，再一次捧起《外国短篇小说选》，再一次阅读安徒生的名作——《卖火柴的小女孩》，我惊喜这一次自己竟会有如此全新的感受。尽管我们每一个都是芸芸众生中的普通一员，尽管我们都过着平凡的生活，但是，在辽阔的星际中，在广袤的宇宙里，我们是无数星星中闪亮的一群，我们在创造一个人类历史中更进步的社会。我深深地相信，自己童年时候的希望不会改变，少年时代的信念不会抹去。在感慨卖火柴小女孩悲惨命运的同时，我们不应再有怨言，我们更需要创造美好生活的信心。因为在星空中首先陨落的，绝不会是我们！

【精彩读点】

在日益成熟的思考中，我不再只有童年天真的梦，幼稚的心。除了深深的同情，我更多地问自己：为什么同样是女孩，我有朝气蓬勃的校园，幸福温暖的家庭，而她只能在幻想中拥有漂亮的暖炉、喷香的烤鹅和美丽的圣诞树？当我真切地感到自己是个幸运儿，自己的生活充盈着爱和温暖的时候，我便在这爱和温暖的氛围中学会了珍惜。

【佳作赏析】

读后感通常以议论为主，而好的读后感则能将各种表现手法熔为一炉，本文就是一个成功的实例。综合运用了叙述、描写、抒情和议论等写作手段，得心应手，变换自如。小作者“深深地用心去体会”安徒生的童话《卖火柴的小女孩》，把读书、思索、联想、分析、判断的过程，把“从怜悯到深思”的心灵历程，通过文字清晰地展现在读者面前，并以此作为贯穿全文的线索。“读”生发“感”，“感”不离“读”，较好地处理了“读”和“感”之间的关系，在与原作品有联系的前提下，充分发表自己的观点。联系社会现实议论，并不板着面孔说教，而是从实际出发，既批评不良现象，也承认现实生活中的客观矛盾，做到恰如其分，情理并茂。

【点读名家】

安徒生（1805—1875），丹麦著名童话作家。生于欧登塞一个鞋匠家庭，自幼家境贫寒，没受过正规教育。14 岁去哥本哈根，靠资助得以读完高中。其间写了一首名为《垂死的小孩》的诗，受到读者重视。之后，他也写过剧本、小品诗、小说等，但都没有他的童话创作成就高。安徒生是一位世界级童话大师，一生写了 168 篇童话故事，影响遍及全球，代表作有《卖火柴的小女孩》《皇帝的新装》《丑小鸭》等。

珍爱自己

——读《灰姑娘》有感

管胜男

《灰姑娘》是一篇世界著名童话。故事中的仙德蕾拉是个可怜的小女孩，她美丽可爱，心地善良，任劳任怨。王子邀请全国的女孩子参加舞会，想从中选出心爱的姑娘做他的新娘。仙德蕾拉的后母不让她参加这个舞会，但仙德蕾拉没有放弃机会，在老婆婆和老鼠、小狗的帮助下，她不仅参加了舞会，还使王子爱上了她。最后，仙德蕾拉嫁给了王子，过上了幸福的生活。

每个人都需要爱，但你首先必须爱自己。仙德蕾拉没有妈妈的爱，而她的后妈又不爱她。可这些都不能够让她不爱自己。就是因为她爱自己，她才会去寻找自己希望得到的东西。在生活中，你也许得到了很多人的爱，你也许得不到任何人的爱，但你千万别不爱你自己，而且要加倍地爱自己。如果别人没给你机会，你应该加倍地给自己创造机会；如果你真的爱自己，就会为自己找到需要的东西——没有人能够阻止仙德蕾拉参加王子的舞会，除了她自己。

如果你真爱自己，就应该学会为自己而活。一个不懂得珍爱自己的人，何以谈爱别人、爱国家、爱民族？人的生命只有一次，只有懂得爱自己的人才会懂得把握住机会，才会拥有幸福，掌握幸福。

只有爱自己，别人才会爱你。就像故事中的仙德蕾拉，她没有放弃参加舞会的机会，因此才有可能赢得王子的爱，从而赢得幸福，赢得未来。我们一定要记住：机会是一个不喜欢拜访不爱自己的人的客人。

当然，我还发现了这个故事中许多不足的地方：比如老婆婆给仙德蕾拉的衣服在12点钟之后都变回了原样，可水晶鞋为什么没有变？后妈和两个姐姐虐待仙德蕾拉，仙德蕾拉的父亲为什么不干预？要知道仙德蕾拉是他的亲生女儿啊！王子在仙德蕾拉试穿鞋子的时候一下子就认出了她，可为什么在舞会上后母和两个姐姐却没有认出来呢？为什么鞋只在仙德蕾拉穿时才合适，那么多的姑娘中就没有一只脚和仙德蕾拉一样大呢？

【精彩读点】

在生活中，你也许得到了很多人的爱，你也许得不到任何人的爱，但你千万别不爱自己，而且要加倍地爱自己。

【佳作赏析】

这是一篇立意独特而深刻的读后感。文章从《灰姑娘》中解读出的不是后妈的狠毒、生父的无情和姐姐的自私，而是“每个人都需要爱，但你首先必须爱自己”，即文题“珍爱自己”。此文正是因其有这样不落俗套的立意才显得更加厚重。文末小作者敢于向名著的“破绽”提出疑问，勇气可嘉。

【点读名家】

《灰姑娘》一文选自德国格林兄弟的《儿童与家庭故事集》。格林兄弟名叫雅可布·格林（1785—1863）威廉·格林（1786—1859），他们共同搜集整理的德国民间童话故事集《儿童与家庭故事集》于1815年出版。从此以后成为民间文学和儿童文学的古典珍品。1959年我国曾根据《儿童与家庭故事》出版《格林童话全集》。本集所选，都是内容健康、优美有趣的故事，其中包括许多家喻户晓的名篇：《渔夫和他的妻子》《灰姑娘》《小红帽》《白雪公主》等。

读《骑鹅旅行记》

山东　鲁文华

“他走上堤岸以后，又回过头望着许多飞越大海的鸟群。所有的鸟都发出引诱的叫声，只有一群大雁在他还能看见的时候一直默不作声地向前飞着，直到消失在远方。它们排列均匀，队形整齐，速度轻快，振翅强健有力。男孩对飞走的鸟无比留恋，他似乎盼望再次变成能够跟随一群大雁飞越陆地和海洋的大拇指。”

这就是《骑鹅旅行记》的结尾。尼尔斯与大雁告别了，我也应该和尼尔斯、大雁以及书中的一切动物“告别”了。但是，乐意帮助他人的尼尔斯，善良、坚强的大雁，热爱自由的金雕高尔果，热心肠的渡鸦巴塔基的形象，我是永远不会忘记的。

这本书是瑞典著名女作家塞尔玛·拉格洛芙写的。这本书主要写一个经常欺负动物的男孩尼尔斯被狐仙变得只有大拇指那么大。他骑在雄鹅茅帧背上，跟随大雁旅行，到了许多地方，经历了许多危险。他渐渐养成了主动帮助动物的习惯。后来，他终于变成一个热爱动物、关心动物、乐意帮助他人的好孩子。

像从前的尼尔斯一样，我也曾经欺负过动物。我经常去吓唬猫，害得猫老是一见我就躲在屋里不敢出来；我捉了许多的蜻蜓，把它们折腾得筋疲力尽，半死不活，然后毫不在乎地把它们一脚踩死；还有一次，我把一只小鸟的腿放在蚊香上烧……

哎，我太不应该那样做了。因为动物是人类的好朋友，是大自然不可缺少的组成部分。比如猫头鹰、蛇、狐狸能帮助人们捉田鼠，蜻蜓、青蛙、燕子等能帮助人们捉害虫，牛、马、驴等为人们劳动，狗是公安战士侦破疑案追捕坏人的好帮手……动物给人类和大自然的好处真是说也说不完！

假如我们这个世界没有了动物，那将会是什么样啊！“春眠不觉晓，处处闻啼鸟。”鲜花怒放，却没有蝴蝶蜜蜂帮它们传授花粉。夏天，我们再也看不见蝴蝶那优美的舞姿和萤火虫的小灯笼，再也听不见青蛙、知了、蟋蟀、蝈蝈的歌声了。我们也吃不到牛奶、蜂蜜了。小溪里再也看不见小鱼、小虾那美丽的身影了……啊，那将是个可怕、冷清、凄寂、毫无生机的世界！人类完全应该保护好环境，给动物一个安身之地，不该驱赶、残杀它们。

人对动物是这样，人与人之间也应该这样。欺侮弱小、互相残杀是野蛮的行为，战争带来的是破坏、灾难和毁灭！只有和睦相处，互相帮助，让世界充满爱，我们的生活才会更加美好幸福！

【精彩读点】

……啊，那将是个可怕、冷清、凄寂、毫无生机的世界！人类完全应该保护好环境，给动物一个安身之地，不该驱赶、残杀它们。

【佳作赏析】

这是一个刚读初中一年级的孩子写的，文笔朴实，情感真实。《骑鹅旅行记》涉及的内容很多，但小作者抓住了自己感受最深的一点来写，联系实际谈如何对待动物，并深入一层，谈到人类应该保护环境、保护动物，最后又谈到“人对动物是这样，人与人之间也应该这样”，自然地引出全文的主题——让世界充满爱，这“爱”的内涵更加深刻了。

【点读名家】

塞尔玛·拉格洛芙（1858—1940），瑞典女小说家，出生于军官家庭。女子师范大学毕业后，当过10年小学教师，后专事文学创作。1906年，她应邀为瑞典小学生创作的《尼尔斯骑鹅旅行记》，以其富有知识性的迷人故事，吸引了世界上千百万儿童，使她成为瑞典在世界上最知名的作家之一。

1906年，拉格洛芙获诺贝尔文学奖。1914年当选为瑞典科学院第一位女院士。

如何去读《伊索寓言》

北京　佚名

拥有一本好书，就相当于拥有了一个知心的朋友。在书中，你可以分享朋友的睿智与经验，快乐与激动。但如何有效地去汲取这些精神养料呢？这还要从《伊索寓言》这本书的特点说起。

《伊索寓言》由一个个单独的故事组成，故事之间没有内在的逻辑联系，这就好像散落在沙滩上的珍珠，读者所能捡拾的只能是一粒粒的珍珠，而不可能一下子提起一条珠串。但正因为不是一条珠串，所以我们才能仔细地端详与审视每粒珍珠的光泽。据说，伊索童年时是一个哑巴，只能发出奇怪的声音，再加上他长得又矮又丑，邻居都认为他是个疯子。但是他的母亲非常爱他，时常讲故事给他听。后来，伊索被牧羊人卖了，变成了一个奴隶。有一天，伊索梦见幸运之神的手指放进他的嘴里，放松他的舌头。醒来后，他意外地发现自己已经可以说话了。伊索曾经靠机智救朋友和主人于急难，凭机智避免敌人的伤害、解除奴隶的桎梏……由此可见，《伊索寓言》是一本有关智慧的书，这些智慧主要用来帮助人们摆脱现实的困境，虽然时过境迁，但仍然具有很强的现实针对性。因此在读每一则寓言的时候，我们都要和现实联系起来，看看它到底隐喻了现实中人的哪些优点和缺点，对我们的生活到底有哪些经验值得去汲取，这是一种正面的吸收。

此外，我们还要自觉地从反面去想，钱钟书先生曾经是这样读《伊索寓言》的：

狐狸和葡萄的故事：狐狸看见藤上一颗颗已熟的葡萄，用尽方法也弄不到嘴里，只好放弃，安慰自己说："这葡萄也许还是酸的，不吃也罢！"他就是吃到了，还要说："这葡萄果然是酸的。"假如他是一只不易满足的狐狸，这句话他对自己说，因为现实终"不够理想"。假如他是一只很容易满足的狐狸，这句话他对旁人说，因为诉苦经可以免得旁人来分甜头。

乌鸦的故事：上帝要挑最美丽的鸟做禽类的王，乌鸦把孔雀的长毛披在身上，插在尾巴上，到上帝那里去应选，果然被上帝挑中。其他鸟类大怒，把它插上的羽毛都扯下来，现出它乌鸦的本相。这就是说，披着长发的，未必就真是艺术家；反过来说，秃顶无发的人当然未必是学者或思想家，寸草也不生的头脑，你想还会产生什么别的东西？这则寓言也不就此结束，这只乌鸦借来的羽毛全给人家拔去，现了原形，恼羞成怒，提议索性大家把自己天生的毛羽也拔个干净，到那时候，大家光着身子，看真正的孔雀、天鹅等跟乌鸦有何分别。

除正面汲取、反面设想之外，我们还应该多角度地去想，比如脍炙人口的《寒鸦和狐狸》的故事：

一只饥饿的寒鸦飞到无花果树上，发现无花果又小又青，便住下来等它们长大成熟。狐狸看见寒鸦老是待在那里，就去问明原因，然后说道："哎呀，朋友，你好糊涂，怎么能靠希望过日子。希望只能让你去追寻，却不能填饱你的肚子。"

在这则故事中，寒鸦是理想的、执著的，同时也是愚昧的；狐狸是现实的、聪慧的，同时也是世故的。读者的视角不同，对形象的理解也不同。在《伊索寓言》中，任何一种形象都没有固定的性格特点。同是一只狐狸，同是一头狼，在不同的故事中可能是聪明的、善辩的、狡诈的、残忍的、背信弃义的、骄奢的……它们有时被赋予反面性格，有时则受到肯定，这与现代寓言中基本定型的性格特征是不一样的。这就要求读者在阅读的时候，要竭力剔除陈见，虚怀若谷地去体味故事中蕴含的人生哲理。

【精彩读点】

在《伊索寓言》中，任何一种形象都没有固定的性格特点。同是一只狐狸，同是一头狼，在不同的故事中可能是聪明的、善辩的、狡诈的、残忍的、背信弃的、骄奢的……它们有时被赋予反面性格，有时则受到肯定，这与现代寓言中基本定型的性格特征是不一样的。这就要求读者在阅读的时候，要竭力剔除陈见，虚怀若谷地去体味故事中蕴含的人生哲理。

【佳作赏析】

这篇读后感写得很深刻。本文作者深得《伊索寓言》的精妙，从中汲取精神养料，并教会我们如何阅读《伊索寓言》的方法，体味寓言故事中蕴含的人生哲理。

【点读名家】

伊索，古希腊寓言大师，相传他生活在公元前6世纪前半期，曾是奴隶，后由于主人赏识其才智才获得自由。后来作为吕底亚国王克洛索斯的特使去德尔斐，被控亵渎神灵，为当地居民杀害。

《伊索寓言》是古希腊寓言的汇编。近代有外国学者认为"伊索"只是一个假托的名字，而"伊索寓言"是古希腊人集体创作的结晶。

革命先驱者的颂歌

——读《海燕》

江苏　海荣

“在苍茫的大海上，狂风卷集着乌云，在乌云汹涌的大海之间，勇敢的海燕在高傲地飞翔”。面对隆隆的雷声、吼叫的狂风和锋利如剑的闪电，海燕毫无惧色，以胜利预言家的斗志大声疾呼：“让暴风雨来得更猛烈些吧！”

每当读到高尔基的名作《海燕》中这豪情激越的一幕，我便会心潮起伏，激情昂扬。海燕，这一光芒四射的无产阶级革命先驱的光辉形象，深深地印在我的脑海里，让我真切地领悟到了《海燕》的真谛：革命向反革命宣战的檄文，革命先驱者的颂歌。

古今中外，革命爆发的前夜，总是光明到来前最黑暗的时刻，反动势力垂死挣扎，变本加厉镇压正义的力量，白色恐怖更加严重。在这一片死寂窒息的氛围中，总是由那些接受先进思想熏陶的革命先驱挺身而出，冒着牺牲生命的危险与反动势力作艰苦卓绝、不屈不挠的斗争，吹响冲破黑暗的进军号角，唤醒民众，鼓舞斗志，为更加声势浩大的革命高潮的到来奏响时代的最强音。

在俄国，“海燕”精神激励过无数革命者，他们团结在以列宁为首的无产阶级革命家的周围。敲响了沙皇黑暗统治的丧钟，成功地揭开了1905年革命的序幕，为1917年十月革命的胜利奠定了坚实的基础。在中国，蒋介石发动“四一二”反革命政变，周恩来、朱德、贺龙等中国共产党人发动了南昌起义，打响了反对国民党反动统治的第一枪。与毛泽东同志领导的秋收起义一起，开创了中国无产阶级革命的新局面。

革命斗争的历史事实证明，革命先驱如黑暗中的明灯，如燎原的星火，如领飞的大雁。没有他们，长夜依然漫漫，荒原仍旧死寂，群雁没有方向。高尔基笔下的“海燕”正是这些伟大的革命先驱的化身，它那搏击狂风恶浪与闪电的英姿，激励着一代又一代革命后来人，“海燕”的那句“让暴风雨来得更猛烈些吧！”的召唤，孕育了无产级革命的一个又一个胜利。《海燕》这首短短的散文诗蕴含着如此深邃的思想和强大的力量，无怪乎一发表，就受到革命导师列宁的高度赞扬，并且在演说词中引用“海燕”的那句名言，鼓舞革命者前赴后继，夺取胜利。

海燕的精神必须代代相传，永远发扬！

【精彩读点】

海燕，这一光芒四射的无产阶级革命先驱的光辉形象，深深地印在我的脑海里，让我真切地领悟到了《海燕》的真谛：革命向反革命宣战的檄文，革命先驱者的颂歌。

【佳作赏析】

本文先用描述性的语言概述读的内容，这正好与所读作品的体裁和语言相一致。然后提出“革命者先驱者的颂歌”为阅读后的“感点”。扣住这个中心，文章阐述海燕的精神，歌颂革命先驱者的历史功绩和革命精神，分析革命先驱者的光辉形象和历史地位。全文中心突出，笔力集中，举例典型，感受深切。

【点读名家】

高尔基（1868—1936），苏联作家，社会主义现实主义文学奠基人。生于木工家庭，11 岁开始独立生活，当过学徒及多种杂务工。1892 年发表第一篇短篇小说《马卡尔·楚德拉》。1895 年起成为职业作家。代表作有：短篇小说《伊则吉尔老婆子》，长篇小说三部曲《童年》《在人间》《我的大学》，长篇小说《母亲》、《阿尔塔莫诺夫家的事业》，散文诗《海燕》等。

《海燕》充满革命热情，洋溢着时代气息，成了“革命宣言书”。在《母亲》中，作家描写了工人阶级队伍及其领导者的成长，成功塑造了一个普通妇女成长为坚强的无产阶级战士的光辉形象。

人生的感悟

——读《钢铁是怎样炼成的》有感

浙江 杜波

一

有时候，我仿佛听到李白在低吟“世间行乐亦如此，古来万事东流水”的诗句。

有时候，我好像又听到苏东坡发出“人生如梦”的悲叹。

这一切，都在我眼前形成巨大的问号，人为什么而活着，为什么？

读了《钢铁是怎样炼成的》一书，看到保尔·柯察金以及当时大批的革命青年在布尔什维克党的领导下，在革命斗争的熔炉中百炼成钢的故事，我对人生有了新的认识和感悟。

二

《钢铁是怎样炼成的》中有这么一句话：“人在痛苦中，只有一样能拯救他，那就是感觉到人民需要他，知道他的生存并非无益。”是的，一个人只有有了崇高的理想和追求，有了高尚的生活目的，才不会被生活中的困难、不幸所压倒，才会在斗争中坚强起来，成熟起来，理解人生，热爱人生。

雨果在他的《悲惨世界》中有云：“没有理想，就没有人的生活。”虽然理想各有不同，但其主旨只有一个，那就是为人类的幸福而努力。保尔·柯察金有理想，这个理想就是共产主义理想，这是他的奋斗目标和精神支柱，为他指出了正确的方向，并给予他难以估量的精神动力，这种力量激励着他百折不挠地克服了前进道路上的种种困难和挫折，就是在肺病和伤寒要把他送到另一个世界去时，也不后退……

翻开历史，有文天祥立志“留取丹心照汗青”，毛泽东“指点江山，激扬文字”。前人为我们树立了一座座不灭的航标，作为新世纪一代的我们，又如何能沉醉在丰裕的物质生活中呢？鼓起理想的风帆吧！

三

谈到《钢铁是怎样炼成的》，我们一定会想到那熊熊的高温炼炉。的确，我们每个人如同生铁，生活中的挫折和困难好比是炼炉。铁成钢，只有靠一种途径——炼！

保尔的一生是十分曲折的。他绝不是一个天生的英雄，而是通过自身斗争，在战斗、劳动、工作的种种困难中磨炼，从而由一个生于贫贱的少年成为了一名具有崇高的理想、坚毅的意志和刚强的性格的共产主义战士。保尔不仅在革命时受到了数不尽的迫害和排斥，当他因伤退伍、双目失明、身体瘫痪、面临着死亡的威胁时，仍然是那样的顽强不屈，把笔作为武器，开始新的生活。

人生，是一段坎坷不平的路。困难的条件、艰苦的环境、失败的打击，虽是前进的障碍，同时却也是激励人们奋发向上、磨砺人才的砥石。多少伟大的人物，他们的成绩都是在与困难作韧性的搏斗中取得的。正如人们常说的：宝剑锋从磨砺出，梅花香自苦寒来。我们在学习上遇到的困难，和他们相比。实在是太微不足道了。我们有什么理由唉声叹气，裹足不前？当今社会是竞争激烈的信息社会，国家需要的是性格刚强，处风云突变、潮起浪涌而坚定无畏的人才，我们别无选择，生活的主题，只能是跨越坎坷，永无松懈！书中，我寻到了新一代青年的榜样，我明白，钢铁就是这样炼成的！

四

人生的价值，这个命题从古至今牵动了无数人的心魄。人们一代代地求索着：人生的价值究竟是什么？

秋瑾有“一腔热血勤珍重，洒去犹能化碧涛”的雄壮诗句。马克思曾写下“我们的事业并不显赫一时，但将永远存在，而面对我们的骨灰，高尚的人们将洒下热泪”的豪言壮语。而今，当我反复地读着保尔如何为革命事业献身，如何在劳动战线上忘我奋战的事迹时，我终于真正明白了革命先辈追求的是什么，人生的价值是什么？对，是奉献。

曾几何时，经济大潮遮蔽了这种闪光的品德。不少人信奉“主观为自己，客观为他人！”、“人不为己，天诛地灭”。我也曾怀疑过有没有“无私”。当我读了《钢铁是怎样炼成的》一书后，经细细体察，我发现，我们身边有无私奉献精神的保尔式的人其实很多，如不久前登载于报端的勇擒飞贼的老夫妇，舍己为人救落水少女的大伯，还有为保护国家财产而与歹徒搏斗到底的女青年……他们的精神光照日月，他们的行为如浩荡春风，吹拂祖国大地，正唤醒着沉睡的人们。

人的生命是极其短暂的，但是，一种伟大的精神，却可以有几百年、几千年的生命力乃至永垂不朽。而奉献精神正是自我的升华、生命的延续、人生的价值所在。

五

朋友们，当你面对漫长的人生之路，面对五光十色的世界，你在想什么？你准备怎样做？是否和我一样也曾感到过困惑呢？而保尔的故事无疑是一剂催化剂，为我们前进的步伐注入新的动力。

书，给了我们启示，带给我们思索，然而思索之后更重要的是去实践那遥遥的期待、悠悠的里程。让生命在求索中袒露脚踏实地的淳朴，让青春在搏击中展示独特风采，让人生在奉献中绵延成壮丽的诗行！

“人，最宝贵的是生命，生命，人只能得到一次。人的一生应当这样度过，当回忆往事的时候，他不会因虚度年华而悔恨，也不会因碌碌无为而羞愧。在临死的时候，他能够说：‘我的整个生命和全部精力，都已献给了世界上最壮丽的事业——为人类的解放而斗争！’”

【精彩读点】

人的生命是极其短暂的，但是，一种伟大的精神，却可以有几百年、几千年的生命力乃至永垂不朽。而奉献精神正是自我的升华、生命的延续、人生的价值所在。

【佳作赏析】

这是一篇饱含深情、很有深度和力度的读后感。

文章紧紧围绕“人生的价值”这一论题展开叙述与议论，把原著与现实结合起来，层层深入地进行阐述，语言流畅，感情色彩浓烈，具有强烈的节奏感，因而也有较强的感染力。

【点读名家】

奥斯特洛夫斯基（1904—1936），苏联作家。生于酿酒工人家庭，1924年加入共产党。十月革命胜利后，他舍生忘死，为保卫新生的苏维埃政权而英勇奋斗。1927年，在全身瘫痪，双目失明的情况下，仍凭着顽强意志，根据自己的经历创作了长篇小说《钢铁是怎样炼成的》，同年获列宁勋章。小说生动地刻画了青年一代为保卫苏维埃政权，恢复和发展国民经济，同公开的和暗藏的敌人展开殊死斗争，热情歌颂了布尔什维克在困难面前所表现出来的崇高品质和坚强意志。小说主人公保尔·柯察金由一个贫苦孩子成长为一名有高度思想觉悟的革命者，是青年的光辉典范。

谈契诃夫的《变色龙》中“变”的特色

江苏　王宇新

契诃夫笔下的人物个性突出、鲜明生动。他塑造的“变色龙”更是栩栩如生，素为世人所称道，其中写“变色龙”的变的过程尤为精彩，下面就谈谈它是如何“变”的。

个性化语言，简短的对话是构成“变”的线索，它把文章前后融为一体，使之紧密相连。例：文章中的第一次“变”就是在奥楚蔑洛夫严训狗后，听到有人议论是“席加洛夫”家的狗，他立即出尔反尔，骂赫留金是“异想天开”。既而听巡警说不像将军家的狗时，他居然又“大义凛然”，“得好好教训他们一下，是时候了。”好一个媚上欺下的变色龙，寥寥数语，如勾勒漫画般使之跃然纸上。接着，当巡警和人群再次说是将军家的狗时，“说不定是名贵狗”，半肯定中，又辱骂赫留金“你这混蛋，把手放下来！”俨然一个飞扬跋扈的家伙，此时“变色龙”的形象渐趋丰富。将军厨师的到来，发布了“不是将军家的狗“的消息，“变色龙”就是那么不失时机地献媚“既然普诃尔说这是野狗，那它就是野狗。”一个拍马逢迎的投机家，勾画得活龙活现，大有呼之欲出的境界。

最为精彩的还是奥楚蔑洛夫的最后一次“变”，当狂傲的普诃尔厨师吐出

一个转折句时，“变色龙”立即见风使舵地称颂小狗，“呜呜……呜呜……这坏蛋生气了……好一条小狗……”。这次“变”使“变色龙”的艺术形象得到了升华，此时出现在人前的是一个圆滑世故、狡诈蛮横，舌头上会打滚的警官，有力地表现了警官圈层的丑陋、无耻。透过描写，也能进一步认识到黑暗的俄国社会，它豢养着一群沙皇统治的“看家狗”。

“变色龙”的“变”还着意通过奥楚蔑洛夫的大衣描写，来呼应和对照，使结构更能有机统一。第一次是写奥楚蔑洛夫刚批评狗后，听人说是将军家的狗，便匆忙而战栗地对叶尔德巡警说：“帮我脱下大衣……真要命，天这么热……”其实是他的心在狂跳而发热，害怕得“发热”，因此脱下大衣来歇口气。第二次是他再次听人说是将军家狗时，他情不自禁地感到冷，因为他毕竟还是怕人们把自己的话传到将军耳朵里，便穿上大衣，标志着要重新发表意见，以文过饰非。最后一次是写奥楚蔑洛夫处理好事后，他裹着大衣走了。裹着大衣正表明了变色龙的外形，他可以随时“张开”，随时“收拢”，可谓竭尽圆滑阿谀之能事，真正体现了变色龙的本质，让人们更深层地理解和醒悟。

综上所述，个性化语言和前后呼应的表现手法深刻地写出了“变色龙”变的特色，值得我们学习。

【精彩读点】

此时出现在人前的是一个圆滑世故、狡诈蛮横，舌头上会打滚的警官，有力地表现了警官圈层的丑陋、无耻。透过描写，也能进一步认识到黑暗的俄国社会，它豢养着一群沙皇统治的“看家狗”。

【佳作赏析】

本文主要是从艺术特色来评论《变色龙》，采用了边叙边议的形式。作者抓住两个基本特色，结合文章予以评析，层次清楚，脉络清晰，持之有据，言之有物。

【点读名家】

契诃夫（1860—1904），俄国著名作家、剧作家。代表作有《套中人》《凡卡》《带狗的女人》；主要剧作有《万尼亚舅舅》《樱桃园》等。

杰克·伦敦

——钟情于北方的狼

海南　刘小畅

看过美国作家杰克·伦敦（1876—1916）的小说后，我便被杰克·伦敦的风格——那满书坚毅的精神，那独特的“狼性”，那欧美作家中少见的社会主义的精神所打动了。

最喜欢的是他写的北方故事，那是他着手较早，也较有艺术性的作品。如《渴望生存》《白茫茫的雪原》《巴素克》等。在这些洋溢着荒原气息的作品中，主角有去北方淘金做买卖的男人，有与男人苦度难关的女人，当然还有在冰天雪地里拉雪雪橇的人类的忠实伙伴——狗，和那与人争斗，长嗥于荒野的北方的狼。杰克·伦敦笔下的荒野作为北方故事的大背景也极为独特和具有神秘气息：它的寂静当中涌动着喧嚣、死亡当中隐含着生命。男子汉的阳刚美、狗的忠实美和狼的孤独美在这里尽显无遗。它们是那样无声无息的打动着你。大量的堆砌形容词是刻画不出这些“美”的真正意义的，在欣赏时把它们孤立的分开也是体味不到的。唯有你看完全文，深刻地理解它的内容后，这些不同寻常的“美”便有机的结合在一起，在“北方荒原”这个背景下，栩栩如生地涌现在你的眼前，杰克·伦敦笔下的男人们大都以北方淘金者为雏形，带有许多真实性。因为杰克·伦敦也曾到北方淘过金，虽然他没有从淘金中得到多少钱，但那段经历却为他写北方故事积累了丰富的素材。在写北方故事时他绝对是一个无人能及的大富翁。在茫茫无际的雪原中，男人们与饥饿、大寒冷与暴风雪，还有与那同样饥饿的狼搏斗。死亡就在他们身边，莽莽的林海雪原，处处潜藏着危机，随时都可以让他们死得无声无息。正是这无处不在的暗藏的危机更衬托出他们与环境斗争时表现出来的坚韧不拔的毅力。他们那勇敢而不屈挠的精神，渐渐地印入人们的脑海中；他们的高大形象也便无形中在人们的脑海里竖立起来。尽管每次他们安全之后已是衣衫褴褛，面容憔悴，却丝毫掩藏不了他们眼中的深邃的思想：那里有刚毅，有坚忍，有对生活的真切感受。

狼作为荒原中凶险的象征，作为人的对立面始终存在于北方故事之中，因为有了狼，男人的奋斗和女人的家园才更有意义。给我印象最深刻的是《渴望生存》中的那匹狼，它饥饿、有病，为了生存，它那透着绿光的隐藏着一种阴森森的杀气的眼睛一直盯着那位同样饥饿同样有病的淘金者。它等待他倒下去，他也渴望它倒下去。不论是人还是狼，只要他或它有一点的懈怠和失去生存的斗志，他或它马上会成为对方的得以继续生存的口中食。两个濒临绝境的生物僵持了许久许久，直到最后决定性的时刻，他与它奋力搏斗了，那是弱者的搏斗，丝毫没有一点力量的美，然而各自对生存的渴望却使这场战斗变得格外残忍。狼终究输给了人，人终于战胜了狼，战胜了自然。

"杰克·伦敦是欣赏狼性的。在狼身上表现出来的与人敌对的残暴、执着、迅猛，此种味道与男人和荒原都十分契合。正是因为如此，杰克·伦敦的小说处处弥漫着北方的狼的野味，从而显出其作品的与众不同、雄健刚劲的风格。"（斐闲格）

杰克·伦敦的这种"狼性"除了在北方故事中有明显体现外，在他的另一类揭露资本主义制度腐朽性的小说中，似乎也隐隐透出那种"狼"的味道。像《一块牛排》、《一个墨西哥人》中的主人公，他们的性格中就隐藏着狼性。当然这种狼性不是指狼的凶猛、狡诈，而是指他们那种像狼一样为了某个目标而锲而不舍的追求，绝不放弃任何希望的精神和打击敌人时的毫不留情。我觉得这比软弱和妥协好得多，我欣赏这种奋斗、拼搏、韧性的精神。

我喜欢看杰克·伦敦的这类拥护社会革命的小说，不仅因为他们的艺术风格，更因为他们的思想性。他鞭挞资产阶级的腐朽、虚荣，希望贫穷的人家能够过上好日子。这类小说给人的震撼力是极大的，你从中所受到的教育绝对比从单纯的说教中得到的多得多。

"要知道，死神是善良的，只是生活造成了苦难，但我们还是热爱生命，憎恨死神，真是怪事。"（《巴素克》）也许正是对生活、对生命的深切体验才使杰克·伦敦笔下出现了这许许多多值得人们思索的东西，才使我每次看完他的小说，总有一种说不清、道不明的震撼和感动。不知不觉地，杰克·伦敦的形象在我们脑海中幻化成一头狼，一头高傲的长嗥于荒野之中的狼！

【精彩读点】

也许正是对生活、对生命的深切体验才使杰克·伦敦笔下出现了这许许多多值得人们思索的东西，才使我每次看完他的小说，总有一种说不清道不明的震撼和感动。不知不觉地，杰克·伦敦的形象在我的脑海中幻化成一头狼，一头高傲的长嗥于荒野之中的狼！

【佳作赏析】

风格，是一个作家创作成熟的标志。作者懂得读书，懂得文学，懂得欣赏一个作家的创作风格；这，是一种高层次的审美观。书，要一本一本读。选中了一个大作家，又把他的书一本一本地读；这，就进入了“研究阅读”的阶段了。孤立于小说的描写似乎难以看到，“唯有你看完全文，深刻地理解它的内容后，这些不同寻常的‘美’便有机地结合在一起，在‘北方荒原’这个背景下，栩栩如生地涌现在你的眼前。”说得好极了！——这阐明“整体阅读”不仅好，而且妙：阅读，苦，但它可以给你予审美满足。而且，整体不是各部分简单地相加，而是有了“新的特质”——美。年轻的朋友：当你阅读时，你可注意到“整体”，你可懂得“有机的结合”，你发现了“美”吗？

杰克·伦敦的创作风格是什么？——“与众不同的雄健刚劲的风格”。读杰克·伦敦的作品，有什么意义？——“这些小说给人的震撼力是极大的，你从中所受到的教育绝对比从单纯的说教中得到的多得多。”这种体验具有重大的社会意义。在当今的社会转型期中，思想教育必须具有艺术魅力，使人“潜移默化”，使人“精神振奋”。深刻！

【点读名家】

杰克·伦敦（1876—1916），美国杰出小说家。生于旧金山一个贫困家庭，9岁起就开始干各种杂活，当过工人、水手、流浪汉、淘金者。1900~1902年发表的《狼的儿子》就是这段生活的真实写照。在这个时期，他还写了两本动物小说《荒野的呼唤》（1903）和《白牙》（1906），都是风行一时的畅销书。从19世纪90年代起，他就参加了社会党的活动，对美国工人运动起过推动作用。带有自传性质的《马丁·伊登》（1909）是他的代表作。

读马克·吐温《竞选州长》有感

山西 晓苏

《竞选州长》是马克·吐温最成功的讽刺小说之一。四千字的篇幅，凝聚了作者对美国民主政治长期的观察和体会。作者用极度夸张的手法，痛快淋漓地讽刺了资产阶级所谓的“民主选举”。

其实，马吐·吐温并没有参加过任何州长竞选。他早年在美国内华达州任记者和参议员斯蒂华特的秘书，他对竞选一类事的认识，大多来自对美国地方民主政治、议会和政府的内幕的了解。选举被资本家操纵，政客们争权夺利、卑鄙虚伪，官员们则利用职权进行敲诈勒索。此外，马克·吐温对美国报纸在选举中专事造谣诽谤也有深刻了解。他曾经在一次演讲中指出：美国报纸总是不惜出卖自己、费尽心机保护政客们的赃物，或是想方设法支持政客们的竞选，或是为官方的犯罪开脱。正是由于马克·吐温对这种状况有深入的了解，他才可能用小说形式提出美国社会中的这一大问题。

小说开始时的“我”对资产阶级的自由竞选似乎充满了希望，以为这种选举将是公正的，因为是公正的，所以自己的好名声将会使自己获胜。由于生平没有做过一件亏心事，因而伍福特和霍夫曼这两个“把各种各样的无耻勾当看作家常便饭”的竞选者无论如何不是自己的对手，所以在竞选之初，“我”是有几分自得的。倒是“我”的祖母比他多看了几十年的选举戏，劝他退出竞选。而“我”已是弦上之箭，不得不发了。于是，政客和报纸给“我”上了一堂美国民主选举课。

“我”没去过交趾支那，却被控在那里欺诈了人家孤儿寡妇；“我”一辈子没到过蒙大拿州，却被控在那里偷过东西；“我”根本没听说过霍夫曼的祖父这个人，却被控诽谤了这个已死的人；我已三年没喝过任何酒，却有人看见我醉得不省人事……原来清白的“我”，一下子成了十恶不赦的坏蛋，从一个“名声还好”的人到“伪证犯、盗尸犯、贿赂犯、酗酒狂、讹诈犯”等等，竟只用了几个月时间。而其全部原因，就是因为参加了这种“民主选举”！

表面上看，写的是“我”的竞选遭遇，实际上通过写竞选遭遇，把笔锋指向了操纵选举的无耻政客和被其收买的报纸，揭露资产阶级自由竞选的黑暗内幕，给对资产阶级民主还抱有幻想的人们上了形象生动一课。

鲁迅说，喜剧是将无价值的东西撕破给人看。《竞选州长》所撕破的，就是资产阶级所谓自由选举的外衣以及善良的人们对那个社会的幻想。

【精彩读点】

表面上看，写的是“我”的竞选遭遇，实际上通过写竞选遭遇，把笔锋指向了操纵选举的无耻政客和被其收买的报纸，揭露资产阶级自由竞选的黑暗内幕，给对资产阶级民主还抱有幻想的人们上了形象生动的一课。

【佳作赏析】

本文开篇即以简洁、准确的语言概述小说的思想内涵和艺术特色，继而通过对作家创作的时代背景、创作动机的揭示，通过对小说的主要矛盾与情节的分析，进一步阐述了小说的现实批判精神，结尾引用鲁迅名言，进一步深化了中心论点。

【点读名家】

马克·吐温(1835—1910)，美国杰出小说家。生于密苏里州，少时家境贫寒，12岁起就开始独立生活，先后当过印刷工、领航员、淘金者、记者等。他早年生活在南方，参加过南北战争，对社会认识日益加增，表现在作品中就是对美国社会的不平等进行揭露和批判，笔锋所至，几乎触及了美国社会的一切弊端。代表作有《竞选州长》、《镀金时代》(与人合著)《哈克贝利·费思历险记》《百万英镑》《王子与贫儿》等。马克·吐温富于民主精神的作品丰富了世界文学金库，他那深沉的幽默、辛辣的讽刺文风，简练生动的民族语言，开创了美国文学的新时代。

读欧·亨利的《警察和赞美诗》

江苏　王舒城

欧·亨利的短篇小说《警察和赞美诗》以其辛辣的语言和犀利的笔触，仅通过一个流浪汉的戏剧性遭遇，就成功地揭露了资本主义社会的本质。

小说主要写流浪汉苏比为在监狱过冬而六次惹是生非，次次失败的事。按说，像苏比这样一个困顿的流浪汉，应该用沉重的笔触来述说他的生活境遇。然而小说中，苏比有他的“露天公寓”，而且可以组织自己的“单人财务委员会”，布莱克威尔岛监狱对他来说是“好客的”。这样写，意在营造一种氛围。这种氛围表现在语言的幽默基调上，苏比被饭店侍者扔在街道上时，“被捕仿佛只是一个绯红色的梦”；苏比停止了白费力气的吵闹时，“那岛子已成为可望不可即”的仙岛。然而事实是无情的，苏比看似可笑实则可怜的行为让我们想起莫里兹的一句话：“穷人在想哭的时候也是常常笑的。”透过欧·亨利戏谑的笔，我们读到的不仅仅是苏比活着的可笑；更重要的，我们读到了笑声里苏比活着的辛酸。因为这样的辛酸是寓于幽默(如果叫幽默的话，也只能称为“黑色幽默”)之中的，两者强烈的反差就会引起我们深深的感喟。

文章的结尾，作者笔锋陡转，一改前面的讽刺与幽默，用一种抒情的笔调，描写赞美诗的魅力；用一种平和清淡的语境，烘托苏比受感化的心灵。与前文形成鲜明对照的是，作者不再营造那种幽默气氛了。他手中的笔在这时变得认真而沉稳起来。于是读者也暗暗替苏比的悔过自新感到高兴。富于变化的语言，紧紧抓住了读者的心。然而就在这时，欧·亨利安排了一个警察来打破眼前的美好境界，使苏比获得了一个既在人们意料之中，又出乎人们意料之外的结局。虽然苏比戏剧性地实现了他本想实现的愿望，但作为读者的我们，却深深陷入了对此结局的思考。

通观整篇小说，前一部分作者用一种看似轻松的笔调述说苏比的故事，结尾处却在平淡中画上了故事的句号。前一部分笑声不断的语言中，作者一层一层渲染黑色幽默的基调，一步一步让我们体会到苏比活着的辛酸。终于，在为结尾做好了充分铺垫以后，作者一改笔锋，换上了与前文截然不同的平和语气。文章结束了，我们却还在一遍又一遍地问自己：“为什么会这样？”较之前文幽默中的辛酸，作者又写出了苏比对结局的无奈和悲哀。正是由于平和语言下的真正辛酸——或者说是更深一层、更直接、最根本的辛酸，才引起了我们的深思。

细品一品这两种辛酸，就会真正读懂《警察与赞美诗》。两种辛酸实际是一种——那个制度下小人物的悲哀。

【精彩读点】

文章结束了，我们都还在一遍又一遍地问自己：“为什么会这样？”较之前文幽默中的辛酸，作者又写出了苏比对结局的无奈和悲哀。正是由于平和语言下的真正辛酸——或者说是更深一层、更直接、最根本的辛酸，才引起我们的深思。

细品一品这两种辛酸，就会真正读懂《警察与赞美诗》，两种辛酸实际是一种——那个制度下的悲哀。

【佳作赏析】

文章抓住重点，按自己的立意展开评论。一般同学分析到“微笑中蕴着辛酸”就止步不前了，然而，作者却进一步剖析出有两种辛酸，一种是幽默中的辛酸，一种是结尾处无奈的悲哀，前后对照，发人深省，显示出作者过人的敏锐与功力。

【点读名家】

欧·亨利（1862—1910），美国短篇小说家。1901 年起开始文学创作，10 年中创作短篇小说 300 多篇。他的小说完全以情节取胜，故事颇多偶然巧合，结局往往出人意料，被誉之为“欧·亨利式的结尾”。代表作有《最后一片叶子》《警察与赞美诗》《滚石》《白菜与皇帝》《麦琪的礼物》等。

《老人与海》读后感

上海　王医

《老人与海》是一部诺贝尔文学奖获奖者的作品。能得到这样高的荣誉，又被众人一再推荐的作品应该是挺棒的！我抱着这样的心情翻开了这部作品。

小说的开头挺别致：“他是个独自在湾流里一只小船上打鱼的老头儿，他到那儿接连去了 84 天，一条鱼也没捉到。”整个故事的情节很简单：老渔夫桑提亚哥连续 84 天捕不到鱼，每天晚上收起的船帆“像是一面标志着永远失败的旗帜”。第 85 天，他仍然带着那 84 天来从未放弃的希望和信心出海了，“他的希望和信心从来没有消失过，现在又像微风初起的时候那样的清新了”。经过了一天一夜的搏斗，终于捕到了一条大鱼——一条他从没有只靠个人的力量会捕获过的大鱼。他先是被这条“比他所看见过、所听说过的都要大的一条鱼”

拖了很远很远，在这条鱼耗尽了全部的精力之后，老人用标枪扎死了它，然后他开始把它拴在船尾拖回家。然而在返回的途中，大鱼身上流出的血吸引了一条又一条的鲨鱼围了上来，尽管老人一再奋力地抵抗，鲨鱼还是将这条死鱼吃光了，留下的只是一具巨大的骨架。“他知道他终于给打败了，而且一点补救的办法都没有……”这是一幅用素描手法勾勒出的生活悲剧，宛如古希腊悲剧一样，在简之又简，平之又平的背景中上演。

作者通过讲述刻画了一个硬汉子的形象，歌颂了老渔夫的毅力和坚韧的决心。85天！天天到海上去打鱼。也许因为他出生在海边，不仅必须听着海涛和风暴声长大，还必须靠大海生活。85天，他以同样未变的心情出海，那种对生活的强大热情，对海洋的复杂深情，对困难报之一笑，对满载的急切渴望，都印在了老人的脸上。生活培养了他败而不馁的性格，他知道风暴过去之后，大海又会用浪涛奏乐来迎接新生的太阳。每天出海引申出的生活寓意就是——收获。显然，满载而归或是空手而返已经超出了对“收获”的裁定。老人并不是失败者，老人的收获已经写在他自己日常的生活之中了。

虽然在捕鱼时，他吃了大苦头，先是因一天未进食两手抽筋，没法控制住渔线，后来手又被丝线划破，某一时又必须将身体蜷在船中保持一个固定姿势不可改变……但这一切对他来说不算什么，只要能捕到鱼他就不会因这些而放弃。他就是这样，从不放弃希望，大概在鲨鱼围过来时他也未曾失望，他也许加快了手中的桨，心中想着：“快到岸了，到岸便没事了，我的大鱼便保住了。”

像书中所写的：“夜里，鲨鱼又来咬死鱼的残骸，像一个人从饭桌上捡面包屑似的，老头儿躲也不躲它们，除了掌舵，什么事都不睬，他只注意他的船走得多么轻快，多么顺当，没有贵重无比的东西在旁边拖累它了。”这时老人心中大约还是有着信心：我毕竟曾捉到过它，它可是个大家伙，我虽然失败了，但那条鱼并没有打败我，我是输给鲨鱼了。是的，他是输给鲨鱼了。鲨鱼是命运的打劫者。

“风总算是我们的朋友，……还有大海，那有我的朋友，也有我的敌人。”文章在结束时写道：“在路边的茅棚里，老头儿又睡着了，他依旧脸朝下睡着，孩子在一旁守护他，老头儿正在梦见狮子。”孩子象征着生命重复开始，生命始终会守护着信念和收获。

我想当他醒来时，他一定会出门看看海，这样，他一定又会重新扬起帆的。

我应该祝他第86天好运。噢，不对，前面没捕到鱼的日子已在第85天画上了句号，因为在第85天，他捕到了鱼，而且还不仅仅捕到了鱼。那么，愿他在以后的第一天满载吧！那崭新的一天。

【精彩读点】

生活培养了他败而不馁的性格，他知道风暴过去之后，大海又会用浪涛奏乐来迎接新生的太阳。每天出海引申出的生活寓意就是——收获。显然，满载而归或是空手而返已经超出了对“收获”的裁定。老人并不是失败者，老人的收获已经在他自己日常的生活之中了。

【佳作赏析】

这是一篇充满深情的读后感。

作者热情赞扬了老人不屈不挠的永不放弃的精神，老渔夫的毅力与坚韧，作者用极其经济的笔墨简述故事的精华，使读者为硬汉子——老渔夫的精神所感动，叙议结合，叙，简洁；议，中肯；感，深刻。

（《老人与海》是美国著名作家海明威的代表作。）

【点读名家】

海明威（1899—1961），出生于美国芝加哥郊区一个医生的家庭，小时候常跟随父亲去钓鱼、打猎，18岁当记者，以后几次在欧洲等地的战场服务，陆续写出了一批作品，成为有名的作家。他有一系列小说描写刚强的拳击师、斗牛士、猎人的形象，被文学界称为“海明威笔下的硬汉子性格”。二次大战后，他移居古巴，以古巴渔夫为主人公，写了著名的中篇小说《老人与海》，1954年，海明威获诺贝尔文学奖。作家的晚年病情加重，创造力衰竭，他于1961年举枪自杀。

迷途的孩子

——读《麦田里的守望者》有感

浙江　李国祥

沏一杯清茶，捧着《麦田里的守望者》，和霍尔顿畅叙长谈他的梦，一个迷途孩子的梦。

《麦田里的守望者》是塞林格的得意之作，文章通过第一人称讲述的是一个叫霍尔顿十六岁的中学生，敏感纯真而具有叛逆精神，由于四门功课不及格，被学校开除后，在繁华、喧嚣的纽约街头过着流浪的生活。我起先对故事中这个头戴鸭舌帽，满口脏话，活像街头地痞的中学生并不感兴趣。但在我真正沉溺在塞林格的文字间隙的时候，我确实被霍尔顿那天真、纯洁、善良的孩子般的心感动了。全文以第一人称叙述，这是其他名著难于给予的亲切感。

霍尔顿没有梦，没有目标，像是漂流在茫茫大海上一艘没有航向的船。在纽约，他四处流荡，经过两天的流离，霍尔顿筋疲力尽，痛苦得不知所措，像个迷途的孩子不知去向何方。《麦田里的守望者》像是一面镜子，塞林格透过一个孩子的眼光，折射出当时美国生活的腐败，把美国低层的生活描述得淋漓尽致，不仅如此，我觉得这更像是中国当代的生活。通过《麦田里的守望者》，我模糊地看见自己的影子行走在无边的暗夜里，和霍尔顿一样的年轻和困惑。

中国青年，从小就生活在教条主义下，他们花费生命中十分之一的时间去啃课本，好好读书，就像霍尔顿的母亲希望自己的孩子将来能过得好一点，可以出人头地，以致将来可以买辆“混账凯迪拉克”，而他们的梦想却被无形地扼杀在蓝色的摇篮里，就像霍尔顿对菲比尔所说：“不管怎样，我老是在想象。有那么一群小孩子在一大块麦田里做游戏……我呢，就站在那混账的悬崖边。我的职务是在那儿守望，要是有哪个孩子往悬崖边奔来，我就把他们捉住……我只是想当个麦田里的守望者。我知道这有点异想天开，可我真正喜欢的就是这个，我知道这不像话。”而中国青年如同霍尔顿一样，不但成不了麦田的守望者，反更像是冲向悬崖边的孩子，他们在麦田里迷了路，找不到出口，脱离了父母和老师的指引就不知该往哪里去。因为没有梦，没有航向，不清楚脚下的路该通往哪里，只能像霍尔顿一样，在十二月里的纽约街头流浪，在规则与追求个性之间徘徊、迷惘。

塞林格通过一个孩子的所见所闻，洞察了当时社会人们的矫揉造作，在霍尔顿的眼里更像是一种病态。然而当一个十六岁的孩子在孤寂的街头抬头仰望那一片苍穹，有谁知道他的眼里是否蓄满泪水？当一个迷途的孩子站在街头徘徊不知所归，又有谁将他来指引？当一个孩子凝望着内心被别人掐着脖子的梦，又有谁能读懂他的忧伤和无奈？

霍尔顿说："我只想当个麦田的守望者。"然而我的梦又在何方？沉浸在《麦田里的守望者》，在冥冥之中竟会看到自己的影子徘徊在一望无垠的麦田中，在麦田的那头传来阵阵孩子的笑声，正当我决定该不该去的时候已是黄昏点点滴滴，等到我穿越麦田的时候已是人去斜阳斜，空留下一片寂寞清秋。这时总让我不由自主地想起回到家中的霍尔顿成了纽约最好的麦田守望者，麦田里的他快乐而安详，他总是向孩子们讲述街头流浪的日子，总是骄傲地谈论着自己的梦想。然而一切只是空想，霍尔顿不甘融入那个虚伪的社会，正如同大多数中国青年一样，徘徊在眼花缭乱的工作岗位上。

《麦田里的守望者》是纯洁的代表，是梦的象征，我站在彼岸回首来时的路，回首昨日的放荡不羁，仰望朗朗星空，瞭望前方的路，梦从我希望的背囊中悄悄探出了头，它的笑容天真可爱，如同一位天使扇动的双翅。每当我在人生的旅途中茫然不知所措时，我总是想起《麦田里的守望者》的主人公霍尔顿，想起他在街头流浪的两天两夜，此刻，我会发现，我脚下的路是多么光明。像霍尔顿一样坚守自己的梦想，我相信我和霍尔顿一样都会找到那把打开梦想的钥匙。

读《麦田里的守望者》受益匪浅，第一人称的亲切感让我不禁看到自己的身影，更多的是教会我在恶劣的环境中如何坚守自己的梦想，展示"举世皆浊我独清"的质朴和真诚。这部著作是人生路途中的航标，在看似迷路的环境里却深深蕴含着一幅通往光明大道的地图，谁能找到出口，谁才真正地读懂了《麦田里的守望者》，才是真正的智者。

《麦田里的守望者》一个人的生活的财富，一个社会的一面镜子。

【精彩读点】

①这部著作是人生路途中的航标，在看似迷路的环境里却深深蕴含着一幅通往光明大道的地图，谁能找到出口，谁才是真正地读懂了《麦田里的守望者》，才是真正的智者。

②《麦田里的守望者》——一个人的生活的财富，一个社会的一面镜子。

【佳作赏析】

《麦田里的守望者》以主人公霍尔顿自述的语气讲述了被学校开除后在纽约城游荡将近两个昼夜的经历和感受。霍尔顿是个性格复杂而又矛盾的青少年的典型。他有一颗善良纯洁、追求美好生活的理想的童心。他渴望终生做一个“麦田里的守望者”，发出了“救救孩子”般的强烈呼声。全文作者感同身受，边叙边议，其见解相当深刻，引人深思。

【点读名家】

杰罗姆·大卫·塞林格（1919—2010），是美国著名小说家。出生于纽约一个富裕的犹太商人家庭。15 岁时进宾夕法尼亚州一所军事学校读书，1942 年从军，被派往欧洲做反间谍工作。1946 年复员回家从事写作。1951 年出版《麦田里的守望者》引起轰动，并成为经典。哈佛大学开设社会学课程，指定本书为必读书。

在感动中觉醒

——读《假如给我三天光明》

上海　王颖佳

《假如给我三天光明》是美国女作家海伦·凯勒写的一篇阐述人生哲理的优秀散文。

海伦·凯勒，著名的美国女作家及教育家。她出生 19 个月时就因重病失去了视力、听力，不久又变哑。对她来说，拥有和正常人一样的世界已是一个无法实现的梦。但海伦·凯勒始终有坚定的信念：努力奋斗，生命的光彩依然夺目，她最终成为全世界残疾人成功奋斗的典范。

《假如给我三天光明》我细细读过了好几遍，每次阅读都被海伦·凯勒的顽强精神所感动，被她乐观的人生态度所感动。“只有那些瞎了的人才更加珍惜光明”这句话更震撼着我，时时鞭策着我。每当我想偷懒的时候，想到了海伦·凯勒所说的，“把活着的每一天都看作是生命的最后一天，这就更能显出生命的价值。”我感慨，我觉醒，我为自己的懒惰而自愧。每天都与时间赛跑，那么生活会更有意义，更充实。奥斯特洛夫斯基曾说过：当回忆往事的时候，不至于因为虚度年华而悔恨，也不至于因为碌碌无为而羞愧。美国女作家海伦·凯勒写的《假如给我三天光明》不正说明了这深刻的道理吗？

人们都说，“眼睛是心灵的窗户”，可是又有多少人真正开启了它去感受窗外的明媚的世界？

正如海伦·凯勒所说的：事情往往是这样，一旦失去了的东西，人们才会留恋它，人得了病才想到健康的幸福。人们往往不会珍惜身边的良辰美景，对拥有的今天也不屑一顾。无数个“今天”在我们手中悄悄地溜走，明日待明日，结果万事成蹉跎。由这样的“今天”搭建起来的人生必然脆弱得不堪一击。

“我多么渴望看看这世上的一切，如果说我凭我的触觉能得到如此大的乐趣，那么让我亲眼目睹一下该有多好，奇怪的是明眼人对这一切却如此淡漠！”海伦·凯勒虽然不能用眼睛去观察世界，但她却十分迫切地希望能看见周围的一切，而我呢，虽然是个明眼人，但对属于我的世界并不在意，对于属于我的今天并不珍惜，对于自己的眼睛更不知该停留在何处。时间不断地悄悄溜走，今天我才感到拥有一双眼睛的幸福，才感到不可以蹉跎岁月。

海伦的文字就更让我感到生命的宝贵，感到今天的重要，只有在这短促的时间内，我才会意识到什么叫拥有，什么叫生活。我开始痛恨自己平时对周围的美好事物的不屑一顾，我开始考虑该怎样去充实生活，怎样把握好今天，怎样用眼、用心去写自己的人生。像海伦·凯勒那样让生命放光彩。

此时浮现在我眼前的是印度诗人泰戈尔的一句名言：“生如夏花之绚烂，死如秋叶之静美。”的确，应该让生命之花为人类社会献上一份绚烂。让我们把握好今天、明天和未来，做一个珍惜现在的人。让我们在感动中觉醒，继而奋斗于美好的人生中。

【精彩读点】

①人们都说，“眼睛是心灵的窗户”，可是又有多少人真正开启了它去感受窗外的明媚的世界？

②海伦的文字就更让我感到生命的宝贵，感到今天的重要，只有在这短促的时间内，我才意识到什么叫拥有，什么叫生活。

【佳作赏析】

这篇读后感捕捉到了海伦·凯勒对生命独特而深刻的体验。作者用较老练的文笔，有条理而又准确地分析了“假如”中对光明的渴望，表达了对生命意义有一定深度的感悟和把握。

【点读名家】

海伦·凯勒（1880—1968），美国女作家。1岁半时因病聋盲，后求学于剑桥女校和拉德克利夫学院，以优异成绩毕业。1902年她出版第一本书《我生命的故事》，受到广泛欢迎。此后，她陆续出版10多本书，显示出惊人的毅力和渊博的学识。

海伦·凯勒的名字，在美国几乎家喻户晓，人们把她誉为是与马克·吐温齐名的“20世纪美国最有魅力的文学太阳”。

《假如给我三天光明》以“三天”日程安排为记事和想象线索，崇尚美、追寻美和探求美，不仅是作者心底的热烈呼唤，也是全书所表达的主旨。

随风飘去

——读《飘》的随想

江苏　杜雨晴

Gone with the wind——《飘》，很有诗意的名字。

暑假中，我在哥哥满满一橱的世界名著中一眼就看中了它。因为我无来由地喜欢上了这个名字，这个令人遐想的名字，带着点缥缈的感觉。但那时那个扎着短发，未脱稚气的小女孩无论如何也想不到，当她欣喜万分地抽走这本书时，它会改变自己的一生。

那时候，我就读于徐楼中学。十五六岁正是情窦初开的年纪，不知不觉中，就偷偷喜欢上同年级的一个男孩。那是个十分优秀的男孩，长得挺帅，成绩也不错，文艺、体育样样拿得出，是年级中最活跃的分子。开始，我并不明白自己的这种朦胧情感是什么。后来，同在一起学习，接触多了，便不自觉地对自己说：你怕是暗恋他了。我常常不自觉地去捕捉他的身影，当他的眼光向我扫来，我便像受惊的兔子，满脸通红地扭过头。我的心情也是忽好忽坏，成绩一落千丈，从原先的前五名，降到中下游。当时，毕业已经迫在眉睫，老师的不谅解，同学们的猜疑，以及家人的期望，搞得我头昏脑胀，不知如何是好。我整天恍恍惚惚地沉浸在他的一言一笑、一举一动中。直到毕业时，才黯然发现已失去了很多……

直到看到这本《飘》。

窗外下着小雨，我独自一人呆在家中，捧着这本厚厚的书坐在靠窗的床上。当我合上最后一页时，我狠狠地哭了一场，为斯佳丽，也为自己。因为我知道那一段感情已经结束了，我终于明白自己和斯佳丽犯的是同一个错误。我喜欢上一个穿着漂亮衣服的假人，我做了一套衣服，不管三七二十一套在他身上，然后自以为对他产生了超友谊的感情。我其实一点也不了解他，而且性格、爱好和他的都相差甚远。我并不喜欢他，我只是喜欢上自己心目中一个似乎完美的影子而已。我不记得那天到底哭了多久，我只记得我的眼泪打湿了书的扉页，模糊了上面的“飘”字……

从那以后，他对我来说已是一个普通的朋友了。因为自己的幼稚，已经到了无可挽回的地步——我只上了一所职高。但我对自己永远不会丧失信心。

如今的我，美丽依旧。偶尔，他会来找我，我也可以坦然面对，向他微笑……

《飘》——一个美丽的名字，就像我美丽而缥缈的幻想。而今，它已随风飘去。

【精彩读点】

《飘》——一个美丽的名字，就像我美丽而缥缈的幻想。而今，它已随风飘去。

［佳作赏析］

由名著《飘》联想到自己的经历，也是一种读书方法。

文章写得随意，散文式的叙述，依然使人想读一读《飘》，这便是这篇读后感的特色。

【点读名家】

玛格丽特·米切尔（1900—1949），美国南方女小说家，生于佐治亚州亚特兰大，毕业于华盛顿神学院，原是新闻记者。1936年，创作长篇小说《飘》，出版后立即畅销全国，是美国出版史上销售最快的小说，5年内被翻译成12种文字。1939年被改编搬上银幕。米切尔用10年时间写成这部浪漫主义小说，背景是内战和重建中的佐治亚，有历史的深度和广度。如主人公斯卡利特（又译“斯嘉丽”）竭力要恢复遭受战争破坏的家庭种植园，失败的悲怆，贫穷与苦难，以及主人公最后经济上的胜利，迎合了美国经济大萧条时期的读者心理。小说对斯卡利特的多角爱情，南方的生活习俗和众多次要人物的生动描述，悬念的结局、幽默的笔触和散文化的绮丽语言都深深感染了读者。

1936年，《飘》获普利策文学奖。

我读泰戈尔的《飞鸟集》

四川　石城

桌上摆着一本薄薄的小册子，淡褐色的封面上赫然印着“飞鸟集”，三两只轻盈的飞鸟在云端自由翱翔。翻开扉页，是作者的彩色照片：金色的阳光弥漫在森林里，一位老者安详地坐在一张高背椅上。老人穿一件斜襟的黑色长袍，白发披肩，银须飘飘，深邃的眼睛静穆地凝视着远方。好一副圣哲贤人的模样！一望即知，他就是我们仰慕已久的印度诗人泰戈尔了。

印度自古就有“诗的王国”之称，而泰戈尔的《飞鸟集》正是这个东方诗国里的一朵奇葩。当初谁也不曾料到，就那么一本小书，却以它独具的特点——圣洁高尚的思想、丰富博大的灵魂、敏锐的洞察力、鲜明的主题、精辟的语言，打动了千千万万读者的心，赢得了全世界人民的热爱，使这个可敬的和平天使的威力立刻遍布于全世界。1913年，瑞典的文学会毫不犹豫地把诺贝尔文学奖置于他的座前。

老舍先生说过：文章不是肥猪儿，不能以块头定优劣。《飞鸟集》实在只是一本小册子，统共才68页，但是，它收录了作者旅游日本期间所作的325首精美的小诗，而且字字珠玑，句句都像甘露一样闪烁着智慧、多彩的光芒，单从这方面看，它所包含的内容所散发的热情的力量远比一系列鸿篇巨著还要多，还要大。他的诗集一如他挚爱的大自然一样，焕发着神奇的魅力，处处充满着对丑恶的嘲讽，对自然的渴望，对天真孩童的慈爱，对崇高母性的颂扬，对人类和平的神往……他那成卷叠册的精粹诗文，早都成为世界文库中绚烂的瑰宝了。他歌唱早晨，他歌唱希望，他歌唱一切美好的事物，他歌唱生长的力量……他是一个“天使”，又是自然和人类的“儿童”。他从不沮丧于“心头的冬天”，因为他坚信“春天的花朵”，他勉励人们振作士气，“如果错过了太阳你流了泪，那么你也要错过群星了”；他说“我将死了又死，以明白生是无穷无竭的”，他认为“我们唯有献出生命才能得到生命”，“我存在，乃是所谓生命的一个永久的奇迹”。至于文中对光明的向往，对真理的追求，对丑恶的鞭挞，更是精辟独到，深刻入理。他说：“我是一个在黑暗中的孩子，我从夜的被单里向你伸出我的双手，母亲！”他的诗在自私自利者面前像“一缕镇定而纯洁之光，会使他们愉悦而沉默”，而在博爱者面前，他的诗又变成了“和善的眼光，像傍晚夕阳一样宽宏大量的和平”。他憎恶欺骗，从不迷信权威，“当人是兽时，他比兽还坏”，“虚伪永远不能凭借它生长在权力中两变成真实”；他极力要和下层平民站在一起，他敢于直接向上帝控诉：“我不是权力的轮子，而是被压在轮下的活人之一”。凭着他一颗忠诚善良的爱心，他向一切殖民主义者宣言：“总有一颗星在指导我的生命通过不可知的黑暗”，“人类的历史很忍耐地在等待着被侮辱者的胜利。”

整部书像原野上五彩缤纷的野花，在早晨的太阳光下，都纷纷探出头来对你微笑，那颜色是那么灿烂，香味是那么芬芳。你尽可以做一只小蜜蜂，畅游在这片花的海洋，忙着啜饮其中不尽的花蜜。一位对泰戈尔很有研究的人深有感触地说，读他一行就可以忘却世间的烦恼。每天都去欣赏那么一首两首吧，你每天都会读到不同的内容，每天都会获得全新的启迪，而书中恰到好处的空白正是你思想的野马自由驰骋的疆场。就在这阅读和思索的过程中，你陶冶了自己的情操，净化了自己的灵魂，也进一步完美了自己。它像一只瑰丽斑斓的万花筒，你从中看到了浓缩凝练的自然、人生和社会；那“飞鸟”的歌声，将不知不觉地把你带到一个和平、宁静、优美的神奇的地方。

诗的语言恬淡明丽，清新隽永，许多话就像天籁的微语，空谷的低吟，幽婉温柔如抒情的小夜曲；这无疑又为诗集增添了一笔雅致的光彩，但对于作者自己来说已不算什么，因为泰戈尔本人也是一个出色音乐家，其文字的呼唤力、渗透力、感召力、语言的音乐美，至今使许多作曲家望尘莫及。

该书由国内散文大师郑振铎执笔翻译，上海译文出版社出版。老翻译家凭借他深厚的汉语功底，更主要的是译者和作者那颗富于哲理、充满智慧和幽默的心最贴近，所以译文也很有特色，短短一两句话，就能恰如其分地传达出作者真实的心声。

好好读读《飞鸟集》吧，真的，小小一本书却像一幅奇妙的画卷，展示了爱与美、生与死、劳作和安乐、宗教与人道、理智与热情等一系列人生和社会问题，充满了最具东方色彩的比喻和哲理；更为重要的是，它所教给你的分辨善恶，识别美丑以及热爱自然、享受生命的方法，将使你终生受益。

【精彩读点】

一位对泰戈尔很有研究的人深有感触地说，读他一行就可以忘却世间的烦恼。每天都去欣赏那么一首两首吧，你每天都会读到不同的内容，每天都会获得全部全新的启迪，而书中恰到好处的空白正是你思想的野马自由的驰骋疆场。就在这阅读和思索的过程中，你陶冶了自己的情操，净化了自己的灵魂，也进一步完美了自己。它像一只瑰丽斑斓的万花筒，你从中看到了浓缩凝练的自然、人生和社会；那“飞鸟”的歌声，将不知不觉地把你带到一个和平、宁静、优美的神奇的地方。

【佳作赏析】

这篇读后感写得充实、自如、充满真情。

这充实，指的是作者不但熟悉泰戈尔《飞鸟集》的内容，而且能融会贯通，既点明这本诗集所蕴含的丰富博大的思想，又概括了诗集的语言特色。文章结尾一段，说《飞鸟集》像一幅奇妙的画卷，“展示了爱与美、生与死、劳作与安乐、宗教与人道、理智与热情等一系列人生和社会问题，充满了最具东方色彩的比喻和哲理；更为重要的是，它所教给你的分辨善恶、识别美丑以及热爱自然、享受生命的方法，将使你终生受益。”概括力很强，画龙点睛，是文艺评论家的笔调。

说自如，指的是文章的结构活泼，笔调轻松，且富有变化，时而谈诗，时而谈诗人，时而发表议论，时而抒发自己的感受，充满真情，抒情味很浓，且能紧紧扣住《飞鸟集》，挥洒自如，可见作者的语言功底比较厚实。

【点读名家】

泰戈尔（8161—1941），印度杰出诗人、作家、社会活动家。生于加尔各答一个富有文化教养的家庭，父亲是一个哲学家和印度教的宗教改革者。1878年去英国学法律，后转入伦敦大学攻读英国文学。1913年获诺贝尔文学奖及加尔各答大学博士学位。

泰戈尔从1880年起专事文学创作，著有长篇小说《沉船》（1906）《戈拉》（1910）诗集《暮歌》（1882）《晨歌》（1883）《心中的向往》（1890），译为中文时编为《飞鸟集》《园丁集》《新月集》。1910年发表著名的宗教抒情诗集《吉檀迦利》。

泰戈尔的诗歌格调清新，感情真挚，意境隽永，继承和发扬了古典文学和民间文学的优良传统，富有民族风格。除文学作品外，他还创作了2000多首歌曲，其中《人民的意志》于1950年被定为印度国歌。

新月的世界

——有感于泰戈尔《新月集》

北京　杜若岩

《新月集》是一部描写儿童生活的诗集，自问世以来，受到了人们的普遍欢迎，它的作者泰戈尔也因此书及其他一些作品获得了诺贝尔文学奖。为什么一本儿童诗集却能受到成人世界的如此青睐？因为它向人们展示出了一个独特的、奇妙的纯真世界。

人们认识自然界历来通过两种方式。一种是感性的，以自身的心灵无束缚地去感知它；另一种则为理性的，要通过科学知识来分析认知自然界。儿童无疑是前者中的能手，因为他们不受丝毫科学规律的制约，能展开丰富的想象，来描述他们周围的每一件事物。而泰戈尔紧紧抓住这一点，用细腻的笔触，把人们带入了一个率真的世界。

在一首名为《天文家》的诗中，最能使人感到这两种方式的不同。小弟弟幻想能捉住天上的圆月，而上了学的哥哥却笑着说："月亮离我们这么远，谁能捉住它呢？"弟弟反驳说："当妈妈从窗外探望我们，你能说她远吗？"哥哥又说："月亮是那么大，怎么能用手捉呢？"小弟弟却说："当妈妈低下脸亲我们时，她的脸也很大吗？"

在这首诗中，我们能看到那两种认识方式在某种程度上的冲突。当我们学到越来越多的知识后，必然倾向于后一种方式。当然，这种方式是极其重要的。但是，唯有第一种方式才能使人的心灵与自然产生最和谐的共鸣。然而，繁重的学习、工作已使我们无暇或不习惯用心灵与自然交谈了。是泰戈尔的《新月集》重新在我们的眼前展现了一个纯真的世界，让我们仿佛又回到那个折枯枝为戏、以树叶作舟的时代。

在儿童的心中，自然界与神话中的仙人世界是融为一体的，花草与小动物们和他们一样有着喜怒哀乐。这梦幻与童话般的色彩交织在《新月集》中的每首诗中，人们甚至为之目眩。我们仿佛真听见了"仙女的脚环在繁星满天的静夜里叮当响着"，看到"长草顶着白花，邀月光在长草的波浪上浮游"，嗅着"茉莉花香"而沉浸在一片欢愉的气氛中。如同眼前只有一弯幼嫩的新月，素洁的光把天地间万物洗得纤尘不染，一切都融入这圣洁之光了。

郭沫若老先生说得好："此世界中有种不可思议的光，窈窕轻淡的梦影；一切自然现象于此都成为有生命、有人格的个体……其中自具有赤条条的真理，如才生下来的婴儿……"

【精彩读点】

①为什么一本儿童诗集却能受到成人世界的如此青睐？因为它向人们展示出了一个独特的、奇妙的纯真世界。

②在儿童的心中，自然界与神话中的仙人世界是融为一体的，花草与小动物们和他们一样有着喜怒哀乐。这梦幻与童话般的色彩交织在《新月集》中的每首诗中，人们甚至为之目眩。

【佳作赏析】

泰戈尔这位印度文学巨子毕生热爱儿童。1913年出版的《新月集》以新月般晶莹秀美的诗歌，对梦幻般理想的儿童天国作了动人的描绘，对幼稚淳朴的童心作了温婉的歌唱。这篇评论抓住了《新月集》这一主题，写出了泰戈尔如何善于抓住儿童感知世界的特点，歌颂儿童天使般的率真，并能结合自己的感受谈出泰戈尔诗歌的魅力。理解、评价比较准确，行文叙议结合，叙中有概述，有引例；议时有分析，有评价，语言自然平实。

【点读名家】

泰戈尔（8161—1941），印度著名诗人、文学家、社会活动家。1913年，以《吉檀迦利》成为第一位获得诺贝尔文学奖的亚洲人。代表作品《吉檀迦利》《飞鸟集》等。

村上春树《挪威的森林》的精神之旅

上海 王乐

伫立于25层的大厦平台，我直直地望着远处大街上的流光。宛如置身于浩然缥缈的无垠冰海之中，我陷入了一条痛苦思忖的精神之旅。

木月死了，初美死了，直子还有她的姐姐……以一个相同的方式——自杀结束了短暂的人生历程。这教我想到了川端康成，想到了三岛由纪夫，芥川龙之介……他们不也是以一个奇怪的方式——自杀结束了自己的天才生命的吗？

活着还有必要吗？

还有什么值得留恋的？

倒不如死了吧。

我惊讶，我诧异。从小说里的形象至生活中的作家，从虚构的艺术到现实的人物，难道这就是一代文学大师川端康成先生倾尽一生所追求、所探索的日本美的真谛?

迷茫与无助，犹如被抛进了暴风雨交加的旅途之中———股苦涩的死亡。

如果说读《雅舍小品》，教我看到了散文大师梁实秋先生亦庄亦谐的洒脱文韵；读 My country and My People，教我看到了双语作家林语堂之幽默中的性灵；读《人·兽·鬼》，教我看到了文化昆仑默存先生忽正忽反，声东击西的笔力……那么当读罢《挪威的森林》，我只能涌起一丝怅惘，完全没有了往日阅读后的快意。

曾经与自己那位德高望重的祖父一样，很不喜欢日本文学，因其文学传统多以含蓄凄美见长，往往于细腻哀婉的笔触下或多或少地流露出作品中人物的死。加之川端、三岛与芥川的自杀，属于日本的死亡便在心中渐趋神秘，而日本文学似乎也带上了这阴影为我所一度摈弃不阅。

后来不经意间，信手翻开了《挪威的森林》。吸引我不带任何偏见一读到底的是村上春树的文字艺术。于我看来，村上那毫无滞重感的行文较之《雅舍小品》更携带有一股现代派气息，语言之幽默的基调较之 My country and My People 更显压抑与凄冷，比喻的魅力虽无《人·兽·鬼》那般稳练且厚重，却独具一种深刻的知性。

除此之外我没有了任何判断的能力，无法透过这部现实主义小说看到其背后去——村上为何要在如此之多的形象上赋予死的形式？他究竟想讲述些什么？

如精神分裂般的痛苦寻觅中，我重读了《挪威的森林》。

其实，村上对死的描写较整部作品而言并不算多，且在文学语言的驾驭上，丝毫不加渲染与烘托，完全属于单纯的文字白描。似乎村上并不想去诠释死的本身，更不可能像川端将佛学的思想融入自己的文学那样，在作品里追寻生命与人性的本原。他试图从死中挖掘出什么，或者说是想让人们去挖掘出什么。

一次次的揣摩中，我看到了村上思想的深刻。

在木月、直子以及初美死前，他们都在试图进入这个世界。尤其是直子，作品里表现得更为淋漓尽致——村上的笔一直在不紧不慢地透露着这个信息。但他们不可能进入世界，他们只会与世界冲撞。因为物欲世界的异化，社会在他们内心中所形成的迷惘与空虚注定他们对于失落精神的寻找与反思——即希求返璞归真的努力将成为失败。这是一条始终萦绕于村上笔下的贯穿整部作品的暗线。

村上在对死的素描的背后，和对人物与世界的精神冲突的描写之中，实质上已完全将日本的社会渐渐凸现于读者眼前。通过直子、木月们的死折射出死者生前世界的悲哀，这才是村上的真正目的。他的高明在于没有在作品里大篇幅地描写日本社会的虚幻，而是将这层虚幻隐匿于其所刻画的形象的精神世界之下。

如果说列夫·托尔斯泰的文学是俄国社会的百科全书，那么村上的《挪威的森林》至少可以称为整个日本社会的缩影。

几个月流逝着走了。

一日,在父亲的书房里看到了一本陈旧的《灵凤小品集》。当读罢其中那篇《煤烟》后，倏忽间想到了《挪威的森林》。其实叶灵凤先生在那篇散文中只不过写到了物质文明所带来的某些不快，想必他那时是丝毫不会想到将来物质文明的危机。而且两文之间没有任何的联系，但对我来说，却总感到有一种无形的思想在两者间游弋。

我又一次翻开了《挪威的森林》。

难道村上仅仅想通过对死的素描发掘出死者与曾经生活的世界的关系，从而揭示日本资本主义社会的空虚与无奈？不仅仅是这样，至少于我已解读出了另一层意义。

如果将视野囿于一片小小的东瀛列岛，则可谓是肤浅。其实，不仅仅是日本，任何一个只一味发展物质文明的社会都只能是一个只求生理发育而不求心理发育的“问题少年”。虽然无法否定，人类文明的发展依赖于物质文明的发展，千百年来物质文明毋庸置疑成为了人类文明的象征，但是在没有人文主义与精神文明的依托下，纵然物质会散发一时的魅力，却终归会迸发出沉重的幻灭感。

社会是人的社会。人们对社会产生的幻灭感终究会导致人的精神的幻灭，物欲世界的异化终究会导致人的心理的异化。在光怪陆离的世界中，在一个犹如一座高速运转却麻木不仁的庞大机器的社会里，人的精神的极度倾斜以致失重，内心充满孤独的失落、迷惘的空虚便成为了一种必然。无法在虚幻与现实的对立中寻找平衡的支点就会使人丧失最根本的人性。失却了人性的光辉，人只能像被抽空了的躯体，成为历史长河中茫然四顾的傀儡。与其讲他们还活着，倒不如说他们是在死一般地活。物质文明最根本的危机便在于人的精神世界与心灵世界的危机。

不得不为村上所折服。他的笔下所透露出的是对人类文明的反思，他的笔一直在揭示着物质与精神的关系，他的思想所体现的是一种人文的终极关怀。这才是《挪威的森林》所被赋予的深层次的涵义。

如果说列夫·托尔斯泰像音乐世界中的巴赫与贝多芬，在高地上建立起教堂和庙宇，那么村上春树则像格里格那样，擅长于在一片静谧的空间里对你的耳朵低语。虽然是不惊不乍的娓娓道来，却同样孕育着深邃的境界。

近日，在父亲的书桌上看到了这样一句话：Oui nous dira la raison de

vivre?(谁会告诉我们活着的理由？）黑色的钢笔字迹在素淡的方格稿纸上格外浓重。这是法国作曲家 Roparta 所说的。这不禁勾起我对于阅读《挪威的森林》的回忆。从开始的不解到后来的重读，从起始的迷惑到最终的彻悟，这是一段不寻常的精神之旅。

哲人说：如果与所看的处在一个平行的高度，那么只能看到一个平面；如果比所看的站得高，那么将看到一个立体。

其实，当看到了立体的《挪威的森林》之时，便是精神之旅的结束。固然曾经痛苦，固然曾经迷茫，却终归感到喜悦与畅快。如果能得到父辈的点拨，这条精神之旅将少些曲折，这喜悦与畅快将来得早些，但我却总感到——

这是属于我的喜悦与畅快，这是属于我的精神之旅。

【精彩读点】

①如果说列夫·托尔斯泰的文学是俄国社会的百科全书，那么村上的《挪威的森林》至少可以称为整个日本社会的缩影。

②社会是人的社会，人们对社会产生的幻灭感终究会导致人的精神的幻灭，物欲世界的异化终究导致人的心理的异化。

③物质文明最根本的危机便在于人的精神世界与心灵世界的危机。

④不得不为村上折服。他的笔下所透露出的对人类文明的反思，他的笔一直在揭示着物质与精神的关系，他的思想所体现的是一种人文的终极关怀。这才是《挪威的森林》所被赋予的深层次的涵义。

【佳作赏析】

《挪威的森林》是日本“新生代”作家村上春树的作品。“挪威的森林”是 20 世纪 60 年代甲壳虫爵士乐队的一支乐曲的曲名。它作为引子牵出了小说主人公渡边与两个女孩间的爱情纠葛，反映了日本青年一代苦闷彷徨和对惟美的追求。小说情节并不复杂，语言也是淡淡的，但字里行间却涌动着一股不可抑止的冲击波，激起读者强烈的心灵震颤和共鸣。上海中学生重读《挪威的森林》，同样也被激动着，“宛如置身于浩然缥缈的无垠冰海之中，我陷入了一条痛苦思忖的精神之旅。”作者的情怀已经与作品融为一体，其体会与感受都是相当深刻的。

本文作者把村上春树的作品与林语堂、钱钟书、梁实秋、川端康成等作家的作品作对比，感悟到《挪威的森林》作为整个日本社会的缩影所具有的“社会特质”以及村上春树深刻的思想对自己的冲击力，字里行间表露出作者感悟的真知灼见以及较为深厚的文字功底。

【点读名家】

村上春树（1949—），日本小说家，生于京都市伏见区。1968年，入早稻田大学文学部读书。1979年开始小说创作，同年6月出版《且听风吟》，获第23届“群像新人奖”。主要作品有《挪威的森林》《寻羊冒险记》《象的失踪》《舞！舞！舞》《世界尽头与冷酷仙境》等。

在日本当代作家中，村上春树是一颗“文学奇星”。